积木

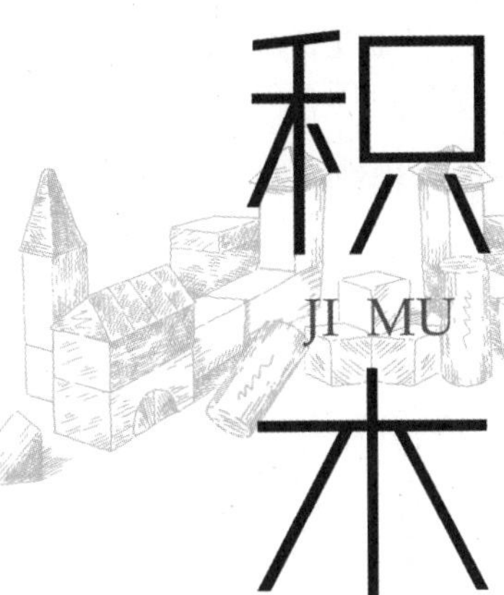

JI MU

刘辰希○著

重庆出版集团 重庆出版社

图书在版编目(CIP)数据

积木 / 刘辰希著. —重庆：重庆出版社，2012.5
ISBN 978-7-229-05131-0

Ⅰ.①积… Ⅱ.①刘… Ⅲ.①长篇小说—中国—当代
Ⅳ.①I247.5

中国版本图书馆 CIP 数据核字(2012)第 080639 号

积木
JI MU
刘辰希 著

出 版 人:罗小卫
责任编辑:罗玉平
责任校对:杨 婧
装帧设计:重庆出版集团艺术设计公司 · 王芳甜

重庆出版集团
重庆出版社 出版

重庆长江二路 205 号 邮政编码:400016 http://www.cqph.com
重庆出版集团艺术设计有限公司制版
自贡兴华印务有限公司印刷
重庆出版集团图书发行有限公司发行
E-MAIL:fxchu@cqph.com 邮购电话:023-68809452
全国新华书店经销

开本:787mm×1 092mm 1/16 印张:16.75 字数:257 千
2012 年 5 月第 1 版 2012 年 5 月第 1 次印刷
ISBN 978-7-229-05131-0
定价:24.00 元

如有印装质量问题,请向本集团图书发行有限公司调换:023-68706683

目录

一、玉殒

尹安娇看到摇摇欲坠的那堵墙，急速驰来的一列黑漆漆的火车，车头是一张罗达满面是血的脸，那面孔狰狞无比，狂睁着的眼睛直直地逼视尹安娇，那不是罗达的眼睛，那甚至不是人类的眼睛……

■ 1

一个再平常不过的星期六，是持续四天降雨后第一个放晴的休假日，柔和的阳光在一大清早就穿破了云层，让在休假日起个大早的尹安娇还算有个不错的心情。

上午十一点四十分，一头笔直的长发，面目清秀，高高瘦瘦的尹安娇，着一件有蓝色碎花T恤外套的黑色针织衫，下身穿一条修身牛仔裤配匡威帆布鞋，来到东城万代百货二楼C区一家韩国女装厅。她散发着一种可爱的略带书卷气的气质，身上隐约可闻到淡淡的茉莉花般的清香，还有那双令所有女生都会羡慕的长腿，立即吸引了营业员的眼球。营业员不禁愣了一秒方才回过神展露微笑，走到她旁边。

“同学随便看，这是昨天才刚到的秋季新款，夏季的几款连衣裙和短袖衫也有折扣活动。”

尹安娇点了点头，手指随意翻了翻面前的衣架。

“同学你是想看哪方面的呢，裙子还是罩衫，我可以帮你推荐一下。”

“谢谢。”

尹安娇礼貌微笑，示意只是想随便看看。

“没有喜欢的吗？”

服务员微笑着问。

“谢谢。”

尹安娇有些抱歉地笑了一下，这时，尹安娇的手机铃声从包里传来，她转过身，接了电话。

“喂。”

“喂，安安，我在路上了，但是堵车。”

电话那头夹杂着巨大的噪声，尹安娇不禁皱了皱眉头。

“在哪儿？”

“应该是……前面出了交通事故……你到了吗？”

“我已经到了。”

“哦，那中午吃什么？”

“不知道。”

“下午看个电影吧，看个电影我们再谈好吗？”

“哎呀，到了再说吧。”

“那……那你在干吗？”

“我？逛街。”

“在哪儿逛街啊？”

“不是说过了嘛，万代百货。”

“好，我到了打给你。”

■2

尹安娇有些不耐烦了，“再见”也没说，便挂断了电话，踱着步，走到了旁边一间饰品专柜旁，尹安娇漫不经心地看着柜台里的首饰，一条项链忽然跳入了尹安娇的视线里，尹安娇的视线再也无法移开，那是一条有小天使吊坠的白银项链，那条项链一下子让安娇想起了小惠，在那个下午，尹安娇和小惠在一间饰品店里看到了一条一模一样的项链，小惠说，这是属于尹安娇的项链，可是当时并未买下。

尹安娇想到小惠，心里便刺痛一下，她忽然想把这条项链买下来，如果有朝一日还能见到小惠，她想把这条项链送给小惠，告诉她，自己一辈子都把她当好姐妹，也一辈子对她心存愧疚，自己并不是天使，如果是，也是负罪的天使。

尹安娇抬头张望,却发现这里没有营业员。

“这里没有人吗?”

刚才服饰专柜的服务员似乎注意到了尹安娇,便走了过来。

“有什么需要吗,这个柜台的营业员去吃饭了,喜欢什么我拿给你看。”

“哦。”

尹安娇点了点头,凑近柜台一些。

“能把这一条项链给我看看吗,左边数第二条。”

尹安娇指向柜台里的那条小天使吊坠的项链。

“是这条小天使的项链吗,我拿出来给你看。”

服务员先取出展盘,然后再取出项链放进托盘里,再把旁边的镜子移到尹安娇的面前。

“戴上试试吧,我帮你戴。”

“那麻烦你了。”

尹安娇转过头,对着镜子摆弄着那可爱的天使吊坠,心里全是小惠埋怨忧伤的神情和曾经两人共度的美好时光的画面。

“小天使的光环是镀金的,很亮眼,也很衬你这么白这么亮的皮肤。”

服务员一边帮她戴好,一边赞叹。

尹安娇试完取下项链,盯着天使坠子正出神,又盯着柜台沉思片刻,忽然想起这个时候,罗达也该到了,有些心烦,于是掏出手机,给罗达打电话,响了三声,通了。

“喂,你走到哪里了?”

“马上到了,安安你在哪里?”

“不是说了万代百货了嘛。”

“嗯,我到了,在几楼?”

“二楼,少女饰品的专柜。”

“那我马上过来。”

“嗯。”

挂断电话,尹安娇转过头有些不好意思地笑了一下。

“麻烦你了，我再去看看别的，待会儿过来买。”

“好的，别客气。”

服务员也很客气地对尹安娇笑笑，尹安娇离开专柜，走到电梯口去等罗达，尹安娇酝酿着待会儿该如何和罗达说话，从上次见面，心里一直都还有阴影，不知该如何去面对他，总觉得，和罗达在一起的每一分钟似乎都成了煎熬，曾经的轻松早已不在，所以一定要结束，一定要结束。

■3

等了一会儿，尹安娇看向进入口。

罗达出现在尹安娇的面前，左顾右盼，神情似乎焦虑不安，驼着背，背着那个旧书包。

尹安娇的第一反应便是厌恶，在她眼里，罗达的样子显得猥琐，让人不安，又让自己等了那么久，夹杂着抱怨，脸上自然毫无表情。

“堵车，烦死了，我好饿啊，早饭也没吃，我们去吃饭吧，下午看电影。”

罗达一边说一边擦着额头的汗水。

“我没有说要看电影。”

尹安娇面无表情地看着罗达。

“那就先去吃饭，吃饭总可以了吧，我饿死了。”

“我得先去买个东西。”

“我没带钱，没有钱给你买东西。”

“我什么时候说了要你买了，我自己买。”

“先吃饭再买不好吗，你不是要谈吗，我们先坐下来谈谈不好吗，安安?”

尹安娇不想再搭理罗达，转身向饰品专柜走去，她不知为何自己会那么急切想买下那项链，但她脑海里忽然闪过一个念头，要是再次错过这小天使吊坠的项链，她就永远错过了。

罗达跟在尹安娇后面，喘着气，尹安娇刚才就看出罗达的不满，但她

并不想再去讨好罗达什么，今天本来就是和罗达结束关系的。

“总之还是先吃饭吧，我饿了，公车又挤，我都累死了。”

走到专柜前，罗达还在身后念个不停，尹安娇根本不去理他。

“随便看看，现在这几款都在做活动，可以参加积分换礼。”

营业员礼貌说道。

“请给我这条项链，小天使的这条。”

尹安娇指向柜台。

“妹妹真有眼光，这条项链做工特别精美，而且非常适合你。”

“谢谢，我要了，麻烦帮我包好。”

“好的，我帮你开票。”

服务员低头写好票据，将其递到尹安娇手中，然后手指向旁边。

“收银台就在前面，拐过去就可以看到。”

“谢谢。”

尹安娇也不去看罗达，拿了票据向收银台走去。

“改天再买吧，我没有带那么多钱，我明天过来给你买。”

罗达要去拉尹安娇的衣袖，惹得尹安娇更加反感，一下挣开。

“我没有要你给我买，我自己有钱可以买。”

“你那些脏钱！你以为我不知道吗，你拿的那些臭男人的脏钱！”

罗达咬着牙，一字一顿狠狠说道。

“神经病。”

尹安娇忍无可忍，愤愤骂了一句，转身便走。

罗达一时慌了，打开书包看里面有没有足够的钱。当他打开书包时，他看到放在里面的菜刀，那是为尹安娇买回去做菜的……

罗达表情变得十分痛苦，他知道她与其他男生有联系，他给她买过很多东西，但是她就是不满足，她甚至都不愿意对朋友承认自己是她男朋友，罗达一时怒火中烧，控制不了自己，那些男生只是贪恋她漂亮，哪里像自己一样真心地爱她。毁容，一个可怕的念头涌上罗达的脑际，对，只要毁掉她的脸，就没有男人再会和自己抢她了……

于是罗达拿出了刀……

尹安娇一步步走近收银员，而收银员的眼神从最初的无精打采变成了惊恐万分，尹安娇从收银员的眼瞳里，看到背后闪现的寒光，那一秒，她突然想起了以前自己反复出现的梦境，梦境的结尾，尹安娇看到摇摇欲坠的那堵墙，急速驰来的一列黑漆漆的火车，车头是一张罗达满面是血的脸，那面孔狰狞无比，狂睁着的眼睛直直地逼视尹安娇，那不是罗达的眼睛，那甚至不是人类的眼睛，那是一双绿幽幽发着寒光的猫眼，和那一晚从草丛中跳出的黑猫的眼睛，一模一样。

尹安娇转身看见罗达手挥舞着菜刀狠狠地朝她砍来，尹安娇拿手去护脸，罗达像一头咆哮的狮子扑向她，朝她一阵猛砍。

“啊——”随着两声凄惨的尖叫，尹安娇血肉飞溅，倒在了血泊中……

二、成长

一股巨大的力量将他一送，他被扔进了卧室里，门随之关上，卧室没有灯，忽然陷入一片漆黑的罗达却没有哭泣，他只是呆滞地有些怅然若失地站在那里，他没有去开灯，也没有去拉开窗帘，他赤着脚站在冰凉的地板上……

▩ 1

罗达把脸贴在冰凉的地上，他再也流不出一滴眼泪，不再有对奇迹的憧憬，也不再有对结束的绝望。

六月一日，离死刑执行还有一天。

接下来的时间并不是想象中那么弥足珍贵，恐怕这剩下的几十个小时只是另一种虚度罢了，罗达的脑袋已经停止思考，但还可以回忆，任何一些细微的关联都会勾起记忆里的片段，铁栏、牢房、空气、光线还有奇妙的时间。

▩ 2

罗达的脑中出现了一些童年的画面，那是一间陈旧狭小的客厅，小小的长虹牌彩色电视里正在播放京剧，一直“咿咿呀呀”个不停，一个穿着军装的男人笔直地坐在竹制沙发上看着电视，食指轻轻敲着扶手，而罗达就站在离他三步远的地上，赤着脚，那是秋天，地板冰凉。罗达盯着那个男人，不知道看了他多久，那男人的五官相貌记不清了，但记得一定是一脸严肃的，那男人盯着电视，跟着京剧的节奏敲着扶手，似乎完全没有注意到身旁的小孩。罗达看见了放在竹沙发把手上的一顶军帽，大帽檐，上面有闪亮的国徽，那军帽立在那里，罗达在书上、电视上都看到过，这是解放军军官的帽子，只要戴上这个，就很威风，就谁也不怕。

罗达盯着那男人，趁其不备，将那军帽拖了过去，戴在头上，罗达一下笑了，但他的视线并没有离开坐在那儿的男人，罗达明白这帽子是那个没有表情的男人的，但他还是笑了，他戴着帽子，盯着那个男人，男人转过头看向他，五官记不真切了，但那男人的严肃表情与刚才没有任何变化，没有扬起嘴角，没有眨巴眼睛，甚至鼻子也没有因为转头产生的气流变化而稍有动作，他的手还放在把手上，只是停止了随着节奏的敲击，他看着罗达，就那样看着，看着罗达在那里笑得疯癫。

而这时背后突然一只手揪住了罗达的耳朵，然后从头上摘下帽子，一股巨大的力量将他一送，他被扔进了卧室里，门随之关上，卧室没有灯，忽然陷入一片漆黑的罗达却没有哭泣，他只是呆滞地有些怅然若失地站在那里，他没有去开灯，也没有去拉开窗帘，他赤着脚站在冰凉的地板上，他走到门边，把耳朵贴在门上。

“这孩子太不懂事了，我太忙，就是缺乏教育。”

是妈妈的声音。

“这没关系。”

那男人终于说话了，声音低沉，听不出任何感情。

“孩子还小，他可能跟你还不熟络，但看得出他还是愿意亲近你的，并没有不喜欢你。”

“嗯，这没关系。”

“我想过了，既然我们决定在一起，孩子还是叫你爸爸好，姓……当然还是改跟你姓好。”

“嗯。”

外面传来脚步声，但并不是往这边，而是往厨房的方向去了，罗达还贴着门，他觉得鼻涕流下来了，脚冻得难受。

“你在听什么？”

黑暗中，他看见对面也有个小男孩儿扶着门，正偷听呢，于是他开口问道，那小男孩儿半天没说一句话。

“你在听什么？”

过了一会儿，那小男孩儿盯着罗达，也开口问道。

“听妈妈和她男人说话。”

“那男人是谁?”

“可能是我爸爸。”

“爸爸，爸爸是什么?”

“我妈妈的男人。”

“出去看看?”

“看什么?”

“就看看。”

罗达点点头，直起身子，悄悄拉开门，客厅里没有人，厨房传来人声，罗达赤着脚，踩着冰冷的地板，轻轻走到转角处，厨房没有开灯，外面是阳台，阳光射进来，照得罗达眼睛难受，这是逆光，他只能看到人影，那两个人影抱在一起，背对着自己的，是妈妈，那男人抱着妈妈，似乎在吮吸妈妈的乳房，而妈妈则抱着那男人的头。罗达低下脸，看见地上是妈妈的白色衬衫和那男人的军装，还有那顶军帽，罗达走过去，将军帽捡起来戴在头上，他盯着眼前紧紧搂在一起，赤裸着上身的妈妈和男人，开心地咧嘴笑了。

■ 3

窗外，大概几百米之外，传来三五声犬吠，罗达闭着眼睛，他的思绪就此被打乱。

罗达听觉敏锐，他觉得，这应该就是从妈妈与罗怀定结婚之后开始的，罗怀定是个少言寡语的人，这个自己叫他爸爸的男人，几乎不会与自己说话，他大部分时间都在部队里，一个星期到两个星期回一次家，回家后便板着脸吃饭，吃完饭便坐在旧沙发上看电视，新闻和京剧，百看不厌，罗达想看动画片，罗达对新闻和京剧一点兴趣都没有。

有一次他看见遥控器放在茶几上，他自己悄悄去拿了，转到有动画片的频道，罗怀定坐在那里，还是一语不发，五分钟之后，罗怀定从罗达手里拿过遥控器，不是拖拽，也不是抢夺，只是拿过去，罗怀定身上有一种让罗达不得不服从的压迫感，罗怀定拿了遥控器，换到中央一台，然后将遥控器放在手边，罗达再也不敢言语，躲回自己的小卧室里，那是外阳台隔出来的一间小屋，罗达手里拿着连环画图册，但他一页也没看，他坐在那儿，耳朵排除阳台外的一切杂音，猫叫声、小孩儿的啼哭声、车子的喇叭声、收破铜烂铁的小贩吆喝声、邻居的争吵声……这些都无关紧要，无须从耳朵进入大脑，都通通被罗达关在耳朵外面，而进入他耳朵的则是客厅里传来的所有声响，电视机里新闻联播结束时的音乐，罗怀定与康霞的对话，甚至他们喝水的声响，喘气的声音罗达都不会放过，那些声音里，透漏着他们的所思所想，有时候康霞会叫罗达出来吃水果，有时候会走到门边看他在做什么，但没有对话，没有交流，没有讲故事。

康霞那个时候正担任小学高年级班的班主任，为了能多挣一些钱筹措新家的装修费，除了周末两天要去补习班上课，平时晚上给班上孩子的补习也安排得满满当当，康霞会在下午五点回来给罗达做饭，七点钟的时候离开，罗达无所谓，至少在平时有动画片可以看，他不喜欢妈妈的声音，总是嘶哑，显得疲惫，严重的时候就和动画片里的巫婆说话一般，他喜欢动画片里公主的声音，那么温柔甜美。

■ 4

上了小学，罗达搬到了新家，康霞评上了一级教师，并升任年级主任，工作更加繁忙，而罗达也知道自己的这个爸爸并不是解放军，而是武警，而且是副队长。有一次，罗达生病了，于是在医院输完液之后才去上学，便搭了罗怀定的车，罗怀定的司机将他送到学校门口，学校的保安就将车拦住，说车子不许进去，然后那司机就说：“什么不许进去，你看见牌照了吗？”那保安又看了看牌照，然后一声不吭地将大铁门打开了。

罗达得意极了，因为不管什么车都是不能进入学校的，但是他今天却耀武扬威地进了校园，唯一不完美的地方就是那正是上课的时间，没有小朋友看到他从车上下来。罗达恋恋不舍地看了一眼这了不起的车牌，平时他并没有什么机会可以坐到罗怀定的这辆挂了军牌的切诺基吉普车，那块白色的牌照上面有一个鲜红的W，他看着吉普车远去，心里溢满了优越感，在那之前，他没有觉得那个不发一言的男人有什么资格当自己的爸爸，他只会坐在那里像一尊雕塑一样盯着电视，只会吸烟喝茶，只会在黄昏的狭小厨房里吸吮妈妈的乳房，他一声不吭的，丝毫没有讨好过自己便成了自己的老子，直到这一刻，罗达才在心里找到这个空降爸爸对于自己来说的一点价值。

“太可惜了，没有同学看到。”

罗达这样想，他很想把今天他怎么来上学的事情告诉自己所有的朋友，可惜他没有朋友，他在教室里总是观察身边的同学，但似乎身边的同学对他没有兴趣。他想把这件事情告诉同桌，他的同桌是个胖嘟嘟的女生，穿着漂亮的蓬蓬裙，小皮鞋上有粉色蝴蝶结搭配着米妮图案的袜子，她还戴着一块漂亮的白雪公主图案的电子表，书包和文具也都是卡通图案的，她看也不看罗达，自从她在开学后不久问罗达是否去过东城游乐园得到否定答案之后，胖嘟嘟女生一下对罗达没了兴趣，罗达本来就少言寡语，不是善于聊天的人，而所有关于在周末爸爸妈妈带他们去哪里游玩了，假日爸爸妈妈会带他们去哪里旅行，生日爸爸妈妈送了他们什么礼物之类的话题罗达都插不上嘴。

而这次罗怀定用他的车来送罗达上学，是多么值得炫耀的事情，他比班上所有的同学都要特别，当然其中不乏有父母开车接送的，但他们也不过只能到校外为止，而自己的车却开进了学校里面，如果所有的同学都不知道，那太可惜了。

罗达想到这里，便觉得紧张，他该怎么向同学们开口呢，该从谁开始呢，他握着铅笔，在课桌上来回画着，当他紧张的时候就会这样，同桌胖嘟嘟女生受不了罗达摩擦铅笔的声音，她也不愿和罗达讲话，连抗议也懒得提，一下课便站起来，厌恶地瞥了罗达一眼，走出教室。罗达在那里如坐针毡，他感受到了身边女生的厌恶，罗达没敢去看胖嘟嘟女生，他专心摩擦着铅笔，但他的耳朵竖着，灵敏地捕捉着教室里的所有声音，胖嘟嘟女生愣愣的“哼”声虽然细小得没有任何人可以察觉，但罗达就是听到了，那声音像针一样刺了他的耳膜一下，他咬咬牙，继续摩擦着铅笔，他捕捉教室里的声音，小组长催促同学们交作业，女生在一起讨论午餐吃什么，男生谈论起昨天下午的球赛和今天下午放学后的安排，罗达用耳朵搜寻着，搜寻着一个可能对自己友善的声音源，搜寻着一个可以插话的缝隙，搜寻着一个自己可以切入的话题，整整下课十分钟，他失败了，随着上课铃声打响，他的铅笔笔尖随之断裂，他陷入绝望，他感到窒息，他觉得这个教室里所有的声音都是噪声，所有同学的面容都令他讨厌，所有的一切都与自己的世界格格不入。

“这是你与众不同。”

课前准备的一分钟，他唯一的好朋友忽然坐到他的身边。

“我不需要你的安慰。”

“不，我不是安慰你，我只是在为你骄傲，因为我看到了，我看到了你坐在军车上得意洋洋的样子，他们都太普通了，他们不会明白。”

这个时候胖嘟嘟女生回来了，当胖嘟嘟女生坐下的时候，罗达的好朋友站起身给胖嘟嘟女生让了座，然后对胖嘟嘟女生做了一个鄙夷的手势。

罗达忽然“扑哧”笑了。

“神经病。”

胖嘟嘟女生又低声嘟哝，她以为罗达听不到，但罗达当然听到了，他对站在教室门口的好朋友笑笑，至少有一个人知道，他的优越，他的与众不同。

■5

罗达想到这儿，心里不免有些沉重，不知道现在是什么时间呢，总之天还没有放亮，罗达睡眠并不好，一些细微的声音都会让他从梦中惊醒，从中学开始他便习惯戴上耳机听着音乐入睡，音乐可以掩盖一些夜里细微的、不需要他去注意的声音，但是对他会产生影响的声音，比如寝室室友的夜谈或梦呓，谁下床去厕所发出的噪声，他都能听到，他无须醒来，便知道谁下了床，他在床下停顿了多久，他在厕所里待了多久，又什么时候回到床上，他像蝙蝠发出超声波一般，通过声音去辨识周围的环境。

罗达想起初中时期的住读经历，寝室室友的夜谈他从不发言，他只是尖着耳朵去听，却从不吱声，他不发表自己的言论，却在心里对室友们的言论评头论足，有些时候他对室友讨论的事情嗤之以鼻，在心里把他们鄙视了几百遍，有时候他觉得他们讲的东西又很有趣，会默默记下，然后等夜深人静的时候和好朋友讨论一番，有时候好朋友会坐在床尾，有时候好朋友会抓着护栏盯着他。罗达并不关掉音乐，也不用调小音量，他只在心里对好朋友说话，而好朋友的回答也会直接出现在脑海，好朋友也能听到他听的歌曲，有时候听到让人陶醉的歌曲，两人便沉默下来。

沉默寡言的罗达在中学里也没有什么好朋友，他并不擅长运动，不会打篮球也不会踢足球，所以班上的男生都不太搭理他。而对于女生来说，罗达更是奇怪又难以亲近，罗达虽然长得不算难看，但爱驼背，头发上颗颗头皮屑清晰可见，稀疏的胡楂上常常沾着食物残渣，看上去总是脏兮兮的不太爱干净，他总是一个人窝在座位上，看人也总是眯缝着眼睛，透着一股子邪气，时常还自言自语，女生当然也不敢和他说话。

同学们异样的目光和闲言闲语他当然多少知道，起初还有些自卑，越是自卑便越想伪装，便越是和同学们疏远，他变得几乎不在教室或寝室里说话，就算有男生当着他的面开他的玩笑，他也当做没听见，独自走开。

罗达用那种奇怪的、拒人于千里之外的眼神看向走近他的同学时，他的内心何尝不渴望对方露出一个友善的笑容，但所有停留在他身上的眼神，都是冷漠、害怕、嘲讽……

从被班上同学反感到无视，罗达习惯了把沉默当做躯壳，同学无视自己，自己也可以无视其他人，他的心早已冰冷，和他对话的只有他的好朋友，他们一起吃饭，一起做作业，一起睡觉，一起坐公车回家，音乐是他的好朋友，成了他那个时候生活的全部。

三、初恋

他心里想象着自己一拳打倒肚皮哥的情景，然后一脚踩烂肚皮哥龌龊的脸，想象着一把抱住张婷，张婷也抱住他那动人的画面，想象着张婷为自己的英勇和爱而倾倒，两人从此确定恋情，手牵着手，听那些爱听的歌……

■ 1

直到初三的时候，一个叫张婷的插班生成了他的同桌，当这个女孩儿坐在罗达身边的那一刻，就似乎用炙热的手把罗达从冰窖里揪出来了一般，在罗达眼前那灰色的世界逐渐有了色彩，罗达早已消失的信心和希望似乎被这个女孩儿一把点燃。

"我是可以有朋友的！"

罗达在心里疾呼，他手里的签字笔飞快地画过作业本。

"你不做早操？"

这是张婷对罗达说的第一句话，在第二节课后，那是学校规定的早操时间，这一句可以说是问候的话，罗达等了太长时间，长到自己都忘了原来还有同学愿意和他说话。

罗达摇摇头，他内心激动极了，他想挤出一个友善的笑容，但却因为太长时间没有过表情，面部僵得让那笑容看上去说有多别扭就有多别扭。

"你不用做早操，挺酷的。"

张婷把腿高跷到课桌上，这个时候，教室里只有他们两个人。

"我不做早操也没关系，没人管我。"

"这么牛？"

"嗯？"

罗达一时没明白，愣了一下。

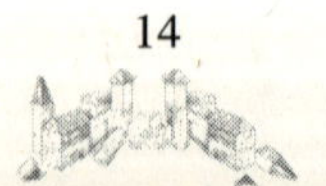

“老师不管?”

张婷又问。

“不管。”

“牛,不过我以前在我们学校,老师也不管我。”

张婷咧嘴笑了,罗达鼓起勇气侧头去瞥张婷,三颗耳钉在张婷的右耳上显得特别刺眼。

“抽烟吗?”

张婷在口袋里掏了半天,掏出一包烟,张婷的声音有些哑哑的,但在罗达的耳朵里,太久没听到如此动人的声音了。

罗达并不会抽烟,但他不想再次错过认识朋友的机会,他点点头,张婷抽出一支烟递给罗达,自己再抽出一支拿在手上,她转头看向教室门口,确认是否有老师。

“哪里可以抽烟?”

张婷看向罗达问道。

罗达知道许多不良的男生都在天台抽烟,以前他们在厕所抽,常常被老师逮到,于是转移到了天台上,但罗达害怕张婷被那些不良男生盯上,他害怕自己就此失去好不容易得来的朋友,他想女厕所应该抽烟也没有关系。

“厕所可以抽。”

“走吧。”

张婷起身,罗达跟在后面,校园里正播放着广播体操的配乐,而他的耳朵里,却是重金属架子鼓如雨点般爽快的节奏,眼前是迈着大步帅气的新同学。

“哦,对了,我叫张婷。”

张婷转头对罗达说,同时将烟叼在嘴里。

“我叫罗达。”

■2

张婷成为罗达同桌的当晚，罗达开心得有些忘乎所以，他在被窝里窃笑，从文具盒里拿出张婷给他的那支万宝路香烟，一个劲儿地嗅着，他从未抽过烟，他很想试试，但又不知道该如何向会抽烟的室友开口借火，他决定把烟收好，这支烟他要珍藏在身边，但为了和张婷能够接近，他决定放学的时候去买包烟学着抽。

“你傻了吧。”

好朋友又坐到了罗达的床尾，不屑地看着罗达嗅着那支香烟如痴如醉的表情。

“她只是还不知道你是被班上同学孤立的人，白痴，你以为她会跟你做朋友吗？”

“那也无所谓，只要能听到她的声音，我就很开心了，她对我说话时的声音。”

罗达争辩道，他厌恶好朋友那冷漠的神情。

“只是太久没有同学和你说话了，其实这个张婷和那些同学都一样，一旦知道大家对你的看法，便不会再和你做朋友，他们都是一丘之貉、势利眼，他们的世界容不下你，张婷也一样，张婷不过是还没有认识其他朋友而已，当她有了朋友，你就只有被抛弃的份儿。”

“不，并不是这样，张婷和他们不一样，等着瞧吧，我要证明我可以的，你是错的！”

罗达翻身闭上眼睛，不再理好朋友，沉沉睡去。

第二天，数学课的时候，张婷也不听课，拿出随声听，戴上耳机，趴在桌上。

“你听谁的歌？”

罗达觉得张婷个性极了，心里更喜欢张婷了，于是鼓起勇气，涨红了脸，轻声问道。

张婷也不回答，手轻轻敲着桌子，打着拍子，她直视着罗达，眼睛圆圆的，罗达紧张得几乎要窒息了，这时张婷将抽屉里磁带的封套放在罗达面前，努努嘴，罗达一看，是周杰伦的专辑，罗达没听说过周杰伦，他更爱听Beyond 的歌。

“好听吗？”

罗达试探着问，张婷还是不说话，只是取下一只耳机，递给罗达，罗达兴奋极了，他像接过最珍贵的礼物一般接过耳机，轻轻放进耳朵里，随声听正播放《可爱女人》，罗达和张婷一人一只耳机听着歌，罗达觉得那一刻幸福极了，简直如置身于天堂般快乐，他甚至不敢动弹，害怕一个错误的动作，便破坏了此刻的美好，一切都不复存在。

下课的时候，张婷把随声听递给罗达。

“我出去抽支烟，随声听你拿着听吧。”

张婷说完便离开了，罗达握着张婷的 SONY 随声听，开心得不知所措，他多么希望身旁的同学能注意到刚才那一幕，能注意到他正拿着张婷的随声听，听着周杰伦的歌曲，他得意洋洋，脸上挂满了笑容，他环视教室，这几乎是他来到这所中学，坐在这间四方屋里最最骄傲、开心的时刻，他回想先前在课堂上趴在桌上张婷的侧脸，她虽然看起来很冷酷，坏坏的，还爱抽烟，但却是罗达见过最美丽的女孩，那似乎对一切都无所谓的侧脸，也是罗达见过最美的侧脸。

毫无疑问，那个时候罗达便喜欢上了张婷。

■ 3

罗达去音像店买了周杰伦的磁带，每天都戴着耳机摇头晃脑听周杰伦的歌，每天最期待的时候就是能见到张婷，只要坐在张婷的身边，什么都不做，什么都不想，就可以开心一整天，要是张婷给他说句话，或聊了两句，那便是值得一整晚去回味。

这样有期待的生活，罗达似乎太久都没经历了，在此之前很长一段时间，无论周遭是喧嚣还是安静，对于罗达来讲都没有区别，他似乎有一件隐形斗篷，或者一个透明房子，将他与外界隔离开来，这个世界和他不相两立，他自卑地想，或许自己就是那种畸形的人，从这个世界汲取水、空

气、阳光和食物，而不想还给这个世界任何东西，声音、行动甚至思想，都与周遭的世界无关。

罗达认为他本来就是一个孤独的存在，从每一个节点开始，外界给他提供的信息他去回馈似乎也并没有这个必要，他有可以交流的人，就是好朋友，他只要和好朋友对话就够了，但张婷的出现让一切都变了，就像一幅画有了色彩，盲人忽然恢复了光明，面前的高墙忽然垮塌，一个活生生的人站在了自己的面前，和自己说话，向自己提问，和自己分享音乐乃至分享心情，在此之前，罗达早已忘记了孤独，因为没有对比，这时他才发现，人若与外界隔绝，便如同行尸走肉，没有喜悦便不知愤怒，没有悲伤何谈快乐，期待、彷徨、担忧、激动，这些难以界定的词语在这一段时间得到了具象，对于罗达来说这是莫大的幸福，而这幸福，便来自于张婷。

好朋友不来看他了，罗达满脑子都是张婷，好朋友便没有了用武之地，罗达决心鼓起勇气，他喜欢这个女孩，他要让这个女孩知道他喜欢她，他要让这个女孩也喜欢上自己。

那个时候，许多女生都爱搜集笔记本，罗达去文具店买了一本最流行的韩国品牌的笔记本回家，然后把周杰伦的歌词抄在里面，他把每天对张婷的心情记录在本子上，自己也尝试写一些句子，虽不能成章，却点点滴滴都发自肺腑，罗达决定把自己的这本心情日记，作为礼物在张婷生日时送给她。

但几周之后，罗达便发现，张婷和年级上的一些不良生走得很近，他们时常聚在一起抽烟，平时还翻越学校的院墙去外面网吧上网打游戏，罗达并不想招惹那帮不良生，曾经也被其中几个带头的羞辱过，不过罗达不去招惹他们，甚至像隐形一般避开那些人，他们也慢慢忘记了欺负罗达会有什么乐趣。

很快，便有闲言碎语传开，说张婷和那群不良生中外号叫“肚皮哥”的男生在一起了，经常出双入对，那帮人都尊称张婷一声“婷姐”，罗达听到这个消息的时候几乎不相信自己的耳朵，直到自己亲眼看到张婷和肚皮哥走在一起，才五雷轰顶一般，咬着牙，捏着拳头，站在那里全身发抖。

罗达很想向张婷去确认这件事情，但又无法开口，在他的世界里，张婷亦然在某一刻成为了其中的一部分，他把和张婷的些许交流都无限放大化、延伸化，张婷早已不仅仅是自己的同桌，而是朋友，是知己，是带给他光亮和色彩，倾听他喜怒哀乐的一人，她取代了好朋友的地位，成为了自己的所有和唯一，而现在这个唯一，却要被那帮年级上游手好闲的渣子抢走。

罗达怒不可遏，他回到寝室后便躺在床上，盖上被子，阵阵发抖，他闭着眼睛，腮帮子像蟾蜍一般鼓动，他心里想象着自己一拳打倒肚皮哥的情景，然后一脚踩烂肚皮哥龌龊的脸，想象着一把抱住张婷，张婷也抱住他那动人的画面，想象着张婷为自己的英勇和爱而倾倒，两人从此确定恋情，手牵着手，听那些爱听的歌……

想着这些，罗达心里多少好受一点，但冷静下来也明白，他没办法一拳打在肚皮哥的脸上，他更不可能去一把抱住张婷，他甚至和张婷说句话都没有勇气。

他能做的，就是把那本写满情意的笔记本递到张婷手中，让她对自己回心转意。

罗达决定了，罗达在被窝里使劲儿点着头，第二天一早，他便将笔记本从枕头下面取出，放进了书包里。

从早晨教室里的灯亮起，罗达便在等待，等待把笔记本交到张婷手中的那一刻，同学们陆陆续续来了，有的睡眼惺忪倒在桌前，有的一边吃早餐一边记单词，有的三三两两聚在一起聊天……而罗达手里握着笔记本，坐在那里一动不动，眼睛紧张地望向门口，看着进教室的每一个同学，一次次地失望，直到早自习结束，张婷都没有来。

第一节课结束的时候，张婷终于哈欠连天地出现了，一落座便趴在桌上。

“早。”

罗达轻声说，张婷没有回答，看了一眼，便又闭上眼睛。

“昨晚没休息好？”

罗达问道，张婷睁开眼，有些不耐烦，但似乎想起什么，忽然笑了。

“昨晚出去打通宵了，寝室老师居然没发现，真白痴，今天下午再出去打两个小时，我的法师就可以升到三十八级了，真棒。”

张婷似乎是自言自语又似乎是回答罗达，说完坐起来，伸了个懒腰，网络游戏让她看似又振奋了一下。

“我有东西给你，这个送给你。”

罗达把笔记本递到张婷面前，他不知道什么时机，但他知道要是再不把东西交给张婷，他便再没有这决心和勇气了。

“这是什么？”

张婷一只手翻开本子，一脸疑惑。

“这是我送给你的礼物，上面是周杰伦歌曲的歌词，还有我写的一些感想和心情。”

“送给我？”

张婷似笑非笑问道。

“嗯。”

罗达很郑重地点头。

“这个拿来有什么用？”

张婷笑出了声。

“罗达，你是不是没睡醒？”

罗达早在心里设计了一百种张婷的回答和反应，但万万没有想到会是这句，这句话像一根刺一样刺进心脏，没有血溢出，却疼得无法说话，那一刻罗达的耳边忽然闪过小学时胖女孩儿同桌的那句“神经病。”

罗达再也说不出一句话，他愣在那里，脑子一片空白，张婷把笔记本合上，放在乱七八糟堆放的课本上面，趴在桌上又睡了。

罗达不敢去想象刚才是否是遭到了羞辱，看着自己的期望、心血、热情和爱慕就只有被丢弃在一旁，太久没有疼痛过的内心，像刀绞一般疼痛起来。

罗达却没有责怪张婷的意思，他的恨意全部转到了肚皮哥的身上，就是那群人，那群小流氓带坏了张婷，让她迷失了方向，而自己，决不会在此刻轻言放弃，他一定能有办法打动张婷，让她回到自己的世界。

上午最后一节课的铃声打响，当同学们都奔向食堂的时候，张婷也揉着惺忪的睡眼醒了，罗达却没有离开，而是坐在位置上，叫住了张婷。

“张婷，我有话想对你说。”

“什么事？”

“我送你这个笔记本，是觉得和你很聊得来，真心想和你成为好朋友，你很有个性，我很喜欢你，我不想看到你被肚皮那帮人给骗了，他们都不是什么好东西，你跟着他们很危险的，你不要和他们做朋友好吗？”

“我和谁做朋友关你什么事？”

张婷不解地问。

“因为我喜欢你，你是我的朋友。”

“我不知道你在说些什么，肚皮他们说你脑子有点秀逗，我还替你辩解说你只是胆子小而已，看来你的确脑子有点秀逗。”

张婷笑笑，站起身来离开座位。

“婷婷，走，去吃饭！”

这个时候，肚皮那帮人在教室外面叫张婷，张婷答应一声，瞥了罗达一眼，便跟着肚皮等人离开了。

罗达一个人坐在那儿，咬紧牙关，他睁着眼睛愤怒地盯着张婷离开的门外，心里反复想着张婷一定是被那帮人迷惑了，他一定要从那帮人手里将她夺回来，不惜一切代价！他握着笔用力在桌面上画来画去，但他却丝毫没有意识，那支笔早已断了，而血正从虎口顺着笔杆颗颗滴下。

■ 4

一整天，罗达都一言不发坐在座位上，午饭和晚饭也都没有吃。

因为晚上是班主任的自习课，所以张婷并没有逃课，晚自习结束的铃声一打响，没多久罗达便看到站在门外的肚皮那帮人，班主任走过他们面前时，他们还装模作样地向老师问好，嬉皮笑脸，在罗达眼里厌恶至极，张婷收拾好了包正准备离开，罗达却一把将张婷拉住。

“你别去。”

张婷也傻了眼，没想到罗达会这样做。

“你干吗，你疯了吧？”

“我就是疯了，要是你跟肚皮他们走，我就……我就……”

“你怎样？”

“我就把他们都杀了！”

罗达眼露凶光狠狠说道，那一刻张婷也吃了一惊，但随即哑然失笑。

“他们就站在外面，你去杀啊？”

罗达拉着张婷的手，身体因为愤怒和紧张剧烈抖动。

“你放手！”

“我不放！”

张婷想要挣脱，一甩手将桌子上的书全掀翻在了地上，而自己的手也吃疼，叫出了声，正在外面和其他人聊天的肚皮听到动静，一下冲了进来。

“你他妈的找死是不是？”

肚皮是校田径队的，人高马大，看见张婷捂着手，一下子火冒三丈，上去一把揪住罗达便往外拖，罗达想要挣脱，肚皮二话不说一掌就劈了上去，罗达脑袋一发懵，加上一天没吃东西，顿时没了力气，被肚皮直接拖到了走廊上。

“把他架上天台。”

肚皮对他的那帮人说道，罗达眼冒金星，耳朵嗡嗡直叫，沉重的身子忽然一轻，似乎被人架了起来，他想挣脱，肚子又挨了两脚，紧接着便被架着上楼梯，不多一会儿，耳鸣似乎减轻了，耳边传来风的呼啸声，脚下一软，便被扔在了天台上。

罗达听到四周的议论声和叫骂声，五六个人正围着他，似乎有人在问打还是不打，罗达听到肚皮的声音，肚皮说当然打，不然多没面子。

“你们把我打了，你们都他妈的要完蛋！”

罗达忽然像发疯了一般地蹿起来，揪着比自己高出一个半个头儿的肚皮叫嚣道，他咧着嘴，沉重地呼着气，肚皮倒是吃了一惊，也一把揪住罗达的衣领。

“告诉你们这群王八蛋，我老子是武警，你们让我见一丁点血，就等着残废吧！”

罗达狂叫着，肚皮本来还有些犹豫，想吓唬吓唬罗达就算了，但经这么一激，顿时气血上涌，一拳就捶在罗达脸上，罗达一下子便滚倒在地，五六个人一拥而上拳打脚踢，黑暗中，罗达蜷着身子，用双手护住脸，耳边是冷冽的夜风无休无止地嘶鸣，他用尽力气睁开眼睛，看见好朋友坐在一条黑漆漆的管道上面看着自己，罗达忽然笑了，好朋友也跟着笑了。

■ 5

罗达双眼盯着天花板，鼻子用力地呼吸着房间里的消毒水味，他想起昨晚母亲康霞焦急的神情和罗怀定严峻的面孔就觉得得意，这两个人已经很久没有同时出现在自己面前了。

前一晚，罗达从天台爬下来，他把手肘和膝盖上的血抹到脸上，一屁股坐在保安室门口，随后班主任便闻讯赶来，通知了家长，将罗达送到医院，经过检查，罗达右手小指骨折，左小腿肌肉拉伤，身上有多处破皮和淤青还有轻微脑震荡。

本来经过处理包扎可以回家的，但罗达不发一语，眼神涣散，医生建议留院观察，整整一夜，罗达一句话也没说，康霞在旁边默默流泪，第二天一早便搭罗怀定的车去了学校解决此事。

经过协商，校方决定开除肚皮，张婷和其他几名参与殴打罗达的同学记大过处分，参与殴打罗达的同学家长负责承担罗达的所有治疗费用，并去医院向罗达当面道歉。

下午的时候，肚皮等人到了医院，罗达就躺在床上，一语不发，肚皮和张婷等人灰溜溜地站成一排，昨日的骄狂不再，齐声向罗达道歉。

“看见了吧，就这副怂样儿。”

罗达突然转过头，对着空无一人的角落说道，然后咧着嘴怪笑，大家都吓坏了，面面相觑。

“精神科的检查结果还没出来，要是我儿子被打出了什么毛病，我……我到时候会再找你们理论。”

康霞又一时情绪激动，眼泪倏然而下，肚皮几人都吓得不行，赶忙离开。

伤势好得差不多了，康霞带罗达到精神科做了一系列的检查，罗达回家休养，康霞独自见了医生，结果证实，罗达患有强迫症和妄想症。

“因为在你的家族中，你的表妹也患有强迫症，所以我们不能排除有遗传的可能性，但就病人的病状来看，病人的病前人格应该就已经具备强迫症人格，而长期的抑郁、孤独造成了妄想症的并发状况，可能因为某些事件加以刺激，所以才让患者的病情突然严重爆发。”

“那我儿子……我儿子还有救吗？”

“你别着急，其实病人的病况并不算特别糟糕的，完全处于可控制范围，只要积极配合治疗，病情很快就会减轻，甚至完全康复也是大有希望，当然这很大一部分取决于患者和你们家属配合的程度。”

“我们当然配合，我儿子该怎么治疗？”

“药物治疗方面我会给病人开一些三环类抗抑郁剂及单胺氧化酶抑制剂，病情控制下来之后，建议配合用一些颐神养气的中药，家人尽量抽出时间多和病人沟通，千万不要向病人施加压力，考虑到病人还是学生，身体康复后尽量还是让他回到学校上课，融入校园生活，这样会对病人的成长有所帮助。不过，无论是药物治疗还是心理治疗，都需要一个漫长的、循序渐进的过程，疗程至少在半年或一年以上，所以家人最好也有一个心理准备。”

从医院回来，康霞向补习班请了假，专门去了菜市场，鸡鸭鱼肉买了一大堆回家，做了一桌丰盛的菜，那时候罗达身上的伤都好得差不多了，行动也方便，但就是不愿意回到学校，整天在家看电视，也不说一句话。

“罗达，妈妈平时忙，你要是这几天不想回学校，就跟妈妈学做两个菜，平时自己做饭吃，其实也挺有意思。”

康霞满面堆笑，看向正一个劲儿扒饭的罗达，罗达忽然停下筷子，点了点头。

转眼罗达在家里待了半年，身心似乎都已经康复，虽然升学考试考得一塌糊涂，但罗怀定和康霞还是想尽办法疏通关系，又交付大额的择校费，将罗达送进离家最近的一所高中就读，罗达从住读改为了走读，康霞也辞去了补习班的工作，周末尽量在家陪伴罗达。

虽然高中时的罗达还是寡言少语，但至少不像病情严重时那样时而疯癫时而痴呆了，在没有同学知道他的曾经的教室里，他只是一名普普通通的、性格内向的学生；回到家里，罗达也和一般高中生一样，无精打采地做作业、兴趣盎然地玩电脑游戏，偶尔会帮着妈妈做些菜，在康霞眼里，罗达已然康复,甚至比以前变得更加乖巧懂事了。

罗达停药后近一年都没有再发病,这让康霞和罗怀定甚至都忘记了自己的儿子患有强迫症这件事情,那时罗怀定升任了支队长,工作比以前更加繁忙,因为队里都在议论罗怀定还有高升的机会,罗怀定的工作压力更加大了,处处谨小慎微,而康霞怕他身体吃不消,于是更多的时间分心于照顾罗怀定。

罗达升入高二,要迁至学校在高新开发园区的新校区就读,新校区离家车程一个半小时,每天来回太不实际,刚好园区开发了许多新的商品房楼盘,罗怀定和康霞商量再三,决定在罗达的新校区附近买下一套两居室的小户型,一是方便罗达居住,二也算是做一个不动产的投资,高新园区发展很快,等罗达毕业,这房子或租或卖都能赚到钱。

“儿子快两年没有住过寝室了,平时在一个教室上课,并不会产生多少摩擦,住一个寝室就不一样,万一儿子好不容易康复的病又在高考前发作了,怎么得了,再说,也能时常去给他熬个汤,监督他学习,所以买这房子,百利而无一害。”

康霞下定了决心,罗怀定也没说什么,表示赞同,两人这些年都有些积攒,高新园区的房价那时也还算很低,所以买一套不是问题,于是在暑假的时候,康霞就在离学校最近的一个小区买下了一套住房,并给学校出具了罗达有强迫症前科的医院证明,学校当然欣然同意。

四、狂热

对于性，罗达充满幻想，但他对学校的女生全无兴趣，冷漠势利的灵魂外包裹着的躯壳罗达毫无期待，在那时唯一能让罗达产生浓烈的兴趣并耗费无数时间去幻想的，当然是和他交流最频繁，也最亲近自己的家教老师陈莉薇。

■ 1

罗达不知在什么时候睡着了，伴随着一声女人的呻吟，罗达突然睁开眼睛，天色已经微明，些许光斑在墙上移动，罗达觉得脑子有些发沉，但思维却十分清晰，刚才一定梦见了什么，那画面如何也想不起来，但声音却刻在耳际，那声音他太熟悉了，那是他唯一一次进入女人的身体，那女人说的每一句话，每一次呻吟乃至每一个呼吸，他都记得真真切切，不需要用脑子去记，就像附着在耳朵上一样，随时都能真切地回放。

"陈老师。"

罗达张张嘴，喉咙里没有发出声音，他努力回想第一次见到陈莉薇的情景，哪怕只有一些零星的画面。

■ 2

进入高二，罗达的数学学习更加吃力，考试成绩更是一塌糊涂，康霞通过家教介绍中心，找到了正就读于东城理工学院的学生陈莉薇给罗达补习数学。

康霞一早告诉罗达为他请了家教，罗达没有异议，但却并不高兴，他对数学不感兴趣，更不想什么家教来占用他本该玩电脑游戏的时间，但自己的数学成绩的确太差，罗达也找不到理由去拒绝妈妈。

一个周六的下午，罗达正在玩反恐精英，激战正酣，屋门外传来门铃声，妈妈应了一声便去开门了，罗达并没有停下，继续玩着游戏，耳朵却竖了起来，听着门口的动静。

“你是小陈老师吧，第一次来没能去接你很不好意思。”

“阿姨不用客气，我学校离这边很近，挺好找的。”

之前康霞从未跟罗达提起家教老师是女生，罗达先入为主一直以为是学数学的男老师，而且陈莉薇十分甜美温柔的嗓音，大大出乎了罗达的意料，罗达一时晃神，游戏里操控的角色就被打爆了头，罗达随即关了电脑，站起身，走到门边。

“罗达，过来，叫陈老师……陈老师，这孩子就是罗达，数学差得厉害，就拜托你了。”

罗达看向陈莉薇，个头小巧，眉清目秀，穿着朴实，头发束着马尾，一看便是大学生的模样，罗达对着陈莉薇点点头，一下害羞起来，随即不敢再正视陈莉薇，而陈莉薇则是温柔大方地一笑。

“罗达你好，以后就要多加油哦！”

罗达点点头，想笑却又不知该如何去笑，太久没和女生说过话，罗达觉得喉头发干，紧张无比，于是抿抿嘴，进了房间。

陈莉薇毕竟还是学生，讲课并不像补习班老师那样例行公事，课余休息之时，也时常和罗达聊天，问一些学校的情况，也谈谈自己的大学生活和将来的打算，陈莉薇说话不急不缓，总是面带微笑，遇到再三讲解罗达都无法理解的话题，她也会换别的方式耐心再试，随着时间的累积，不仅罗达的数学成绩卓见起色，和陈莉薇也从师生关系变得亦师亦友，从之前的一言不发到后来也愿意开口交流。

最初的时候，每次陈莉薇来家里给罗达补课，康霞都担心罗达的病会因为交流不畅而出现什么突发状况，所以总是守在客厅，罗达和陈莉薇在房间里上课，康霞则批改作业或看报纸，时常走到门边听听里面的情况，期末考试之后，罗达的数学考出了不错的成绩，康霞也十分开心，不仅和陈老师又续了半年的约，并为陈莉薇加了薪，陈莉薇家境并不富裕，这一份家教工作的薪水足可支持她每月生活一半开销，所以她也非常乐意和开心。

新学期开始后，康霞不再去守着陈莉薇给罗达补课，一来罗达每周日的补课已是习以为常，不再有任何担心；另一方面罗怀定工作十分繁忙，也需要人照顾，高新园区和临安区几乎在东城两端，来回实在不便，康霞也觉得需要多给儿子一些信任。

每个星期天下午，陈莉薇都会来罗达家里，没有康霞在，居室里便只有罗达和陈莉薇独处，这也是那么长的时间，罗达和同龄女生唯一的独处，他厌恶课堂，但却每周都期待着陈莉薇来到家中上课的时光，就像常年不见天日的植物渴望阳光一般，罗达渴望见到陈莉薇，每次想到她，或者听到她讲课的声音，罗达都会产生莫名异样的冲动，那种感觉就算是最初的张婷也没有带给他过。

从张婷之后，罗达便完全封闭了自己的世界，所有与人的交流都显得危险和无意义，他不再相信任何人，所有的人在他眼里都那么虚伪、善变，同学之间总是结成小团体，成绩优秀的看不起成绩差的，家里有钱的看不起没钱的，一个个自以为是，对自己有利的人便曲意奉承，对自己无助的人则冷言冷语，什么互相帮助，什么助人为乐，什么团结同学，都是无稽之谈。

罗达既厌恶又愤恨，但高中以来，久而久之也觉得麻痹，也许人和人之间并不需要多少精神上的沟通，日常的相处惺惺作态足以应付，恐怕身体的媾和才是人们取得信任的有效途径。

罗达在这一点上，和处于青春期的男生们当然达成了一致的默契，除了电脑游戏，他当然也会和班上男生一起向街边贩售盗版光碟的小摊贩儿购买毛片儿，大家紧张兮兮的，怀着激动的心情将毛片郑重地放入书包，然后相视一笑，那个时候，罗达甚至以为自己和班上的这些男生是好朋友，在这些男生面前，他更有得意之处，他常常一个人在家，他有大把的时间可以自由自在毫无顾忌地看毛片儿，而不像其他男生那样偷偷摸摸，害怕家长突然偷袭逮个正着。

对于性，罗达充满幻想，但他对学校的女生全无兴趣，冷漠势利的灵魂外包裹着的躯壳罗达毫无期待，在那时唯一能让罗达产生浓烈的兴趣并耗费无数时间去幻想的，当然是和他交流最频繁，也最亲近自己的家教老师陈莉薇。

上课的时候，罗达会偷偷去观察，陈莉薇一张一合的嘴唇，微带芳香的鼻息，鼓起的胸部还有穿着可爱卡通图案棉袜的脚丫。

罗达对陈莉薇的幻想愈演愈烈，关于老师的一切，他似乎都想去观察、想去了解。陈莉薇上洗手间的时候，他会悄悄站到门口偷听，陈莉薇在讲解题目上靠近自己，罗达便会面红耳赤，身体的某个部位也会反应。

对于陈莉薇声音的迷恋，罗达更是无法自拔，以至于陈莉薇叫一声他的名字，身体也会禁不住震颤，他几乎每晚都在脑海里回放他与陈莉薇的对话，每一句笑谈，每一声问候，每一回笑声，每一个呼吸，享受了这交响乐般美妙的声音，罗达才能安心入眠。

罗达就像一把干柴，一丁点的小火苗便会让他彻底失控，直至燃烧至灰烬。

■ 3

四月中，梅雨落个不停，天空总是灰蒙蒙的，倒是干净的天气，云淡风轻。这个周末，陈莉薇又如约到罗达家补课，这日也只有罗达一人在家，下午三点过，门铃响的时候，比平时晚了一些。

打开门，陈莉薇穿一件开襟衬衫外套一件条纹毛衣，下身配黑色短裙搭配长筒鞋，头发也专门做过，相比平时的朴素妆容，今天的打扮让罗达惊得半天说不出话，而陈莉薇更是两颊红晕，连忙为迟到道歉。

“我的一个老师结婚，中午吃喜宴，喝了两杯，迟到了，真不好意思。”

“没事。”

罗达眼睛停在陈莉薇的身上，几乎无法移开。

“小鬼，你在看什么?”

陈莉薇注意到罗达的眼神，笑笑问。

“没……没有，今天陈老师太漂亮了。”

“平时不会这么穿，因为是喜宴嘛，还是打扮正式一点，不习惯了?”

“很美，美极了。”

陈莉薇听了罗达的称赞，高兴得俏皮地吐吐舌头，因为酒精的缘故，虽然不至于醉，但情绪却很高涨，心情也不错。换好拖鞋，两人移步到罗达的书房。

“本来不该喝酒的，自己也不会喝酒，但实在是盛情难却推辞不过，只喝了两杯，但我喝酒上脸，你看，真是的，是不是很红，感觉脸颊好烫。”

陈莉薇把双手放在脸颊旁，罗达更觉得可爱，看得自己也脸红起来，傻傻点点头，两人相对坐着，都笑了。

“今天幸好你妈妈不在，不然准会立即辞退我。”

“不会的，我也不会允许她这么做的！”

“呵呵，你这小鬼，有这么喜欢老师呀？”

“很喜欢。”

“谢谢你。”

“那……我去给老师拿饮料。”

罗达情绪也有些激动，心怦怦直跳，陈莉薇的一句玩笑话，却勾得罗达心痒难耐，一时尴尬，只好走到客厅去冰箱里拿饮料。

也许是酒精作用，又刚走了一大段路到罗达家，屋里也算闷热，陈莉薇随即脱了套在衬衫外的毛衣放在罗达的床上，长长呼出一口气，松了衣领的两颗纽扣，从包里取出备课课本，罗达拿着两罐饮料，在陈莉薇身后盯着她那饱满的身材有些呆了，平时陈莉薇只穿牛仔裤和宽松的外套，从未穿过如此紧身的衬衫和短裙，此时的婀娜身姿，更让罗达心跳加速，忘乎所以。

直到陈莉薇扭头来看，罗达方才缓过神来，急忙递上饮料，并在写字台旁的另一把椅子上坐好。

“你们的课程进度走到哪儿了，这周上数学课感觉怎么样？”

陈莉薇一边翻看备课本一边对罗达说，而罗达的眼睛则停留在了陈莉薇的胸口，白衬衫松开的纽扣里，是若隐若现的白色文胸，丰满的隆起看得罗达移不开眼睛。

“小鬼，想什么呢？”

“啊，没……没想什么，感觉挺好的。”

“你下周又月考吧，是针对这个月学习的知识点吗，函数方面的内容你的问题应该还是挺多的,你给我看看你这周的作业。”

罗达从桌上翻出数学题册放在陈莉薇面前,陈莉薇凑到他身边,翻看他这周的作业,两人咫尺之隔,陈莉薇的鼻息和身上的清淡香味夹杂着一丝热热的汗味一下子直冲进了罗达的脑门。

“有哪些题不懂?”

陈莉薇微微倾身,罗达从领口看去,春光一览无余,罗达的脑海里再融不进半道题目,鼻息里是陈莉薇身上散发着温度的阵阵香气,耳边又是朝思暮想的轻声细语,眼前满目春光如在梦里,罗达已然无法自持,呆呆望着,接不上话。

陈莉薇感觉到了罗达的目光,紧紧领口,瞪了罗达一眼。

“小鬼,看哪儿呢?”

“老师……”

“嗯?”

“老师,我喜欢你。”

罗达再也忍不住了,忽然伸手握住了陈莉薇的手,陈莉薇一惊,随即抽出手。

“罗达,你别这样。”

陈莉薇想要起身,罗达却已管不得三七二十一了,脑袋一发懵,身子一使劲儿,像豹子一把将还未站得稳的陈莉薇扑倒在写字台旁的小床上,陈莉薇想要挣脱,但罗达力气更大,陈莉薇在罗达身下动弹不得。

“罗达,你别这样,你放手,你疯了吗!”

“我就是疯了,我想老师想得疯了!”

罗达不管不顾,陈莉薇越是娇喘反抗,罗达便越受刺激,罗达脑中早是一片空白,除了耳边陈莉薇的娇喘和鼻息里那令人不得自拔的香味,再无其他,罗达吻住了陈莉薇的嘴,毫无技巧,只是疯狂亲吻,陈莉薇挣扎得也没了力气,加上酒力发作,此时也是昏昏沉沉,没了力气反抗,罗达则腾出一只手,慌忙颤抖着解开陈莉薇衬衫的纽扣,握着她的乳房,掀开文胸,吻了上去,陈莉薇脑袋里如过电一般,全身一阵酥麻,再反抗不得,只能任由罗达发疯一般地亲吻揉捏。

罗达全无经验,只是凭着之前看过的毛片儿,依样画葫芦一般又搓又揉，又吻又咬，凭着力气，三两下除去了陈莉薇的衬衫，又伸手去脱陈莉薇的短裙。

“不要！”

陈莉薇忽然反应过来，拼命护住下身。

“老师……我真的很爱你……只要这一次……老师……我真的只有你了……我真的很孤独……老师……求你了……老师……”

罗达一边梦呓般哀求着，一边用手拨开陈莉薇护住下身的手，反反复复几十个回合，陈莉薇也筋疲力尽，罗达又去亲吻陈莉薇的耳朵、嘴、脖颈、乳头、小腹，上上下下，不厌其烦，恨不得亲遍陈莉薇身上每一寸肌肤，陈莉薇没了力气，也再护不住了，罗达迅速褪去了陈莉薇身上的短裙和丝袜，她身上仅剩一条内裤了，她双手挡在那里，眼中含泪，脑子也慌乱一片，而此时罗达却不急于去撕扯陈莉薇的内裤，而是俯下身，埋首亲吻陈莉薇光滑的大腿，然后小腿，当他握着陈莉薇的脚丫开始亲吻舔弄的时候，陈莉薇再也抵抗不住身体的反应，从喉咙里发出了一声呻吟。

这一声呻吟就像催化剂一般，罗达更卖力地去舔舐陈莉薇的每一寸肌肤，每个脚趾、脚背、脚心再到脚踝，一寸寸都不放过，那么认真，罗达顺着陈莉薇的小腿再舔舐上来，停在陈莉薇用手护住的大腿根部。

“老师，求你了，就一次，求你了，老师，我只有你了。”

陈莉薇微微睁开眼睛，她惊讶地发现疯狂如野兽一般想要侵占自己的罗达满面是泪，他几乎是在呜咽，几乎是在恳求，陈莉薇松开了手，罗达埋下头，亲吻那片最神秘的花园……

陈莉薇最后的防线也已失守，她虽然脑子乱成一团，但心里清楚事已至此，罗达不会半路罢手，而更奇特的是，当看到罗达的哀求时自己心里真的生出了一丝怜悯，这怜悯让她在那一刻忘记了羞耻，放弃了反抗，而建立在这之上的，当然还有内心的一丝欲求。

“去戴套。”

陈莉薇轻言道，罗达一愣，反应过来就像接到了圣旨一般，用力点点头，翻身下床冲到父母的房间翻箱倒柜地找避孕套，那避孕套是他自己藏在父母房间的，之所以放在父母房间，是害怕万一康霞帮他收拾房间时发现自己那里有避孕套，无法解释。找了半天，终于找到自己放的避孕套，罗达慌忙爬上床，跪坐在陈莉薇面前，陈莉薇用被子蒙住脸，罗达手忙脚乱地终于戴好了套，他分开陈莉薇的双腿，却找了半天不知该如何进入，陈莉薇叹口气，移开被子，伸出手握住罗达那里，将他顺利引导了进来，伴随着一声低吟，罗达终于进入了陈莉薇的身体……

结束之后，罗达抱着陈莉薇喘息良久，随后拿了被子将两人裹在里面，陈莉薇想起身，罗达却抱着不放。

“我得走了，你妈妈回来了怎么办？”

“她今天不来这边。”

“我真的得走了。”

“老师，你不会再来教我了是吧？”

“我不知道……”

陈莉薇心想当然不会再回到这里，做了这等荒唐的事情，怎么还会回到这里，但要是把实话脱口而出，又害怕罗达做出过激的举动，罗达一直微微啜泣，陈莉薇之前的一丝怜悯在高潮之后，却是阵阵厌恶和羞耻，却又不敢明言。

“老师，我真的很喜欢你，要不我们交往吧。”

“罗达，我有男朋友了。”

“老师，我会对你很好的，我叫妈妈给你加薪。”

“下次再说吧，我还有事情，我真的必须离开了。”

“不要走。”

罗达抱着陈莉薇不肯松手。

“万一你妈妈回来了怎么办，万一呢，之前也有几次她临时过来给你做饭的。”

陈莉薇说完，罗达似乎也有些顾虑，于是只好松开手，陈莉薇起身穿好衣服，弄好头发，拿了包，走到门口，罗达只是跟随在身后。

“今天讲课也来不及了，我下次给你多讲一些。”

陈莉薇急于脱身离开，于是故作一副轻松的样子，挤出一个笑容。

“老师，你喜欢我吗？”

“小鬼，你还小，那下周再见。”

陈莉薇拉开门的手有些颤抖。

“老师,你不会告我吧,你不会告诉我妈妈吧?”

陈莉薇的身后,罗达的声音突然严厉起来,那一刻,陈莉薇感到阵阵寒气,背脊一凉,那言语里分明透着阴森的杀气。

“当然不会,这种事情怎么说得出口!”

陈莉薇转头,故作恼怒,向罗达道了再见,便立即转身走向电梯。

“谢谢你,老师。”

罗达笑了,声音有些沙哑,那本来单纯满足的笑容在那张有些阴沉猥琐的脸上,显得诡异。

五、无罪

我根本没有强奸老师，我们是互相喜欢，是那老师的男朋友怂恿她去报案，他们就想讹诈我们的钱，就这么简单，他要告就让他去告，我根本没有做的事情……

■ 1

五点半的时候，康霞来到学校旁的家里给罗达做饭，七点罗达离开家回学校上晚自习，八点半的时候康霞给罗达打来电话，叫他立即到学校门口。

罗达站在教室门口阴沉着脸，他内心不安，却不露声色，他走回教室，向老师请了假，然后穿过灯光有些昏暗的走廊，拖着不疾不徐的步子走到校门口，远远就看见了康霞，康霞身边站着一男一女，都身穿警服，罗达心里明白，低着头走了过去。

据警方称，晚上七点半，陈莉薇在男朋友的陪同下到高新园区派出所报了案，做完笔录备案之后，时任副所长的郭天长派出两名干警去罗达家传讯罗达，虽然陈莉薇称罗达这个时间一定去了学校上晚自习，但郭天长考虑到罗达还是中学生，于是还是选择了比较温和的方式，如果警车开到学校，实在影响太过恶劣。

在康霞的陪同下，罗达进了派出所，陈莉薇指认之后便离开了，自始至终，罗达一直低着头，一言不发，而康霞则给罗怀定打了电话，又急又气，一时间全没了主意。

在质询过程中，罗达对陈莉薇告自己强奸一事矢口否认，罗达并不避讳他和陈莉薇发生了性关系，但罗达一直坚称那是陈莉薇自愿的，并不是自己强迫与其发生性关系。

“如果是我强奸陈老师，我还有时间去找保险套吗？”

罗达面不改色，冷冷看着质询他的警官。

“你把字签了在旁边房间等一下。”

警官看了罗达一眼，在笔录上点了一点。门打开的一瞬间，罗达瞥见正吸着香烟的罗怀定，一脸严肃地站在门口，对视的那一刻，罗怀定的眼里没有愤怒和失望，只有不屑与冷漠。

十一点过，罗达跟着康霞和罗怀定走出派出所，罗怀定给康霞使个眼色，康霞拉着罗达上了车。

“陈莉薇和罗达都已是成年人，案发场所又是在家中，而且罗达使用了避孕套，又没有第三方在场，这种案件都是可大可小，只要和受害人家属有好的私下调解，无罪的可能性很大，现在证据不足，考虑到罗达还是中学生，做成取保候审和监视居住基本没有太大问题。”警官对他们说道。

“主要是别张扬出去，太不光彩。”

罗怀定微笑着回警官。

“这个老大哥放心，我明白。”

回到家里，罗怀定一直板着脸，康霞则是不住地擦拭泪水，罗达正准备回房间，却被罗怀定一声喝住。

“孽种！”

罗怀定操起沙发上的电视遥控器就向罗达扔了过去，罗达一闪身，遥控器砸在门上摔得粉碎。

“你到底是个什么东西，在我们这样正统的家庭，怎么出了你这么大逆不道的东西！”

“我本来就不是你的儿子！”

罗达冷冷一句激得罗怀定青筋暴跳、火冒三丈，恨不得立马冲上去就是一顿拳脚，但康霞却挡在儿子面前，两鬓斑白、泪眼婆娑。

“他有病，我求求你，他有病……”

康霞一边哭一边把罗怀定往卧房里推。

“你别气了，有什么话冷静下来了再好好说，我来跟他说，你先休息。”

康霞安慰着罗怀定，罗达也转身进了自己房间，关上门，再上了锁，十多分钟后，传来敲门声。

“你开门。”

罗达躺在床上，虽不情愿，却还是开了门，他低着头，又坐回床上躺下。

康霞走进来，站在儿子面前，久久说不出一句话，她看着面无表情的儿子，心如刀绞，泪水止不住地流，她想狠狠教训罗达一顿，又可怜他有强迫症，害怕把儿子逼急了更做出傻事，只能这样进也不得，退也不能，咬着牙含着泪看着眼前这个孽障。

“你怎么能做出这种事情来……”

康霞憋了半天，从嘴里挤出这几个字，一时又伤心难耐，几乎呜咽。

“我没有强奸老师。”

“你没有？你没有人家去派出所报案，现在人家已经立案侦查，你想坐牢吗，你想自毁前程吗？”

“我没有强奸老师。”

“你……”

“我根本没有强奸老师！”

罗达忽然翻身起来，狠狠说道，那冰冷的眼神里满是仇恨，这是罗达第二次深深感受到，被人背叛的羞辱。

“我根本没有强奸老师，我们是互相喜欢，是那老师的男朋友怂恿她去报案，他们就想讹诈我们的钱，就这么简单，他要告就让他去告，我根本没有做的事情，我怕什么！”

“你在家里和老师做这种大逆不道的事情，你还有理了！”

康霞也是气昏了头，用尽力气一巴掌扇在罗达脸上。

“我没有强奸老师。”

罗达丝毫没有退缩，他的身体颤抖着，嘴角渗出血来，康霞又气愤又心疼，心乱如麻却没了主意，更没有精神，她抽噎一声，用尽最后的力气，走出罗达的房间。

清晨的时候，罗达睁着眼睛，他失眠了，盯着天花板，愤愤想了一夜，这时门突然开了，康霞移步进来，坐在罗达的床头。

“儿子，妈妈不是有多大本领的人，你亲生父亲去世得早，要是没有罗怀定，我可能想死的心也有了，你是妈妈唯一的寄托，你出什么事情，都是要了我的命，你得了病，我已是心如刀绞了，你再……我真的是没办法活了，这件事情，你爸爸和我可以帮你平息掉，但下次恐怕谁也救不了你，好吗，就做个普普通通的学生，考个大学，将来找份好工作，这样不好吗，人人都能这样过来，你当然也可以，妈妈给你跪下，妈妈以前少陪你，对不起你，妈妈给你跪下，从今以后不要再做出荒唐的事情来了。”

康霞用双手撑住床，双膝跪倒在冰凉的地板上，罗达一动不动，一语不发，一滴眼泪从他的脸颊滑落下去。

罗达太久没有流过眼泪了，失落、孤独、羞耻和愤怒陪伴着他一路走来，感动这个词语，离他遥远了。

“我还可以相信谁吗，我还可以相信谁呢?”

罗达盯着天花板，在他眼里，整个穹顶都写满了这句疑问。

■ 2

头顶上的阳光窗，真的洒下了一片阳光，罗达仍然保持着仰面而躺的姿势，他看见阳光里飞舞的灰尘，在空气里它们向上跳跃，但终会落定，成为墙角窗沿上一抹死灰。

罗达伸出手去，看见手背上的几道红色疤痕，心中一紧，几个小时之后，他的生命便会如那些灰尘一般落定，再也无法在阳光下起舞，而对于罗达来说，那一抹阳光早已消散，没有了阳光，灰尘也只会不见吧。

监视居住一年，强奸案似乎不了了之，陈莉薇和她的男朋友毕业去了其他城市工作，再无音讯，而康霞和罗怀定以及知情之人，似乎也渐渐淡忘了这件事情，罗达的强迫症病情稳定没有再复发过，又顺利考入东城大学商学院，一年多来生活平静如水，无波无澜。

六、闺蜜

小惠终于压制不住自己的兴奋，不过这也在尹安娇的意料之中，小惠是藏不住秘密加之不吐不快的那一型，作为闺蜜，她当然要在第一时间与自己分享，尹安娇心里为小惠充满了喜悦，不过也闪过一丝紧张，因为自己的录取通知书还没到。

■ 1

七月末清晨落下的雨水终于结束了东城持续半个月的高温，阳台上的鸡蛋花开得正艳，风把薄纱窗帘吹得左右摇曳，空气里也弥漫着潮湿的泥土气息，挂在窗台上的一脸哭相的雨天娃娃也在左右摇摆着。这是一间少女的卧室，墙壁粉刷成天蓝色，干净整洁的浅棕色木纹家具，梳妆台和书桌都收拾得很整洁，绿色格纹单人沙发旁的小橱柜里，摆放着房间主人搜集的精致怀旧的咖啡杯。

而单人床上，粉红色的被单被踢在一旁，尹安娇早就醒了，穿着白色的短裤和小背心躺在床上，随手翻看着床头柜上的潮流杂志。

这个时候，手机铃声响起，她拿起手机看了一眼，是小惠。

“醒啦?”

小惠的声音带着压抑的喜悦，大清早就带着如此高昂的声调，必然是发生了好得不得了的事情，不过这也给尹安娇带来了好心情，小惠的好事，尹安娇猜着了大半。

“我早醒了。”

尹安娇打个哈欠，故意装作无精打采。

“收到录取通知书了吗?”

“还没有。”

“怎么会呢，我刚刚收到录取通知书了!”

小惠终于压制不住自己的兴奋，不过这也在尹安娇的意料之中，小惠是藏不住秘密加之不吐不快的那一型，作为闺蜜，她当然要在第一时间与自己分享，尹安娇心里为小惠充满了喜悦，不过也闪过一丝紧张，因为自己的录取通知书还没到。

"哪所学校？"

"北外！"

"哇，太厉害了，恭喜你啰，可要请客哟！"

"这有什么好请客的，你还不是这两天就要收到，下周我们就一起去涠洲岛玩儿了，真棒！"

"哎，要是没收到，那就去不成了。"

"说什么瞎话，赶快'呸呸呸'！"

"呸呸呸！"

"今天天气好凉快，下午去看场电影吧。"

"你不和你的男朋友一起去看？"

"哎，谁管他，我们两个去看。"

"哼，是他有事情吧。"

"什么都被你猜到，他下午是要打球，不过本来就准备约你看电影和逛街的，今天难道不是我们的 Lady's day 吗！"

"是是是，说不过你。"

"好咧，中午出来吃啊，我请必胜客！"

"哼，不怕长胖啊你？"

"哎哟，偶尔的放纵是情有可原的，我可以委屈自己，但不能委屈了我的胃。"

"娇娇！"

从客厅里传来呼喊声。

"小惠，我妈叫我呢，中午见，待会儿电话联系，拜拜！"

■ 2

尹安娇从床上爬起来，习惯性地走到梳妆台前对着镜子看上一会儿，她皮肤白皙，五官精致，标准的鹅蛋脸和一头又直又黑的头发，她最满意自己翘翘的嘴唇，还有紧实的肌肉曲线，那是多年坚持游泳的结果；不满意的则是青灰色的眼仁，让自己显得有些憔悴无神，还有始终小小的胸部，每当看到自己的闺蜜小惠丰韵十足的“长辈”，总会生出一点艳羡和自卑。

“总之，谈了恋爱之后就会好起来！”

小惠总是这样安慰她，但她怎么都觉得那是小惠的炫耀。

“总之，还是一个充满潜力并活力十足的清新小美女。”

19 岁的尹安娇微笑一下，给镜子里的自己一个不错的评价以示鼓励，这时候房间的门被推开，妈妈郝娟站在她的身后。

“我还以为你没起床呢，叫半天了不答应。”

妈妈语气里没有一丝责备，脸上倒是止不住的一个劲儿微笑，洋溢着无法抑制的浓浓的骄傲与欣慰，尹安娇看到妈妈手里的信封，随即明白了，一个箭步上去，抱住妈妈。

“哎哟哎哟，我什么都没说，你又全知道了。”

“东城大学的录取通知书！”

尹安娇笑着，眼角闪烁着泪花，妈妈被这么一抱，内心也更加激动，怕一张口眼泪就跑出来，只好用力点点头，再用力抱抱自己争气的女儿，她忽然好想仔仔细细地看看自己的宝贝女儿，自从和丈夫离婚后，含辛茹苦一手抚养的女儿没有让自己失望，如今出落得亭亭玉立，更考上了全市最好的大学——东城大学，专业也是依照志愿选的国际关系学。郝娟认为，女儿学习这个专业，会变得更有气质，大学毕业之后，自己会存一笔钱送女儿出国攻读硕士学位，把女儿培养成出类拔萃的人才，将来能成为不依靠任何人就能过自己的好生活的人，这是郝娟唯一的心愿。

“妈，小惠也被北京外国语大学录取了，刚才她给我打了电话。”

“她报的哪个专业？”

“西班牙语专业。”

“小惠这孩子还真不错,就是神经大条得很,快点把早餐吃了,今天店里要进货,我得早点过去。”

“妈,我和小惠下周去涠洲岛的事情……”

安娇挽着妈妈的手,撒起娇来,安娇的声音不高不低,像一弯泉水击打岩石激起的水花一般清澈悦耳,任谁听了都觉得安心。

“没问题,妈妈奖励你,你们去好好玩儿就是,但一定得注意安全,就你们两个人去?”

“不是,还有同学呢。”

“男孩儿还是女孩儿?”

尹安娇心里“咯噔”一下,本想说妈妈肯定会担心两个女孩子出去玩儿的安全问题,却忘了妈妈更紧张男生的问题了。

“有男孩儿有女孩儿。”

安娇随机应变,也不算撒谎,虽然目前只有她和小惠及小惠的男朋友三人同行,但的确也是有男孩儿有女孩儿。

“娇娇啊,妈妈不是唠叨,但对男孩子的事情一定要慎重,妈妈知道你长大了,所以男孩子的问题就更加要注意,你这么个小美人儿,肯定不知多少男孩子喜欢你,要接近你,但你这个年龄谈恋爱还太小,容易被欺骗……”

“哎哟,妈,没有男孩子追我,我也没有喜欢的人,都只是同学,你又来了。”

“不是又来了,这个问题是要引起高度重视嘛,女孩子的名节很重要,不是妈妈不放心你,现在这些小毛孩子,一到青春期都把持不住自己,不知道什么事情该做,什么事情不该做,稀里糊涂的,很容易就犯毛病,脑袋一热……总之,对待男孩子的事情一定要慎重,不是说完全不和男孩子接触,要接触,这个同学之间的正常的友谊还是需要的,我是说不要谈恋爱,虽然你要上大学了,学生的恋爱靠谱吗?大学毕业了都各奔东西,有很多实际问题的,而且不但不靠谱,常常一不小心就弄成了离谱,你看报纸上没有,什么情伤后跳楼的呀,什么因爱成恨报复的呀,多得很嘛,所以真的不是妈妈唠叨,是担心你,以后你大了,多的是条件好的男孩子,门当户对不说嘛，至少要心地好、家境好、有教养的孩子……”

“妈，哎哟，说了我没谈恋爱了！”

“没说你谈恋爱啊，不是在提醒你吗，又嫌你妈啰唆啦？翅膀长硬啦。”

“哎哟，没有啦，我知道了，记住了，铭记在心，保证不谈恋爱的。”

安娇乖巧地答应下来，并在妈妈的脸颊甜甜地亲了一下。

“嗨哟，你这个嘴啊，从小就是这样，一犯错误了，妈妈还没来得及批评你，马上就认错了，一脸无辜得哦，你爸爸走得早，没看到……”

郝娟又想起安娇早年因病去世的爸爸，有些哽咽，自己的女儿考上了大学，这样的大日子，想起孩子的爸爸心里有些激动也在所难免。

“妈……”

“好啦，不说啦，托你爸爸的保佑，咱们过得不错，吃完早饭，记得给你爸爸上炷香啊。”

“知道了……那妈，涠洲岛的事情？”

“去吧，注意安全就是了，晚上回来把钱给你。”

“嘿嘿，谢谢妈妈！”

■ 3

妈妈出门后，尹安娇吃了两口稀饭，给爸爸上了香，赶紧回到房间拿起手机拨了小惠的电话号码。

“小惠！”

“咋的啦，美女儿？”

“小惠！”

“疯了吧你！”

“我也收到录取通知书了！”

“啊！”

电话那头尖叫起来。

“那这么说，小美女，涠洲岛没问题啦？”

“小惠儿,没问题了!”

“哈哈,good!”

“那就赶快出来呗,咱们看《十面埋伏》吧,小武哥在等我们!”

小惠在电话那头已经兴奋难耐了。

“行,我得打扮一番,毕竟是看小武哥!”

安娇挂了电话,从梳妆台的抽屉里取出前段时间买的放大瞳片、新睫毛膏和唇蜜,依照少女杂志所教的方法化了淡妆。上了淡妆的安娇更有精神了,眼睛闪闪发光,安娇觉得自己并不比少女杂志的平面模特逊色多少,心里很满意,换上新买的小碎花长裙,踩着凉鞋高高兴兴地出了门。

七、蛙腿

古皓在火锅店缭绕的雾气中看到安娇，心里就是一怔，半天没回过神，并不是安娇有多么惊艳，也不是小惠没有事先告诉古皓她的超级闺蜜是美女，只是安娇散发的害羞气质，让早已习惯了小惠那种呼来喊去的大姐头风格的古皓被这强烈的反差弄慌了手脚。

■ 1

“哇，不需要这么夸张吧！”

在商业街车站，两个女孩碰了头，小惠上下打量着安娇，简直尖叫起来。

“有什么夸张的？”

“你都不化妆的，不化妆已经够漂亮了，你再化一小妆，你要我怎么活，你要姐妹我情何以堪？”

“我们惠姐才漂亮，就不要谦虚啦！”

安娇也不全是恭维，小惠也挺漂亮的，只是和尹安娇不是一个类型，小惠比尹安娇高一些，更加丰韵，长了一张可爱的娃娃脸。

两个姐妹有说有笑，去电影院买了《十面埋伏》的票和大桶的爆米花，开场后对着荧幕里的大帅哥金城武和刘德华大流口水、大发花痴。

看完电影两人又看时间还早，就去商业街逛街，两个女孩叽叽喳喳，每一件可爱的小物都会让两人兴奋得惊叫连连，在一家卖女生饰品的小店，小惠看到了一条十分精致的天使吊坠项链。

“娇娇，你快来看，这条项链好适合你！”

小惠转头对尹安娇说，尹安娇也凑了过来，精致的小天使头上的光环点漆成金色，小天使闭着眼睛，脸部的线条在光线的照射下勾勒得十分柔和。

“真的好漂亮啊。”

尹安娇赞叹道。

“老板,这项链多少钱啊?”

小惠嘴快,立即转头向老板询问价格。

“哦,小天使的项链吗,380 元,这条项链做工很好的,所以会贵一点。”

“好贵啊!”

尹安娇在小惠耳边悄悄说,虽然很喜欢,但三百多元的价格的确不算便宜。

“真的有点贵了!”小惠猛点头,再转头故作可怜状,亮眼水汪汪地看向老板,“老板,不能少点吗?”

“小店不讲价的,实在不好意思啊。”

老板一脸的抱歉。

“算了,下周我们还要去涠洲岛,别乱花钱了,节约点咯!”

尹安娇叹口气,拉着小惠走出那间小店。

“那个吊坠真的很适合你嘛,就是贵了点。”

小惠一副恋恋不舍的样子。

“没关系,这种饰品无所谓的,过段时间再买也行。”

尹安娇笑着拍拍小惠的头,这个时候小惠的手机铃声响了。

“是蛙腿!”

蛙腿是小惠给她男朋友古皓取的绰号,因为古皓小腿肌肉特别发达且内八严重,小惠撇撇嘴,但安娇看得出小惠很喜欢古皓。

“喂……嚯,打完球想起我啦……我和娇娇在逛街呢,晚上吃火锅行不行? 不行! 我得先问问娇娇。”

小惠把电话拿到一旁,转头问安娇:“蛙腿说今天凉快,晚上他请我们吃火锅,顺便开个涠洲岛小组临行前会议,问你觉得怎么样?”

“我可以,看你们吧。”

安娇见过一次古皓,但印象并不深刻,她还是点点头,既然是小惠的男朋友,又要一起去涠洲岛,也没什么不好意思见的。

“蛙腿,我们家娇娇同意了,赶快先去占好位子把菜点好,恭候我们的大驾!”

■ 2

“蛙腿”古皓并不是那么“蛙”,他和小惠在英语补习班认识,也是应届毕业生,作为体育特招生考进了北京交通大学,身高一米八五,皮肤黝黑,长得也颇为帅气,眉毛浓浓的,剃个刺猬头,颇有点日本偶像明星的感觉,不过走起路来,的确是内八。

古皓在火锅店缭绕的雾气中看到安娇,心里就是一怔,半天没回过神,并不是安娇有多么惊艳,也不是小惠没有事先告诉古皓她的超级闺蜜是美女,只是安娇散发的害羞气质,让早已习惯了小惠那种呼来喊去的大姐头风格的古皓被这强烈的反差弄慌了手脚。

“这是我死党娇娇,这是我男朋友蛙腿。”

“你好,我叫古皓。”

古皓傻笑着,伸出手之前还在牛仔裤上擦了下汗,安娇不好意思地轻轻握了一下。

“你好。”

“哎哟,看见美女眼睛都直了啊!”

小惠捏了一下古皓的胳膊。

“瞎开什么玩笑呢。”

三人寒暄几句,随即落座。

“菜点了吗?”

小惠问古皓。

“点了啊,但是都忘记问娇娇爱吃什么,看看菜单再加些吧。”

“嘿,蛙腿,娇娇也是你叫的吗,好好地称呼尹小姐,或者尹安娇小姐,居然都不问我想吃什么,太不够意思了吧!”

小惠撅着嘴,一阵抱怨。

“哎,你这人真是的,娇……尹小姐不是客人嘛,再说你爱吃的都帮你点了啊,肥牛、扇贝、虾、蘑菇、土豆、西兰花,你还要什么自己点呗。”

古皓一脸无奈地辩解。

“好啦,你看你喜欢吃什么人家不是很清楚嘛,别闹我了!”

安娇红着脸,拉拉小惠的袖口求饶。

“哼,看在我们家娇娇给你小子求情,放你一马!”

三人又点了梅酒,不一会儿菜端上来,随即开动,古皓殷勤地给安娇和小惠夹菜。

“平时我们出来吃饭怎么没见你给我夹菜啊?”

小惠没打算放过古皓,继续拿他开涮。

“平时都是吃西餐或者日本菜,有什么需要夹菜的,再说我怎么没给你夹菜了,你自己没注意到……倒是尹小姐要多吃一点,那么瘦容易生病。”

“嘿,蛙腿,你意思是嫌我胖了!”

“好啦,你们别斗嘴了,最后被夹击的都是我……古皓同学,你也别叫我尹小姐,小惠逗你的,叫我安娇就可以了。”

尹安娇的声音比平时更柔和,那散发出的害羞与腼腆让人不得不听她的话。

“蛙腿,机票叫你去买,买好了吗?”

“买好了,酒店和民宿我都预定好了,行程安排妥当,小惠你别小瞧我好不好,虽然我是体育特长生,好歹我高考也上了重点线好不好?”

“好好好,你厉害,来,预祝我们北海、涠洲岛之行 super 开心!”

三人碰杯,一饮而尽。

八、如梦

古皓想得有些入了神，不自觉的，另一只手去轻抚尹安娇乌黑的长发，有几缕头发因为汗水贴服在额头上，古皓伸手将其拨好，就在此刻，隔舱的门被推开，小惠钻了进来，古皓一个激灵赶忙松开手。

■ 1

八月初，安娇、小惠和古皓三人在机场会合乘飞机飞往南宁，安娇最早到，小惠和古皓后来。

"安娇，我帮你吧！"

三人刚一碰面，古皓见尹安娇用的单肩背包，立马上前接手，安娇推辞不及，被古皓拿了过去。

"嘿，蛙腿，怎么不帮我提，你是无事献殷勤，非奸即盗吧你！"

小惠一脸不满。

"你是拉杆箱嘛，比较省力。"

"你还找借口！"

小惠更火大了，一脚踢在古皓的屁股上。

"好啦，我们一起拉。"

尹安娇接过小惠的拉杆箱，两个好姐妹也不理古皓，有说有笑地向安检走去。

航程中，安娇和小惠一边翻看杂志一边聊天，古皓则在旁边睡觉，两个小时后抵达了南宁，三人并没有在南宁停留的计划，于是搭上了去北海的长途汽车。

"从南宁到北海的车程大概三个小时多一点，不出意外八点钟之前就能坐在沙滩边吃上新鲜的海鲜大餐了！"

古皓揉揉肚子，对安娇和小惠讲。

“好期待啊，虾兵蟹将，等着大爷我来收拾你们吧，呵呵哈哈！”

小惠兴奋得不得了，安娇则因为刚刚坐了飞机接连又坐汽车，有些疲倦，于是倚着窗户，也不说话，只是附和着小惠微笑。

大巴车驶出南宁不久，天空便阴云密布，不一会儿滚滚雷声从天边传来。

“不是吧，北海这么不欢迎我们！”

古皓看着打在玻璃上的雨点嘟哝一句。

“哼，北海不欢迎我们还不是因为你！”

小惠话音刚落，雨便加急，暴雨伴着闪电和雷声随即而至。

“我们也太倒霉了吧，刚才在南宁不还是大晴天吗，才一个多小时而已，老天爷真是说翻脸就翻脸！”

正有些瞌睡的小惠又精神起来，抱怨起这不作美的天气。

“老天爷太有少女情怀了。”

看着窗外发呆的尹安娇忽然笑着说。

“娇娇，一点都不好笑。”

“哈哈，好啦，海边的天气都变化快，说不定我们到了北海天就放晴了。”

因为暴雨，三个小时的车程走了接近四个小时，终于到达北海，天空也真如尹安娇所言般放晴了，雨后的空气干净清新，夹杂着一丝咸咸的海水味道，海风轻抚发梢的感觉，一扫之前暴雨带来的低落心情，坐上出租车到海边的路上，远远看到一道彩虹。

古皓早前便预订了海边的一间酒店，从房间出来便是沙滩，三人决定先办好入住手续，放好行李后再去海鲜街吃饭。

“小惠，你和古皓一起住吗？”

借古皓办理手续之时，安娇悄声在小惠耳边问。

“怎么可能，当然是和你一间！”

小惠惊叫起来。

“嗨，激动什么，难道我不是一只闪亮的电灯泡全程照亮你们这对度蜜月小情侣的行程吗？”

“你当然不是电灯泡，而他，蛙腿，才是全程为我们两位大小姐的苦力!”

“哈哈……”

两个女孩笑作一团。

“高兴什么呢,走吧,房间弄好了,咱们先把行李放了。”

古皓拿着房卡走到安娇和小惠面前。

“房间是……你和安娇住一间吧?”

古皓挠挠头,故作害羞地问小惠。

“这不是废话吗,难道和你一间呀?”

小惠站起身,盯着古皓,古皓哑口无言,涨红了脸。

“想得美!”

小惠说完从古皓手里抽了一张房卡,拉着安娇的手大步流星往房间走去,安娇转头捂着嘴对还傻愣愣站在那里的古皓莞尔一笑。

■ 2

古皓预订的房间,虽然价格稍贵,但能看到沙滩和大海还是物有所值,房间内部也算干净整洁,因为是两层的小楼,四十五度倾斜的房顶挑梁也别具风格。

尹安娇推开窗户,海风便迎面而来,海洋潮湿的气息在房间弥漫,两个女孩简单冲了凉,换上飘逸的碎花长裙,小惠掏出相机和安娇一个劲儿自拍,一直到古皓来叫她俩吃饭。

古皓看到两个女孩,更是一愣。

“怎么着,蛙腿,美呆了吧,注意口水不要滴在地板上。”

小惠抬了抬古皓快要掉下来的下巴。

三人简单休整之后,便出门去北海青年路海鲜烧烤街吃饭,三人到达的时候,天色已经全黑了,青年路灯火通明、人声鼎沸,烧烤的烟雾缭绕四周,很远便闻到了香味,不觉感到饥肠辘辘。

海鲜的品种更是繁多,许多螺类、贝类和鱼类安娇三人都是见所未见、闻所未闻,奇形怪状的鱼更是引得两个女孩连连惊呼,三人七嘴八舌地点完菜，又拿着相机一阵狂拍，菜一上桌，三人便是狼吞虎咽，来一盘消灭一盘，每样菜都大赞美味。

正当三人吃得尽兴，天空中又飘起雨来，老板一边忙着搭雨棚，一边用不流利的普通话让尹安娇三人搬到屋檐下面去。

尹安娇三人刚一搬完，暴雨便噼里啪啦落了下来，听着雨声，吃着海鲜烧烤，呼吸着异地的空气，三人觉得惬意无比。

“我特别喜欢大海，因为《海贼王》是我最喜欢的动漫，真想当海贼啊。”

古皓感叹道。

“你也喜欢看《海贼王》？”

尹安娇听到古皓喜欢《海贼王》顿时来了兴致，因为放假之后她也一直在看这部动漫。

“对啊，《海贼王》是我的最爱啊，难道安娇也看《海贼王》，哇，你最喜欢哪个人物？”

“我嘛，我喜欢乔巴，哈哈。”

“蓝鼻子驯鹿，超级可爱的，我喜欢艾斯，路飞也很喜欢，虽然傻头傻脑的，但就是厉害，发起疯来也很帅气，哈哈，安娇除了乔巴还喜欢谁？”

“我还喜欢山治，还有红发香克斯都很喜欢，他们太帅了，山治对女孩的体贴也很棒。”

“哈哈，对对对。”

“哼，你们在聊什么我完全不知道。”

小惠见尹安娇和古皓越聊越开心，自己却一句话也插不上，有些不高兴了。

“对了，小惠，听说陈凯歌的《无极》是有在涠洲岛拍摄？”

尹安娇看小惠面露不悦，赶紧岔开话题。

“对啊，涠洲岛上有大片的香蕉林。”

“是不是景色很美？”

“那自然的，我不是之前发了图片给你吗？”

“太棒了，那我们的名模小惠可以拍一部写真集了，哈哈。”

尹安娇的声音有一种特殊的感染力，小惠听了，刚才的不愉快一扫而空，醋也不吃了，和安娇大聊特聊，憧憬着明天去涠洲岛。

“但是这两天似乎是台风天，去涠洲岛的船会发吗？”

小惠忽然担心地说。

“我刚才问过酒店的服务员了，他们说这个台风很小，影响并不大。”

古皓解释完，安娇和小惠长出一口气。

不一会儿，雨停了，三人也结束了晚餐，结了账打车回到酒店，因为下雨的缘故，海滩上也没什么人，三人决定去海边散散步。

脱了凉鞋，赤脚走在沙滩上，海浪追逐着漫过小腿，冰冰凉凉的感觉让人觉得舒适，三个人也不说话，只是安静地走着，享受着夜晚海边的静谧。

“累了，我们在沙滩上坐会儿吧。”

走了十五分钟，小惠提议，于是三人面朝大海坐下，海风撩起尹安娇的长发，尹安娇和小惠相视一笑，小惠坐在中间，左手牵着尹安娇，右手牵着古皓。

三人躺了下来，头枕着柔软的沙子，不远处，归巢蟹从它们打的洞里钻进钻出，零星的雨点打在脸上，耳边除了海浪声和风声，便是自己的呼吸。

“真棒，真是觉得时间都静止了。”

尹安娇睁开先前闭上的眼睛，转头看小惠，小惠正和古皓接吻，尹安娇心落了一拍，随即觉得尴尬，小惠也感觉到了尹安娇的目光，便和古皓分开，小惠吐吐舌头，一脸羞涩，而古皓则看向尹安娇，两人四目相接，又赶紧回避开。

三人从海滩回来，古皓提议三人打打牌，但尹安娇说太累了，想先睡了，不然明天没有办法起来去涠洲岛，而且一定会晕船，古皓也不勉强，道了晚安回到自己房间，尹安娇和小惠也回了房间，两人一边聊天，一边看今天照的照片，然后分别去洗了澡，擦了护肤品，弄完已经是十二点过，两人躺到床上，又闲聊几句，便关了电视和灯。

“小惠，我好困，我先睡啰，宝贝晚安。”

小惠还在和古皓发信息，安娇当然善解人意，转身便睡了。

“好，先睡吧，晚安。”

小惠道了晚安之后，把手机调成震动，继续玩耍。

“娇娇。”

二十分钟后，小惠轻声唤尹安娇，尹安娇并没回答，小惠又唤了一声，尹安娇鼻息均匀，还是没有回答，小惠觉得尹安娇已经睡熟了，便蹑手蹑脚从床上爬起来，取了一张房卡，溜出门去，而那个时候，尹安娇并未睡着。

■ 3

也许是因为旅程劳顿，尹安娇一夜无梦饱饱地睡了一觉，醒来看表已接近九点，而习惯早睡早起的她平时八点就会醒来。尹安娇穿好衣服，刚刚洗漱完毕，就听见门锁一响，小惠钻了进来。

“娇娇已经起来啦？”

小惠走进来，从后面搭着正在梳头的尹安娇的肩膀。

“刚起来，你这么早就出门了？我都不知道。”

尹安娇故意装傻。

“早起的鸟儿有虫吃，今天天晴，又凉爽，我们可以如期上涠洲岛了！”

小惠十分开心。

“来，帮我把头发束起来。”

“娇娇的头发真是又黑又直，我的头发就老分叉，又干。”

“可能是你烫染太多了的缘故。”

尹安娇倒是好奇小惠昨晚的情况，但还是不想让以为自己金蝉脱壳成功的小惠尴尬，所以什么也没问，两个女孩简单收拾一番，便走到海边的露台，古皓已经把早餐准备好了，坐在那儿等她们。

“安娇起来啦，快来吃饭，不然就凉了。”

古皓给尹安娇倒了一杯牛奶放到她的手边，再倒一杯递给小惠。

“我之前打电话问过了，今天到涠洲岛的船没受什么影响，下午可以按原计划前往涠洲岛，民宿我也联系好，到时候会有人到码头接我们。”

古皓说完，把包子塞进嘴里。

“从北海到涠洲岛要坐多久的船呀？”

尹安娇问古皓。

“不太久，我们坐的那一班两个半小时就可以到了。”

“我怕我会晕船。”

“没事，我有带晕车药，到时候吃一片就行了。”

上午三人继续在海边玩耍，古皓拿着相机给尹安娇和小惠拍了很多照片，午餐则在海边的小餐馆简单解决，下午去酒店办理退房手续后，便驱车前往码头。

本以为是下午三点的船，安娇提前半小时便服下了晕车药，到达之后大厅里挤满了人，方才被告知因为船舶故障检修，延迟一小时出发，三人只好在大厅找了个位置，坐下等待。直到下午四点半才起航出发，因为有两班船都延误到了一班上，所以整个船舱人满为患，虽然工作人员说只是刚刚满载，但三人怎么看怎么是超载的状况。

好不容易被安排进了一间小隔舱，三人已是汗流浃背，尹安娇药效发作，昏昏欲睡，随着汽笛长鸣，船终于驶出码头，上船的骚动也得以平静，空气里弥漫着各种奇怪的味道，船舱又闷热不堪，小惠实在受不了。

“蛙腿，你照顾娇娇，这里实在太热了，我去外面吹吹风。”

小惠说完走出船舱，安娇闭着眼睛，气息微微有些急促，她的额头上渗出汗水，眉头偶尔一皱，嘴角发出如雏鸟低鸣般的细微声响，古皓想让尹安娇躺下，但隔舱里的上下铺十分窄小，尹安娇也无法躺平，古皓只好把尹安娇的腿抬到床上，自己则靠着栏杆一头，让尹安娇的头枕在他的腿上，尹安娇已然迷迷糊糊睡着，船身随着波浪摇晃，古皓害怕安娇从床上跌下去，便将手横向抱住安娇的肩膀，安娇也自然地将一只手扶住了古皓的手臂。

乘务员害怕隔舱的铁门意外夹上乘客，则都将隔舱的门关闭，密闭的空间里，古皓的鼻息中溢满了尹安娇身体淡淡的香味融合些许汗味的味道，古皓看向尹安娇，她睡得那么平静，睡姿就算是在如此窄小的环境中也保持优雅，在潜意识中也只是礼貌地扶住自己的手臂，她的小手凉凉的，她的身体让人觉得安静舒适，而不似小惠一般有炙热的皮肤，小惠在睡眠中总是喜欢缠住自己，手臂和大腿带着高于自己体温的温度，贴附在自己的皮肤上，而这样的夏日，想必谁都渴望一丝优雅的清凉……

古皓想得有些入了神，不自觉地，另一只手去轻抚尹安娇乌黑的长发，有几缕头发因为汗水贴服在额头上，古皓伸手将其拨好，就在此刻，隔舱的门被推开，小惠钻了进来，古皓一个激灵赶忙松开手。

“娇娇还好吧，看她很不舒服的样子。”

小惠似乎完全没有注意到古皓的小动作，而对于尹安娇枕着古皓的腿睡觉也并未萌发醋意，而是关心尹安娇的状况，因为隔舱的空气太过糟糕，尹安娇的呼吸似乎并不十分顺畅。

“蛙腿，我来扶着娇娇，你去扶着舱门，里面空气太糟糕了，娇娇难受。”

小惠拍拍古皓肩膀，古皓点点头，便起身和小惠换了位置，小惠从包里掏出随身带的小扇，给尹安娇扇起来，古皓则走出舱外，一手扶着舱门，一手抬起擦擦额头的汗水。

接近三个小时，终于到达涠洲岛，尹安娇也醒了过来，此时已近傍晚，碧海蓝天，落日晚霞，气温也下降了一些，海风阵阵，更觉凉爽。

船靠岸后，尹安娇三人合着人流，沿着长长的防波堤上岛，大约十分钟的脚程便到了检票口，岛上民宿居多，只有一家酒店，所以游客大多选择民宿，而民居的主人则开着三轮摩托车，在检票口等待。

古皓打电话联系之前已经订好的民宿主人，不一会儿，一个身材矮小、皮肤黝黑的中年男人走到安娇三人面前，拍了拍还在四下张望的古皓的肩膀。

“小伙子，是你们订的‘老王家’民宿吧？”

“哦，是的。”

“你们三个人没错吧？”

“是。”

“好咧，叫我王大哥就可以了，跟我来吧。”

尹安娇三人跟着王大哥上了一辆三轮摩托车，司机是个年轻人，一踩油门，摩托车便飞驰在涠洲岛林间的小道上，借着余晖望去，四周都是一望无际的蕉林，耳边是机车发动机的轰鸣和呼啸而过的风声，眼前是慢慢模糊的民居与芭蕉树，鼻息里是浓稠潮湿的海的气味，安娇早已失去了方向，只知道自己在一条狭窄的道路上疾驰，当摩托车停下的时候，天色已经暗下，耳边偶尔传来几声犬吠，剩下便是阵阵虫鸣声，远处依稀可见石油加工厂高高的炼油塔的火光。

王大哥的家是一栋三层民居，离海滩只有不到十分钟脚程，王大哥把三人带到二楼末端的两个房间。

“热水十点就不供应了，所以最好先洗澡，吃饭的话屋里可以做，不过比较简单，要吃海产可以让师傅骑摩托车送你们到车程十五分钟的市集，不过车费你们要自己出。”

王大哥向尹安娇三人说明一番，三人合计，决定先洗澡，然后自付车费去市集吃海鲜。

民宿当然没有北海的酒店条件优越，设施也简陋，不过每个房间都带有小阳台，小惠洗澡的空当，尹安娇走到阳台上眺望远方，夕阳的最后一丝光辉已经消散在地平线上，而目所能及，都是绿幽幽的蕉林，大片的蕉叶层层叠叠一直向地平线延伸，隐隐约约可见工厂的火光，天空变成了深紫色，加之先前的疲惫，尹安娇一时恍然不知所在，直到小惠唤她去洗澡。

热水虽然时大时小，但总算褪去一日的劳累，安娇换上干净的衣服和小惠关好门走下楼，古皓已坐在秋千上等待了一会儿。

“女生就是啰唆，我都快饿死了。”

因为还要麻烦骑三轮摩托车的师傅待会儿送他们三人回来，古皓一早和师傅谈好了价钱，夜晚穿梭在蕉林之间便是伸手不见五指，耳边风声呼啸，安娇和小惠觉得恐怖，只有古皓兴奋不已，大叫有探险的感觉。

十分钟后摩托车驶入滨海小路，不远处的海湾光影闪烁，逐渐民居成排，灯光也越来越亮，不过夜晚涨潮，防波堤稍低之处，便有海浪冲上小路，溅起一片浪花。

市集就在海湾边上，虽然已经是晚上八点过，但因为是旅游旺季，游人众多，所以市集的餐馆都还在营业，师傅将摩托车停在餐馆背后，叫安娇等人吃完饭后来找他们即可，安娇三人道了谢，找了家生意看起来最好的餐馆走了过去，餐馆门口摆放着各色海鲜，有些海鲜三人都没在北海见过。

“这鱼好漂亮，这是观赏鱼吧，还能吃？”

安娇指着一条通体碧绿，鳞片透明的鱼惊叫起来。

“这是青衣，很好吃的。”

老板拿着计算器介绍着。

“妹子看你这么漂亮，算便宜给你啦，都卖一百块的，八十块给你啦。”

老板把鱼捉起来，递到尹安娇面前。

“六十块好了。”

安娇不善于讲价，一讲价就会脸红，但小惠恰恰相反，是讲价能手，这个时候小惠必然出马。

“六十块太少了，不行。”

小惠也不答话，拉着尹安娇就往旁边一家餐馆挪，动作刚一成形，老板立马开口。

“妹子，七十块行不行？”

“就六十块。”

“好好，六十块，那再看要别的什么，这个厉害了，海怪，吃不吃！”

老板从脚边的红色塑料大盆里捞出一只像钢盔一般的怪物，又长又直的尾巴，钢盔内的十二条腿扭动着，看来瘆人。

“长成这样，好吃吗？”

小惠用手指去捅了一下海怪的硬壳，她对什么都好奇，什么都想试试。

“不要吃这个，这个不是什么海怪，这是海鲎，是国家二级保护海洋生物，最关键的是，这玩意儿有毒。”

古皓小声对尹安娇和小惠说。

“你怎么知道的？”

安娇没想到古皓竟然知道这怪物是什么东西，顿时肃然起敬。

“你又知道了，瞎吹牛。”

小惠则不以为意，对体育专业的古皓表示怀疑。

“我爱看科普类的杂志书籍，之前看到过。”

古皓倒不好意思了，看一眼安娇，挠挠脑袋。

三人点了青衣鱼、海胆、濑尿虾、花甲，再炒了蔬菜美美吃了一顿，古皓看见小摊上有香蕉卖，一问价格，一块钱一大抓，古皓顿时觉得天上掉馅饼了，买了两抓回来，回去的路上三轮摩托车师傅告诉古皓，涠洲岛上就产香蕉，蕉林里面的香蕉给两块钱，随便摘的，古皓一脸尴尬，被小惠又是一阵嘲笑。

回到老王家的时候，已近十点，走进院落，借着厅堂透出的灯光，三人看到一人正坐在门前的台阶上逗着老王家养的小狗玩儿，走近一看，是个外国人，老外也发现尹安娇三人，挥手给他们打招呼。

简单交谈得知老外叫约翰，来自新西兰，借着到上海教书的机会到中国各地旅游，他和朋友约好在桂林阳朔会合，于是一个人先到了涠洲岛。

“你叫约翰，我最喜欢的歌手也叫约翰，约翰·列侬，甲壳虫乐队是我最喜欢的乐队！”

古皓听见老外叫约翰顿时激动不已，他的英文也很不赖，更让尹安娇和小惠大吃一惊，古皓的英式发音也非常好听。

“哇噻，我最喜欢的乐队也是甲壳虫乐队！”

约翰也很高兴，和古皓一拍即合，说完便哼起了甲壳虫乐队的《黄色潜水艇》，古皓也和着节拍哼起来，四人在院子里的小石椅上坐下，一边哼歌，一边聊天。

“对了，等我一会儿，我有好东西。”

约翰说完小跑进了房子，不一会儿提着一瓶黑牌威士忌和四只塑料杯子回来。

“太棒了，幸好打包了濑尿虾。”

古皓把之前没吃完打包回来的椒盐濑尿虾和香蕉放在石桌上，四人一边聊天一边喝酒，实质上是约翰和古皓聊得起劲儿，两位姑娘以听为主。

古皓还是个《指环王》的大粉丝，一听约翰来自新西兰当然十分兴奋，因为电影《指环王》有很多场景取自新西兰南岛，约翰对南岛更是十分亲切，因为自己的母亲便是出生在南岛风景最为秀美的皇后镇，约翰自己也非常喜欢《指环王》。

“能够出生在魔幻般的国度真是太幸福了！”

古皓早已心驰神往，约翰当然说热烈欢迎中国朋友去南岛玩，还互留了电邮地址。

和外国友人热情友好的谈话结束在凌晨一点，约翰准备坐第二天下午的船回北海，然后连夜坐车赶往南宁，和在南宁等候的朋友会合后，一同前往桂林阳朔。于是约翰与尹安娇三人相约第二天同游涠洲岛后道了晚安，回到二楼自己的房间休息了。

古皓也和尹安娇、小惠道晚安，准备上楼睡觉。

“要不你们俩住吧，免得你们漫漫长夜受相思之苦。”

安娇忽然提议。

“瞎说什么呢娇娇，谁要跟他一起住。”

小惠一下脸红了，赶忙争辩。

“哎哟，作为电灯泡这点趣都不识，那也太刺眼了。”

安娇挽着小惠的手安慰。

“别说瞎话了娇娇，我好困，我得回去睡觉了。”

小惠既然这么说了，尹安娇也没强求，上到二楼，古皓回了自己的房间，尹安娇和小惠也进了屋里，简单洗漱，小惠便躺到了床上，屋里有一张大床，一张小床，小惠挑了小床睡下。

安娇洗漱完毕，已听见小惠轻轻的鼾声，尹安娇喝了点威士忌，却全然没有一点睡意，下午在坐船的时候倒睡足了，昨晚也休息得不错，再加上酒精作用，倒弄得自己不想睡觉了，屋里关了灯，才发现月光皎洁，倒是给眼下一切都蒙上一层晶莹剔透的薄纱，尹安娇穿着薄纱睡衣，轻轻推开小阳台的门，走到外面，方才发现隔壁屋的古皓也正站在阳台上，他下身穿一条短裤，上身赤裸，月光之下，健美却不夸张的肌肉线条十分好看，安娇害羞地低头，尴尬得不知所措。

“还没睡?”

古皓问，安娇回过神，怕吵醒小惠，则轻轻将阳台门半掩。

“小惠睡着了?”

“嗯，睡熟了，太累了吧。”

“哦，我看见月亮很美，出来看看。”

古皓说完，安娇也抬头看向天空，只见玄月当空、繁星闪烁，东城多云雾,很难看到这么多的星星。

“没想到你英语这么好,和约翰聊天那么流利。”

安娇转过头对古皓说。

“还好啦,我高中的时候参加过英语辩论队,也去过美国和加拿大的夏令营,所以英语还可以,其他的科目就不行了,数理化特别不好,语文也不怎么好。”

“还是很厉害,以前印象里体育好的男生都没什么脑袋,没想到你懂那么多东西,英语又好。”

“我没有懂多少啊?”

“你知道那是海鲎哦,恐怕没几个人知道那玩意儿是海鲎吧,何况像我们这样远离大海的东城人。”

“哈哈,没有啦,只是喜欢看科普杂志而已,对了,听小惠说,你和她是高中同学?”

“对啊,我们初中、高中都是一个班。”

“安娇这么漂亮,肯定很多男生追吧?”

“没有的事情,我又不爱打扮,而且……反正就是很普通,没有谁喜欢。”

“怎么可能,你那么漂亮。”

“小惠才漂亮,你有这么乖的女朋友,不知道多少人羡慕你。”

“哈哈,羡慕我有一个母老虎女朋友吗?”

“不许这么说小惠,她是刀子嘴,豆腐心,她人超级好。”

“是吗,但怎么觉得,要是能先遇见你就好了呢。”

古皓忽然别过头,嘟哝一句。

“嗯,你说什么,刚才没听清?”

“没什么大不了的……安娇你早点休息吧,明天一早还要去游玩呢,晚安。”

“晚安。”

古皓微笑着目送尹安娇进屋,而他的目光追随着尹安娇薄纱的裙摆,心跳难以自持地加快。

九、背叛

古皓已经无法控制自己的念头，他抱住了尹安娇，亲吻变得更加激烈，他闭着眼睛，但他却感受到尹安娇醒了过来，他惊恐万分，头稍稍移开，他看向尹安娇，他不知道是不是自己产生了错觉，他觉得尹安娇看了他一眼，那眼神他也看清了，没有愤怒，只有挣扎和不可节制的渴望……

■ 1

新一天的清晨是伴随着小惠的尖叫开始的，安娇睁开惺忪的睡眼，看见小惠正缩在床尾惊恐万分地盯着床头，安娇顺着小惠的目光望去，一只巴掌大的毛蜘蛛正贴在墙上，这时候门外传来古皓的声音，安娇下床给古皓开了门。

“哇噻，这么大的蜘蛛。”

古皓看一眼正哭哭啼啼的小惠，忍不住好笑，王大哥和约翰也鱼贯而入，两人正在楼下吃早餐，听到叫声跑了上来。

“这个蜘蛛不咬人的，不用怕的。”

王大哥一边解释，一边拿着扫帚驱赶蜘蛛，不一会儿蜘蛛就从窗口爬了出去。

“哈哈，没想到小惠平时天不怕地不怕，一只蜘蛛把你吓成这样。”

古皓话没说完，小惠扑上来对着古皓又是咬又是打，看来是被吓坏了，只好发泄在不识趣的古皓身上。

简单收拾一番后，安娇和平静下来的小惠也到了一楼吃饭，王大哥从自家院子里的梨树上摘了七八个已经成熟的梨子递给尹安娇等人。

“虽说还没有熟透，但吃是没问题了，可能还没那么甜。”

尹安娇三人和约翰吃过早饭，便和昨天接送他们的三轮摩托车师傅谈好了价钱，一同前往涠洲岛的各个景点游玩，中午还是选择了去市集吃海鲜，下午则到海边搬螃蟹、钓虾米。

下午四点，约翰不得不告辞了，他得赶四点半的船回到北海，然后连夜赶去南宁，临走之前，他将自己带的另一瓶黑牌威士忌送给尹安娇他们，古皓表示一定要送约翰上船，于是三人陪约翰一起来到码头，临走之前，还一起哼唱了一段《黄色潜水艇》，约翰走后，安娇三人则在码头旁长长的防波堤上坐下，欣赏日落的风景。

"明天我们也要回去了，今晚就好好玩，晚上去海边捉螃蟹，反正老王家离海边也近。"

古皓提议，尹安娇和小惠也表示赞同，三人先搭师傅的顺风车去了市集，买了椒盐濑尿虾和炒海瓜子打包，然后沿着海湾的防波堤，一路走到了老王家，古皓向王大哥借了两支手电筒，把威士忌和海鲜放进一只塑料小桶里，就准备去海边。

"晚上九点多就要涨潮，你们一定要注意安全，千万别游泳，九点半一定要回来。"

王大哥提醒说，一般岛民都不会让游客在晚上去海滩，但因为老王家离海滩只有不到十分钟的脚程，只要走下一段长坡就可达到，加上天气晴朗，便也应允了。

三人拿着手电走下长坡，天已全黑，远远听得见海浪声，尹安娇兴奋不已，一路欢叫着奔向海边，入夜的海风有些凉，尹安娇和小惠都踢掉拖鞋，让海浪漫过脚丫，古皓把酒和海鲜放在岩石的背后，自己拿着手电筒和小桶，去礁石下捉螃蟹。

"哇，你们快来看，好多螃蟹！"

古皓用手电筒一照，果然在礁石下大大小小有许多螃蟹，而沙滩边，也有好多寄居蟹在活动。安娇和小惠也跑了过来，又好奇又害怕，嬉戏一阵，三人有些累了，找了块平缓的礁石坐下，喝着约翰送的威士忌，吃着海鲜聊着天。

因为直接喝太辣，古皓买了几瓶绿茶给尹安娇和小惠兑着喝，自己则小口喝着纯的，小半瓶喝下，尹安娇和小惠都已微醺，三人挤在一起，尹安娇哼起歌来，会唱的大家一起哼唱，不会的，则安静地听安娇一个人唱，安娇的声音很好听，在空旷的海滩伴着风声传播开去，酒喝了大半瓶的时候，三人都不说话了，古皓坐在中间，尹安娇和小惠都依偎在他的身旁，小惠也不介意，风越刮越大，天空中飘起了小雨，落在三人身上，冰冰凉凉。

“我看快涨潮了，咱们回去了吧。”

古皓看浪头越来越大，提议道。

“不，多坐一会儿，还没到九点半呢。”

小惠喝得开心了，不愿意离开，尹安娇也没有回去的意思，两人也不再兑着喝酒，而直接像古皓一样拿起酒瓶小口小口地喝，虽然辣得够戗，却大赞好喝。

古皓看尹安娇两人没有离去的意思，决定回老王家给她们拿两条毯子，顺便撒个尿。

“我回去一趟，去拿毯子，你们手机拿好了，有什么就给我打电话，雨下大了就赶紧回。”

古皓交代几句便跳下礁石，一路向长坡跑去，正当跑到一半，雨却越下越大，回头一看，天地一片漆黑，古皓心里有些慌张，连忙给小惠打电话，响了两声，小惠接了。

“喂，小惠，我看雨下大了，你们赶紧回。”

“喂……蛙腿……”

“听不清吗？喂，我说我马上来接你们，得赶紧回去了。”

古皓发现小惠是喝高了，不禁有些着急，赶忙折返。

“喂，古皓，娇娇不见了……”

小惠话音未落，古皓的心落了半拍，顿时向海滩狂奔，中间一不小心还摔了一跤，幸好没扭伤脚，爬起来之后向着先前三人坐的礁石方向一路奔去，雨落得越来越大，海浪的声音也越来越响，天地间一片朦胧。

古皓跑近礁石一看，顿时吓傻了眼，礁石上已经空无一人，古皓慌了神，立马大声呼喊小惠和尹安娇的名字，再走几步，才发现礁石后隐隐射出的光线，走近一看，是小惠蹲在那里。

“小惠，你没事儿吧？”

古皓走过去，把T恤脱下来裹在小惠身上。

“嗨，这不是蛙腿吗，没事儿，就是尹安娇把酒拿走了，人也不见了……”

古皓知道小惠已经醉了，本来不胜酒力，今天却喝了不少，但现在要紧的是，尹安娇跑哪儿去了。

“你在这儿等我，开着手电筒，千万别乱跑，我去找安娇。”

古皓说完，立马转身向海边搜索，一边高呼“安娇”，一边努力向黑暗之中张望，正在焦急万分之时，看见海边的人影，海浪已经漫过大腿，古皓立马冲了过去，果然是尹安娇，她手里拿着酒瓶，还时不时地往嘴里灌，她转头看向古皓跑来的方向，手电筒的灯光有些刺眼，她眯着眼睛，发现是古皓后，傻傻一笑。

“嘿，古皓，下雨了。”

古皓终于冲到尹安娇面前，拉着尹安娇的手就往岸上走。

“你喝多了，安娇，要涨潮了，快跟我回去。”

“我没喝多，酒还没喝完呢。”

尹安娇醉了，一把甩开古皓的手，一个踉跄险些跌倒，古皓着急了，一把夺过尹安娇的酒瓶把剩下的酒灌了下去。

“现在喝完了，跟我回去。”

古皓一脸严肃，尹安娇怔得说不出话，站在那儿一动不动，古皓也不多说什么，一把抱起尹安娇，就往岸上走去，长坡出现了几束亮光，走近一看正是王大哥和他的儿子。

“哎哟，真怕你们出事儿，赶紧的赶紧的，要涨潮了，赶紧回去。”

王大哥一脸焦急。

“不好意思，她俩喝多了。”

古皓一边道歉，一边把尹安娇背在背上，王大哥和他的儿子则去背礁石旁的小惠。

终于回到老王家，大嫂早已烧好了热水，备了姜汤。

“哎，幸好的，再晚几步，非闹出人命不可。”

大嫂对着王大哥一阵抱怨，也是在责备古皓他们三人胡闹，古皓自知理亏，连忙道歉。

回到房间，古皓喂尹安娇和小惠喝了姜汤，小惠睡得不省人事，尹安娇吐了一次，吐完之后人清醒一些，吃了感冒药冲了热水澡，把小惠弄起来冲了澡，帮她换了干爽的衣服，小惠回到床上蒙头便睡。

“你们睡吧，我今晚就在这边照顾你们好了。”

■ 2

酒劲儿上来，古皓的头也是晕乎乎的，但总算还有力气，安娇点点头，也盖了被子睡下，古皓看她们俩都睡好了，则去隔壁取了换洗衣服，把房间灯关了之后，去浴室洗了澡。

古皓洗完，觉得头晕得厉害，关了浴室灯出来之后，眼睛难以适应屋里的黑暗，脚还磕在了小床的床沿上，古皓吃疼，倒吸一口凉气，顺势坐在小床边上。

良久，房间里安静下来，除了古皓的心跳声，还有小惠微微的鼾声，古皓意识到，刚才小惠睡的是大床，而自己坐的小床上，睡着尹安娇，他无意识地、左手沿着床沿向外一伸，便碰触到了尹安娇的手指，尹安娇却没有缩回。

尹安娇可能睡着了，古皓这么想，他听到自己的心跳，但却没有收回手指的打算，他观察过那双手，尹安娇的手，手指细而长……她冷吗，古皓想，于是他鼓起勇气，手掌盖住了尹安娇的手，尹安娇的手热乎乎的，但并不是那种令人不悦的热度，反而是，那种小小的，暖暖的感觉，让人想握住，想将手指扣进这双温柔的小手的指缝里。

古皓那么做了，尹安娇还是没有任何反应，像服帖的绵羊，没有任何抗拒，古皓就这样握着这只手，他不知道握了多久，他转头去看，尹安娇面对着他蜷缩着，古皓适应了房间的光线，他看到安娇闭着眼睛，而鼻息略微有些快，她的嘴微微张开，露出好看的唇线。

古皓咽下一口唾沫，他知道脑海中正闪过什么念头，当然，他知道在平时他可以控制住，但因为威士忌，因为酒精的作用，让他血脉喷张，让他心跳加速，他有些耳鸣，思维却纷乱，只留下最原始的爱慕与欲望，他无法控制，他甚至深深明白在另一张床上正躺着自己的女朋友，但他却无法克制自己产生的卑劣的，看来是可耻的念头。

这些念头，必须以下一个行动作为终结，古皓闭上眼，抿一下因为紧张而发干的嘴唇，他吻了上去，吻住了尹安娇的唇，那一秒他的脑海闪过许多画面，尹安娇会推开他，给他一记响亮的耳光，不，她醉了，她没有这样的力气；这时房间的灯亮起，小惠正愤怒地盯着他，眼睛里是恨和悲伤夹杂着喷出的紫色火焰……

但没有，这一秒，古皓只感受到尹安娇温热的鼻息，湿润的嘴唇，他如痴如狂，就算死，也要死在这一刻的甜蜜之中，他吸吮着尹安娇的嘴唇，他得寸进尺，甚至伸出了舌头，他在探寻尹安娇的舌头，他找到了他想得到的温润的小东西，他摧城拔寨，而尹安娇却毫无抵抗，束手就擒，不管了，什么都不管了……古皓已经无法控制自己的念头，他抱住了尹安娇，亲吻变得更加激烈，他闭着眼睛，但他却感受到尹安娇醒了过来，他惊恐万分，头稍稍移开，他看向尹安娇，他不知道是不是自己产生了错觉，他觉得尹安娇看了他一眼，那眼神他也看清了，没有愤怒，只有挣扎和不可节制的渴望……

是酒精作祟，一定是酒精作祟，但现在也退无可退了，古皓再一次吻住了尹安娇，而他感觉到了，真切的，又如梦幻地感觉到，尹安娇回吻了他，他再吸吮尹安娇的嘴唇，而尹安娇也复制了他的动作，他不可抑制地羞耻地伸出舌头，他的舌尖碰触到了尹安娇的舌尖，尹安娇没有闭上嘴，而是与古皓的舌尖纠缠在一起，古皓整个人已经躺在了床上，他用力抱住尹安娇，感受着她娇小的身体，他颤抖着，一定是颤抖着伸出手去握尹安娇的胸部，而就在此刻，尹安娇阻止了她，尹安娇握住了他的手，尹安娇的眼睛里满是惊恐，两人都喘着气，在黑暗中，闭着眼睛，感受着对方的情绪……

该怎么办，古皓的脑子一片混乱，在此刻，尹安娇轻轻握住了古皓的手，她挪了挪脑袋，主动吻住了古皓的唇，古皓激动得回吻尹安娇，但尹安娇别开了头，她转过身，没有发出一点声音地转到背对古皓的方向，他们还握着手，静静握着，不知道过了多久，尹安娇自然地抽出了在古皓温暖手掌里的小手，她蜷缩着，弓起了瘦小的背脊，似乎是睡着了，似乎是向古皓宣告就到此为止。

古皓看着尹安娇的背影良久，他头痛欲裂，是酒精作祟，酒精作祟，他问自己，是不是搞砸了一切，而明天，又该如何收拾残局。

十、迷情

尹安娇偷偷松了一口气，洗完澡后，两人躺在床上看了一会儿电视，尹安娇倦意袭来便躺下睡了，睡梦之中仿佛又出现了古皓，还有那在脑海中断断续续出现过的，自己和古皓在床上拥吻的画面。

■1

尹安娇醒来的时候，已经是上午九点过了，脑袋剧烈地疼痛，昨晚发生的事情只剩下模糊的片段，无法连贯地想起，而身边的小惠还在熟睡，宿醉真是太难受了。

尹安娇从床上起来，穿好衣服，去浴室梳洗，有一些奇怪的画面总在脑海里浮现，但却不知道是否真实，但那画面还是让尹安娇吓了一大跳，她不知道自己昨晚到底做了什么，在喝醉之后，又发生了什么，但有一个画面便是在黑暗中和一名身材健硕的男子接吻，尹安娇不安地发现那个人是古皓，是自己死党加闺蜜小惠的男朋友，那是真实发生，还是自己做了一个荒诞的梦？

安娇越想越觉得头疼，只好匆匆梳洗干净，回到房间，这时小惠也醒了，大呼头疼得厉害。

“昨晚喝得太多了，娇娇，你还好吧？”

小惠捂着头关切地看向尹安娇。

“我还好，昨晚咱们玩得太疯了。”

尹安娇苦笑一下，心底隐隐的不安一直在那里。

“昨晚我连怎么回来的都忘记了，记得去洗了个澡，然后就一睡到现在，除了我们坐在礁石上喝酒，蛙腿说他要去上厕所，后面的事情就一概不知了……不过，我好像感冒了。”

小惠吸了一下鼻涕。

“一定是昨晚淋了雨的缘故，我去找古皓拿感冒药给你吃。”

虽然是自己提到古皓，尹安娇不知为何心里咯噔一下，说完离开房间，去隔壁找古皓拿药，古皓似乎已经起来了，很快给尹安娇开了门。

“早，起来了吗，以为你们要多睡一会儿。”

古皓倒是平静，没有什么异常。

“小惠感冒了，我过来帮她拿药。”

尹安娇不知道为何，自己潜意识地闪躲着古皓的目光。

“昨晚……”

古皓欲言又止，挠挠头。

“昨晚发生了什么吗？”

安娇低声问，她有些紧张，害怕脑中的画面确实发生。

“你不记得了吗？”

“我不记得了，我喝太多了，昨晚发生了什么？”

“昨晚……也没什么，你们喝醉了，我和王大哥把你们俩扛回来的，我去拿药。”

古皓说完，便转身去拿药，尹安娇也不继续多问。

“你还好吗，你昨晚也淋了雨？”

古皓拿了药，走到尹安娇面前。

“我还好，只是有些头疼，恐怕是因为宿醉，并没有感冒吧……”

尹安娇话音未落，古皓宽大的手掌放在了尹安娇的额头上，尹安娇又吃惊又不安，却忘了闪避。

“嗯，还好，没有发烧。”

古皓走到尹安娇和小惠的房间，喂小惠吃了药，小惠虽然生病，也还有力气抱怨约翰送的威士忌，害得她感冒。

“昨天哦，很危险，之前就有游客在涨潮的时候被卷走，就说不要你们去，以后都不许游客晚上去海边了。”

吃早饭的时候，王大哥也一直在唠叨。

饭后，古皓与王大哥结清了费用，三人乘下午的第一班船回到北海，又从北海坐车回了南宁，下午六点到达南宁后，三人入住早已订好的酒店，一路上安娇忐忑不安，而小惠因为感冒也一直在休息，古皓也一路无话，气氛总有些平静得奇怪。

到了酒店之后，小惠表示太累了，想在酒店休息，让安娇和古皓两人去吃饭，尹安娇表示要留在房间里陪小惠，小惠却执意说完全没必要。

“娇娇，你们去吃饭，顺便逛逛，我真的没力气，不要因为我弄得最后一天玩不好，回来帮我带点吃的就行！”

小惠似乎完全没有发现尹安娇和古皓的异常，尹安娇心里稍微安定一些，却又觉得愧疚，虽然不知道那是现实还是梦境，但就算是做了那样的梦，也觉得太对不起小惠。

“走吧，我们出去吃点东西，让小惠睡一会儿。”

古皓语气温和，却像是不由尹安娇拒绝，古皓为小惠调暗了灯光，和尹安娇一起走到门口。

“小惠，有什么就打给我。”

“知道了。”

古皓关上门，和尹安娇一起走出酒店。

“我知道附近一家生意很棒的日本回转寿司餐厅，步行就可到达，我们去那里吃吧。”

古皓并不是询问，而是决定，尹安娇也没有异议，两人并肩向前走。

夜色降临，华灯初上，尹安娇心里有一种说不清道不明的感觉，在意识层面，她对昨晚的事情有着深深的疑虑和不安，想向古皓问个究竟，为脑海中的画面惭愧、纠结又充满怀疑，她不愿再和古皓独处，甚至对古皓产生不满和回避的情绪；而在潜意识层面，她对古皓有好感，一米八五的身高和强壮紧实的身体让人有安全感，而在强势的小惠面前表现出的后知后觉与忍让又那么可爱，做起事来有条不紊又安排得当的决断力让人信服，而丰富的知识和流利的英语又足以颠覆其四肢发达、头脑简单的第一印象……总之，尹安娇明白一点，她对身边这个自己好友的男友产生了过多的情绪与情感，这是错误的，但她却无法自持。

“想什么呢？”

古皓笑笑，打断了尹安娇的胡思乱想。

“没有。”

“我们到了。”

古皓指指前面的店铺，装修成日本传统建筑风格的门前一片喧哗，看来的确是生意兴隆。

古皓拿号排队，等了一刻钟，方才安排到两人的位置，入座之后，服务生拿来餐牌。

“先生，两位的话，本店有推出一个情侣的套餐，含有开胃小菜、生鱼片刺身、特色寿司和手卷、海鲜和肉类铁板烧及什锦拉面或者牛肉盖饭，特别赠送一壶清酒和餐后冰淇淋，十分超值！”

服务生热情地介绍完，古皓向尹安娇投去问询的目光，安娇红了脸，抬起头告诉服务生他们不喝酒。

“不喝酒没有关系，我们可以改送波子汽水或者鲜榨饮料。”

服务生依然面带微笑。

“那我们就点这个吧。”

古皓对服务生礼貌地点点头。

“我们哪里吃得了那么多……”

尹安娇仍然忌讳“情侣套餐”这个称谓，尴尬不安。

“没关系，就要这个套餐吧，牛肉盖饭可以打包回去给小惠吃。”

古皓将菜单递还给服务生，尹安娇也不好意思再说什么。

“先生，那对菜品有特别的要求吗，有什么忌口吗？”

“没有，你配就好。”

“那不喝酒的话，饮料是需要什么？”

“我喝茶就好，安娇呢？”

“西瓜汁吧。”

“好的，那么两位点的是一个情侣套餐，稍后为你上菜。”

菜很快上来，两人也不再说话，各自怀着各自的心思吃着饭，吃到一半，古皓向服务生要了一壶清酒。

“怎么突然又要喝酒了？”

尹安娇有些诧异。

“想喝一点，这样我表达会比较顺畅。”

古皓不自然地笑笑，不一会儿清酒便送了过来。

“喝一点吗？”

古皓问尹安娇，尹安娇犹豫一会儿，还是轻轻点头，古皓给尹安娇斟了一杯，又给自己斟满。

“希望安娇觉得旅途愉快。”

古皓举起杯，尹安娇没答话，碰了一下，尹安娇抿了一口，古皓一饮而尽，两人又不知该说什么，沉默着一边吃菜一边喝酒，很快喝完一壶，古皓又要了一壶，尹安娇再喝了一杯，脸已通红。

“我不能再喝了。”

尹安娇摸摸脸，然后猛喝了一杯茶。

“是不是有什么话要问我？”

古皓突然问尹安娇。

“嗯？我不明白……”

尹安娇心里当然明白，她的心落了半拍，昨晚似真似幻的画面又在脑海闪现。

“我……”

古皓欲言又止，再给自己斟了一杯酒喝了下去。

“嗯？”

“我对你很有好感。”

古皓深吸一口气，说出这句话。

“我也很高兴认识你这个朋友，不过要好好对小惠才行！”

“恐怕已经超出了对朋友的好感。”

“请你不要说出这种话，以后也不要再说，你是我最好的朋友的男朋友，怎么能说这种话……”

“我想你也是对我有好感的，我感受得到，所以才说出这样无礼的话，如果不坦诚……”

“古皓，你想多了，希望你以后不要再说这样的话，更不希望你去伤害小惠，请你不要再有那样的想法了，就到此为止吧，小惠一定饿坏了，服务生，买单！”

尹安娇态度强硬地打断了古皓，服务生很快拿了账单过来。

“两位消费了二百六十四元，情侣套餐是二百一十四元，还有两壶清酒是五十元。”

古皓正掏出钱包准备拿钱，尹安娇更快地将三百元递给服务生，服务生有些尴尬地看向古皓，不知道该不该收。

“你回去再给我吧，我们 AA……麻烦牛肉盖饭和这两碟小菜帮我们用盒子打包。”

“好的，请稍等。”

服务生躬身离去，而古皓则尴尬地坐在那里，表情复杂地看着有些怒气的尹安娇，而尹安娇在表面的强硬之下，心里也十分纠结，当她瞥见古皓落寞无助的眼神时，心里不自觉一阵难过，鼻子一酸，眼中含泪。

服务员送来了打包好的食物并找零，安娇害怕古皓看出自己的窘迫，提了打包袋起身便走。

“我来吧。”

古皓从尹安娇手里接过打包袋，尹安娇也没拒绝，只是也没回头，走出门去，古皓跟在后面，两人一前一后保持两米的距离，直到回到酒店的房间门口。

“你去陪小惠吃饭吧，我忽然觉得口渴，我下楼去买瓶水。”

尹安娇忽然转身，也不看古皓，又折返回电梯口。

“安娇……”

古皓在后面叫了尹安娇一声，尹安娇站住，她咬咬嘴唇没有回头，进了电梯下楼。

酒店的对面有一家便利商店，安娇过了马路走了进去，在货架前驻足良久，心里一团乱麻，她无法去估量自己对古皓的情感到底是不是已经超出只是对一个普通男性朋友，或者说自己的女性朋友的男友合理的范畴，但在脑海中出现那样的画面，无论是真的发生，还是只是梦境，都是大错特错的，她在内心谴责自己，并努力遏制再去想关于古皓的任何事情，他的表情，他的话语，他的满脸无辜和欲言又止……

手机铃声响起，尹安娇一看，是小惠。

“喂，娇娇，你还在便利商店吗？”

“在呢。”

“帮我买一瓶茉莉清茶好吗，这个饭太咸了，哦，对了，再一瓶酸奶，好吗？”

“好，没问题，还要别的吗？”

“不要了。”

“你感冒好些了吗？”

“睡了一觉舒服多了，胃口还不错，小菜还挺好吃的，就是咸了，哈哈。”

“那就好……古皓还在陪你吗？”

“没有啦，我吃完他就回去洗澡了，他说他累了，昨晚没睡好，这个死人。”

尹安娇心里一紧，没接上话。

“喂，娇娇？”

“嗯，在呢。”

“买完东西快回来，这么晚了，注意安全。”

“嗯，知道。”

挂了电话，尹安娇买了小惠要的茉莉清茶和酸奶，自己买了一瓶矿泉水，回到酒店房间，小惠正躺在床上看电视。

“喏，你的茉莉清茶和酸奶。”

尹安娇把饮料放在床头柜上。

“谢谢，对啦，蛙腿回来一身酒气，你们还喝酒啦？”

“喝了一点点，套餐赠送的。”

尹安娇说完心里又是一紧，小惠会追问是什么套餐吗……

“还不错，日本菜的话，送的清酒？”

“对。”

“我猜就是，我真是太聪明了，哼，太过分了，竟然背着我和蛙腿去喝清酒，这是姐妹所为吗？”

小惠忽然严肃起来，尹安娇慌张得说不出话来。

“哈哈，开玩笑的，这也被唬住，蛙腿这小子，给他十个胆子谅他也不敢做什么坏事，我可是惠姐，对吧？”

“嗯。”尹安娇点点头，“小惠，你先看电视，我先去洗澡。”

“好啊，这个电视剧蛮好看的……不过最后一天都没有好好玩，挺遗憾的。”

“没关系，明天是下午的飞机，上午还可以在南宁逛逛。”

“好吧，你先去洗澡吧。”

尹安娇偷偷松了一口气，洗完澡后，两人躺在床上看了一会儿电视，尹安娇倦意袭来便躺下睡了，睡梦之中仿佛又出现了古皓，还有那在脑海中断断续续出现过的，自己和古皓在床上拥吻的画面。

■ 2

翌日，尹安娇三人都睡了懒觉，醒来时已接近中午，收拾好行李并办理完退房手续，三人都觉得肚子饿了，古皓便提议去中山路附近吃南宁的特色老友粉，小惠和尹安娇也没有意见，吃完饭再闲逛一阵，便前往机场，这一天尹安娇一直都没怎么说话，也尽量避开和古皓的眼神交流，古皓却表现自然，和小惠依然亲昵，也主动帮安娇提行李，尹安娇怕拒绝倒显得不自然，也只好应允，但安娇不知为何在看到古皓和小惠的勾手、摸鼻子之类的亲昵举动，心里会毛毛的觉得不舒服，这种感觉让她不自觉地和古皓、小惠之间刻意拉远距离。

“娇娇你怎么了，今天都魂不守舍的。”

小惠毕竟是尹安娇这么多年的死党，她情绪的波动当然会被小惠注意到。

“没有，可能是昨晚空调太冷，脑袋有些晕，没关系的。”

尹安娇搪塞过去，心里只想早早结束这段旅程，而发生在涠洲岛的事情，就当做是梦一场好了。

从南宁吴圩国际机场起飞经过两个多小时的飞行，在东城国际机场，尹安娇和小惠、古皓结束了他们的毕业旅行，尹安娇的妈妈可没离开过宝贝女儿这么久，早早就到了机场等候，小惠和古皓则和尹安娇道别，先行离开。

“娇娇，回去好好休息，过两天出来玩儿，叫蛙腿请我们吃大餐！”

小惠和尹安娇依依不舍地拥抱，古皓则意味深长地和安娇对视一眼，互道了一声“再见”。

十一、内疚

尹安娇搪塞过去，回到了自己的房间，看到镜子里的自己，安娇却生出厌恶的情绪，和小惠的男朋友约会，却还要用小惠来做挡箭牌，自己怎么能无耻到这样，但喜欢上一个人真的是自己可以控制的吗？

“对不起，小惠。”

■1

回到家里，尹安娇一连几天都心神不宁，也不愿意出去玩儿，只是宅在家里上网看剧，总觉得自己在期待什么，但又不知道自己在期待什么，或者说，她所期待的正是她不愿去面对的。

一周之后，尹安娇接到一个没有储存号码的来电，铃声响了快一分钟，尹安娇才按下接听键。

“喂，你好。”

“喂，请问是哪位？”

“是安娇吗，我是古皓。”

“哦，你好，有什么事吗？”

“没什么特别的事情，就是……想约你吃个饭？”

“约我，为什么要约我吃饭？”

“没什么，就是有些话想跟你说。”

“有什么事情就在电话里说吧，吃饭没这个必要。”

“我想当面说会好一些……”

“什么话我觉得在南宁的时候就应该说清楚了，我觉得没有必要……”

“请听我说，我看得出来，你的内心也跟我一样纠结，我并不是你想的那样见异思迁的人，只是……我也无法形容我的感受，我只是深深被你吸引住了，我这几天都在想你，想我们的事情，我觉得我们有必要出来想出解决的办法，否则你、我还有小惠都不会好受。”

“你把涠洲岛的事情告诉小惠了？”

“不，没有……我没有说，但如果找不到解决的办法，如果我们不能好好谈，小惠迟早也会察觉的，所以只此一次也好，请务必出来见我。”

“……好。”

古皓说了时间地点，尹安娇挂了电话，她知道自己这几天来心神不宁的原因，知道这个心结必须去面对才能解决，她必须和古皓说清楚，不然无论是小惠还是自己，都会受到伤害。

黄昏，东城河滨公园，一周之后，尹安娇再次见到了古皓，他穿深色T恤和浅色条纹短裤，回来之后剪了头发，看起来更阳光帅气，而安娇似乎是在涠洲岛晒黑了一些，看起来更加瘦小，脸颊的几颗雀斑，却更显得可爱。

“好久不见。”

古皓不好意思地向尹安娇打招呼。

“也并没有很久。”

安娇故意语气冷淡，但内心却在为能单独与古皓见面暗暗雀跃，也为自己心里的反应感到可耻，却又无可奈何，只能强作镇定。

“安娇你饿了吗，我们还是先去吃饭吧。”

“不，我不饿，还是在这里把话说清楚吧。”

尹安娇低着头，抱着胳膊，她无法去正视眼前这个男生，她想象古皓失望和无奈的眼神，想着自己是不是话语太过冷硬，而突然之间，她被一股强大却毫无侵略感的力量带动，当她回过神时，自己已经被古皓紧紧揽入怀中。

“我喜欢你，从我看到你第一眼就喜欢你。”

尹安娇惊慌失措，却没有力气挣脱古皓的怀抱，她抬起头，她看见古皓因为紧张而微微颤动的嘴唇，那嘴唇无数次地在脑海中闪现，而就在脑海中的画面再次出现的那一秒，古皓吻上了尹安娇的唇，尹安娇才在心底惊呼，那一晚这的确发生过，这不是梦境成真，这只是曾发生的行为再一次重复，而哪怕是再一次，在自己滴酒未沾的此时此刻，脑袋也无法再保持清醒，无法强有力地去拒绝这一违背友谊的，甚至是可耻的行为，她回吻了古皓，那一刻她脑海一片空白，她的内心却在高喊："我喜欢正和我接吻的这个男生，不管他是谁，我喜欢他。"

古皓松开尹安娇，尹安娇的眼泪再也无法抑制，她知道眼前这个男生即将把自己推入不义的境地，她却显得那么软弱，无能为力，在高中时代有不止一个男生追求过她，她也和她心仪的男生传过纸条，但接吻，这是第一次，她的初吻给了自己最好的朋友的男朋友，她不得不哭泣，她不得不在内心觉得万分委屈，她根本应该给面前这个男生一记响亮的耳光在他抱住她的那一刹那，但是她没有，她发现自己除了流泪几乎没有任何办法，而这个口口声声告诉自己要解决之前的纠结、复杂、心神不宁的混沌时光的男生，竟然就是用拥抱和吻来让她坦露心扉，坦露那难以抑制的情感。

"安娇，告诉我，你也喜欢我。"

古皓抱着尹安娇，那是有力的，充满了安全感的手臂，安娇只能哭，她认输了，她微微点头。

"安娇，我真的很喜欢你，我要和你在一起。"

"那小惠呢，小惠怎么办？"

尹安娇红着眼睛，满脸泪痕，她想这个不顾一切向自己告白的男生，一定已经找到了解决问题的办法，找到了不伤害小惠也能和自己在一起的办法。

"一定会有办法的。"

古皓这么回答，但尹安娇捕捉到了古皓眼里的犹豫，她心里清楚，古皓根本没有办法，自己也没有，他们现在做的，现在说的，已经是对小惠的背叛，古皓背叛了爱情，而自己则背叛了友谊。

"我们不能在一起，小惠是我最好的朋友，我不能失去她。"

"你不会失去她，我会和小惠好好谈，这都是我的错，跟安娇你没有关系。"

"怎么没关系，怎么没关系……"

尹安娇哭起来，除了哭，她不知道现在该怎么办。

"相信我，我一定会去解决好，我喜欢你，我会对你负责的。"

古皓再次把尹安娇揽入怀中，安娇只有相信他，既然敞开了心底的秘密，就无法再收回了。

两人像做贼似的，在公园附近的一家小餐馆一起吃了饭，就算是这样，尹安娇心里也洋溢起幸福，她没有恋爱过，她不知道恋爱是什么样子，但她印象里的样子，恋爱就是和喜欢的人牵着手逛公园，一起吃饭，然后散步，男生送女生回家，今天她和古皓做的，似乎就是这些。

晚上九点过了，安娇不得不回家了，古皓将尹安娇送到公交车站，两人拥抱了一下，依依不舍地告别，尹安娇要坐的那一路车到站了，门已打开，等候的乘客陆续上车。

“那你还喜欢小惠吗？”

尹安娇忽然转过头，看向正对她挥手的古皓，她的声音小而清晰，但断定古皓听到了，但古皓没有回答，尹安娇没有说什么，上了车，门关上，她没有回头去看古皓，在那一秒，所有负面的信息都翻涌着涌上心头与约会的甜蜜感受来了个彗星撞地球，尹安娇的内心一片混乱，她明白这是错误的开始，却一相情愿去期望一个正确的结局，实在荒唐。

回到家，妈妈正坐在客厅看电视。

“今天去哪儿玩儿了，和小惠吗？”

妈妈的随口一问，却让尹安娇更加心乱如麻。

“对，和小惠去看电影了。”

尹安娇搪塞过去，回到了自己的房间，看到镜子里的自己，安娇却生出厌恶的情绪，和小惠的男朋友约会，却还要用小惠来做挡箭牌，自己怎么能无耻到这样，但喜欢上一个人真的是自己可以控制的吗？

“对不起，小惠。”

尹安娇躺倒在床上，将脸掩进被子里。

■ 2

一连几日下来，尹安娇都不知道自己是在怎样的状态中度过，内心饱受着期待与恐惧的煎熬，期待古皓打来的每一个电话，发来的每一条短信，每一个问候和每一句“我想你”，而恐惧则是关于于小惠的一切。

那段时间，小惠和尹安娇都没有见面，在QQ上聊过几次，通过两次电话，都是些无关痛痒的谈话，而每一次这样普通的谈话都似乎要耗尽尹安娇的全部心力。

在古皓向尹安娇表白一周之后，古皓打来电话告诉尹安娇，除了告诉小惠一切真相，他想不出更好的办法，还没等尹安娇就此发表任何意见，古皓又告诉尹安娇，他已经把一切都告诉小惠了。

尹安娇如五雷轰顶般呆住了，她知道这一天总会来，但没想到来得这么快这么突然，她想在电话里痛骂古皓的轻率，但却丝毫没有力气，就像在梦里无法醒来一般，无论尹安娇如何挣扎，如何精疲力竭，这个夏末的荒诞梦境总算到了一个了结的时刻。

接下来的时间，便只剩下等待，等待小惠的电话，尹安娇躺在床上，中午饭也没有吃，下午三点过，安娇的手机铃声终于响了。

"娇娇，下午四点商业街我们常去的那家咖啡厅，我们见个面吧。"

小惠的声音低沉，略带嘶哑，明显哭过，尹安娇鼻子一酸，却无言以对。

"无论什么借口都不用说，我们见了面再说吧，我等你。"

小惠没有说再见便挂断了电话，尹安娇啜泣良久，拨通了古皓的电话。

"这就是你想到的办法?"

尹安娇憋着一肚子委屈，在这一刻那个又聪明又有安全感的大男生根本就是一个缩头乌龟，他口口声声说有办法，最后的办法就是让曾经亲如姐妹的好友去为了他对决?

"安娇，你听我解释……"

"我听你解释? 你要我怎么去给小惠解释!"

"我跟她说了，是我先喜欢的你，追求的你，在遇见你的那一刻就被你吸引了，所以完全没有办法不去想你，我不能欺骗小惠，我对她也是真心的。"

"你什么意思，你对她也是真心的，对我就是弄着好玩儿是吧?"

"当然不是，我不是那种人，我只是无法克制自己的情感。"

"见一个爱一个是吧?"

“不是，安娇你听我说……”

“你告诉小惠了些什么，你不会连涠洲岛的事情也告诉她了吧？”

“对，我说了。”

“你，你……那根本没有发生过！”

“那当然发生过！”

“你怎么能这么卑鄙！”

尹安娇挂断电话，跌坐在床上，两手抱膝痛哭起来。

尹安娇没有办法去面对小惠，但无论如何这一遭都无法躲过了，她和小惠，和古皓都必须做个了断，看着床边的小闹钟的时针指向四点，安娇再也没有办法逃避，她换了衣服出了门，她不得不去结束这个噩梦，以不得不付出的惨痛代价。

■3

咖啡厅里放着轻松的爵士音乐，但尹安娇推门进入时的心情，恐怕比金属摇滚乐的重低音还要沉重，空气就像凝固了，氧气被抽离，压抑得让人难以呼吸。

上了二楼，小惠坐在窗边，头发有些凌乱，刘海遮住了眼睛，她别过头看向窗外，旁边还有三四桌客人，有的三三两两在聊天，有的则一边喝咖啡一边看着杂志。

尹安娇移动如灌了铅的两条腿，终于走到小惠面前，小惠也没抬头看她，只轻轻说了一声“坐吧”。

尹安娇坐下，小惠久久没有说话，小惠的眼圈通红，眼睛肿得像小桃子，安娇强忍着心中的酸楚，努力克制不让眼泪掉下来。

小惠端起桌上的柠檬水喝了一口，她还是不说话，甚至没有看尹安娇一眼，尹安娇明白，小惠是害怕一张口便情绪失控。

“蛙腿……讲的那些都是真的？”

酝酿良久，小惠还是开口了，她的声音有些颤抖，前两个音都没有发出声，看来是因为之前哭了太久，她在强抑情绪，内心却在翻江倒海。

“小惠，并不是你想的那样。”

“那是怎样?”小惠转头直视安娇，那是安娇从未受到过的注视，锐利而愤怒，而那背后是无尽的失望和悲伤。

“我和古皓不是你想的那样。”

“哼……古皓什么都跟我坦白了……你放心，尹安娇，古皓没有说是你勾引的他，你放心，他没有诋毁你什么，他不过是说，在涠洲岛的那个晚上，我最好最好的姐妹，我的死党，我的闺蜜，我最信任的人在和我一床之隔的地方和我的男朋友接吻!”

小惠没有忍住眼泪，她一边冷笑，眼泪却跟着滑落，她的身体剧烈地颤抖。

“不是那样的，那根本不是真的……”

尹安娇也哭了起来，她害怕旁边的人注意到她们俩，她努力压低哭声。

“那你和他在公园的事情也是假的，你喜欢他也是假的?”

“小……”

尹安娇还没来得及张口，小惠便顺手将桌上的柠檬水泼到尹安娇脸上。

“我也不想那样……但喜欢一个人有错吗，是我可以控制的吗?”

“你没有错，是我错了，是我瞎了狗眼把你当做我最好的朋友，是我瞎了狗眼那么信任你，尹安娇你别他娘的一副受了委屈的样子，受了委屈的人是我，不是你!”

小惠站了起来，再也无法克制地对着尹安娇大声咆哮，旁边的客人也都纷纷侧目看向她们。

“你们看，就是这个女人，哭得跟个落入凡间的天使似的，就是这个女人，我最好的朋友，我最好的姐们儿，我最信任的人，和我的男朋友，当着我的面亲热，还跟我装没事儿，你们评评理，我到底做错了什么，要她这样对我……我告诉你尹安娇，你做出这样的事情，你只会不得好死!”

小惠从愤怒的咆哮演变成了歇斯底里的哭喊，继而号啕大哭，尹安娇则坐在那里只剩下哭泣，她什么也干不了，道歉也说不了，走也没力气，只能哭，而这个时候，古皓赶了过来。

“好了，别闹了。”

古皓上前一把抱住小惠，小惠却使出吃奶的劲儿一把将古皓推开，随即给了古皓一记响亮的耳光，古皓没有恼怒，他再一次抱住小惠，死死抱住，小惠再没有别的力气去做什么，任由古皓将她抱住，而尹安娇则呆呆地看着眼前的一切，她在之前日夜渴望的臂膀紧紧地抱住的，却不是自己。

古皓把两个哭闹得筋疲力尽的女生带回了家，他的父母都出差不在，他想在没有其他人的环境和尹安娇、小惠把话都说清楚。

大闹之后，小惠也冷静了下来，尹安娇也哭得没了力气。

“事情走到这一步，我真的不想，都是我的错，小惠，求你不要再对安娇生气了，这一切都是我的错。”

古皓低着头，一脸难过。

“蛙腿，一个问题，你是不是从来没喜欢过我？”

小惠没有看蛙腿，她坐在角落里，冷冰冰地问。

“小惠，我当然喜欢你，直到现在也都喜欢……”

尹安娇听到古皓的话后一脸惊讶，随即埋下头，紧咬嘴唇。

“哼，那你就是在逗着安娇玩儿，还是酒后乱性？”

“我也喜欢安娇，你们俩是完全不一样的女孩儿，但都深深吸引着我，要我在你们俩之间选择谁，我真的做不到。”

古皓两手紧张地互相搓揉，一脸痛苦。

“虽然这种话很多余，但是蛙腿，我们分手吧，还有，你就是彻头彻尾的贱人。”

小惠站了起来，向门口走去。

“小惠……”

古皓站起来去拉小惠的手，小惠甩开，狠狠瞪向古皓，对着他竖起中指。

“我告诉你古皓，以后都不要再联系我，我们现在说清楚了，我以后不会再跟你有任何联系，如果你还算是个人而不是个杂种，就照我说的话做。”

小惠说完，走到门口，她忍不住瞥了一眼尹安娇，那时尹安娇也正看着她,她想说什么,却没有说出口,随即关上门离开。

“我也得走了。”

尹安娇鼓足力气,站起身。

“安娇,不要走,你走了,我就真的一无所有了。”

古皓挡在尹安娇面前,他想抱她,但尹安娇觉得一阵恶心,而不是温暖,她将古皓推开。

“安娇,我求你不要走,我真的喜欢你。”

古皓两眼通红,声音带着哭腔。

“请你收起你的废话,我不会再相信你了,现在看到你除了觉得厌恶和可怕,我对你没有什么感觉了。”

“安娇,我已经和小惠分手了,我们可以好好在一起了,这不正是你想要的吗?”

听了古皓的话,尹安娇想要冷笑,却厌恶到连冷笑的力气都没有了,她不知道自己怎么会迷恋过这样一个卑劣的人,她甚至相信这个人充满了安全感、责任感和人格魅力,既聪明又体贴,但如今看来,瞎了眼的人,当然不只是小惠。

从古皓的家里出来,尹安娇迷了路,四下望去,街口既熟悉又陌生,这个城市,每一条街道、每一盏街灯、每一个广告牌都长得那么像,这个城市,太容易让人迷失方向了,甚至柏油马路是灰色的,而顶在头上的天空也是灰色的,大楼也是灰色的,分不清哪边是上,哪边是下,哪边是左,哪边是右,分不清自己是在向上,还是在坠落,是在寻找,还是在丢失,总之在某一个当口,尹安娇和这个城市的人,都再也找不到、想不起、做不了。

十二、告别

安娇惊呆了，她看向电视，电视里一男一女正赤裸裸地躺在床上接吻，安娇捂住耳朵，她几乎要哭出来，她看清那一男一女一个是古皓，一个则是自己，而更令安娇惊惧的，古皓的脸上满是鲜血，他毫无知觉，眼神呆滞，还如痴如醉地和"自己"在床上缠绵！

■ 1

还有一周多的时间，尹安娇就要去东城大学报到了，但她却全然没有即将踏入大学校园的兴奋和喜悦，她甚至都不愿意走出房间，做什么事情都提不起兴致，她一想到之前发生的事情，想到小惠愤怒悲伤的眼神，便觉得心里压着的石头越来越沉，让她喘不过气来。

尹安娇在事发后的两天，给小惠发了一封长长的道歉的邮件，里面回顾了她们从相识到成为好友这一路走来发生的许许多多的事情，从初一到现在这六年两人积累的点点滴滴，安娇一边写，一边流泪，她甚至不奢求小惠的原谅，只希望她的伤口能尽快愈合，她能尽快振作忘记这件事情，尹安娇犹豫再三，还是把信寄了出去。自从有了电脑和手机，尹安娇两三年没有写过一封信了，这封手写信，包含了安娇对小惠最深的歉意和忏悔，还有对两人友谊的眷念，她希望小惠在看到这封信的时候能好受一些。小惠会看这封信吗，兴许会不看就撕掉。可尹安娇必须这样做，必须亲手写完信，并将信寄出，不然也许会因这件事患上忧郁症也说不定……

■ 2

那是一个阴天，连晴的天气终于过去，尹安娇睁开眼，她似乎忘记了时间，只是觉得屋内光线昏暗，恐怕是要下雨了。

尹安娇从床上坐起来，屋外听不到一点噪音，她伸手拉开窗帘，外面一片灰暗，房屋层层叠叠，似乎比印象里更多了一些，却又更加一致，尹安娇觉得怪怪的，但她也不知道怪在哪里，走出屋外，妈妈正坐在沙发上看电视，电视却没有开声音，播放着不知道是哪个时候的电视剧，妈妈只是盯着电视看，尹安娇走到她身边，她也没有注意到，尹安娇想问妈妈怎么看电视不开声音，正当她准备张口，妈妈却先说话了。

“娇娇，小惠来看你了。”

妈妈似笑非笑地说，安娇忽然心里一怔，难道小惠把一切都告诉妈妈了，尹安娇来不及紧张，忽然觉得背脊一凉，发现身后有一双眼睛正冷冰冰地注视着自己，那眼神没有一丁点的感情和温度，像在人不经意的时候忽然将冰棒贴到背上一样让人浑身汗毛竖立。

安娇转过头，小惠坐在那里，盯着自己。

“小惠，你怎么来了？”

安娇有些心虚，艰难挤出一个笑容。

“我来看看你。”

“哦，马上要开学了，你几号去北京啊？”

“快了，来这里见了你，我就去。”

“哦，这样啊。”

尹安娇不知该说什么好，屋里灯光太昏暗了，暗到自己都无法看清小惠的表情，而小惠的声音，却丝毫听不出她带着怎样的情感，小惠原谅自己了吗，不然为什么要在走之前来看自己呢？

“娇娇，你怎么不穿衣服啊？”

这个时候，身后的妈妈突然惊讶地问道，妈妈的语气那么惊讶，脸上却没有表情，她的眼睛仍然盯着电视。尹安娇下意识地看向自己，自己身上穿着衣服啊，不就是平时在家穿的那件吊带背心吗，这个时候，电视里的声音忽然变大，只见妈妈使劲儿摁着遥控板，声音大到足以震破耳膜，而让安娇更惊恐万分的，电视里发出的声音是自己的，是自己一遍又一遍地重复着“我好喜欢你，古皓……”

安娇惊呆了，她看向电视，电视里一男一女正赤裸裸地躺在床上接吻，安娇捂住耳朵，她几乎要哭出来，她看清那一男一女一个是古皓，一个则是自己，而更令安娇惊惧的，古皓的脸上满是鲜血，他毫无知觉，眼神呆滞，还如痴如醉地和“自己”在床上缠绵！

“娇娇，我是来和你告别的，我要去北京了。”

小惠面无表情地，一步步走向尹安娇。

“小惠，对不起，小惠，对不起……”

尹安娇想要哭喊，她跪在地上，但她却无法哭出声音，她被小惠一步步逼入角落，她却没有力气逃跑，她看向妈妈，妈妈却目不转睛地盯着电视，似乎完全没有注意到自己的女儿正步入绝境，这个时候，小惠从身后摸出了一把尖刀，她看了看刀面，似乎在仔细检查手里的刀够不够锋利，但她又面无表情，似乎连手里拿着什么也不自知。尹安娇完全失去了力气，瘫坐在地上，她似乎知道接下来会发生什么，但却没有哪怕一丁点反抗的冲动，或者是反抗的气力……终于，像延长许久的镜头得到切换，小惠将刀挥向了尹安娇，而尹安娇似乎能清晰地看见刀片在切割皮肤深入肉体的过程，鲜血从溢出到喷溅，殷红的血液模糊了视线，身体却全然没有痛感，因为惊惧想要疯狂地尖叫却被堵在了喉咙，小惠机械地重复着挥砍的动作，皮肤被切开，尹安娇能看见自己的骨头，血管密密麻麻的像电线般被切割开来，肩膀、胸部、小腹、手臂然后是脖颈和面部，一刀一刀，身体被割裂开来，这就是走向死亡的过程，绝望无边无际地蔓延，再也没有思考的必要，耳边只有电视里巨大的呻吟声和喘息声，那声音塞满了脑袋，眼前曾有的灰暗被鲜血涂成了一抹抹深红，尹安娇在巨大的声响和由灰变红再由红转黑的世界里坠入永夜的深渊……

■ 3

“娇娇！”

“啊！”

尹安娇终于睁开了眼睛，阳光刺得她下意识用手遮挡，尹安娇大口呼吸着空气，她看见妈妈正坐在床头，拉着她的另一只手。

"怎么了,宝贝,做噩梦了?"

是妈妈,是自己唯一可以依靠的妈妈,原来之前那恐怖的一幕只是梦境,尹安娇如释重负,抱着妈妈痛哭起来。

"你这孩子,最近到底是怎么了,马上要开学了,不要睡那么晚,好好调整一下自己,今晚妈妈有空,陪你去逛街,好吗?"

尹安娇一边啜泣着,一边用力点头。

等尹安娇平静下来,妈妈便出门去店里了。尹安娇起了床,发现自己写给小惠的信还在书桌上,自己之前并没有寄出,安娇咬咬牙,无论如何也要在开学之前给这件事画上句号,她梳洗好后出门去楼下的报刊亭买了邮票贴好,然后到家附近的邮筒将信寄出,在信落入信箱的那一刻,安娇多少在心里松了一口气。

十三、入学

“安娇，这样的男孩子才是好孩子，长得帅，又有礼貌，但是就是不知道家境怎么样，看他那双鞋挺旧的，应该不太好……安娇，再给你强调一遍啊，千万别谈恋爱啊，影响学习分心！”

■ 1

东城大学位于东城的南郊春红山脚下，校园依山而建，教学区设在山脚而生活区设于山上，山腰树木郁郁葱葱，一栋栋学生宿舍就竖立其间，依山傍水，环境优雅。

新学期报到那天，校园里人潮如织，尹安娇和妈妈按照相关的指引办理了入学的相关手续，负责接待的老师礼貌而热情。

“尹安娇同学，现在就是去宿舍了，你的宿舍在山上雅园5栋的302房，请持这张单子去宿舍管理员那里取钥匙，但去山上的公路还在修护，只能走上去，行李很多的话……”老师四下张望，接着招呼不远处一位刚刚为新生讲解完讯息的男生，“子冲，你过来一下。”

叫子冲的男生快步走了过来，尹安娇看向他，大概一米七五的个子，瘦瘦的，皮肤很白，剪着精神的短发，穿着简单整洁，一脸亲和的笑容和一口整齐的牙齿让人初次见面便会留下很好的印象。

“子冲，这是我们院的新同学尹安娇，你现在手里要是没事儿的话，就送她去一趟宿舍。”

“这没问题。”

子冲点头答应，对着尹安娇微笑着点点头，然后伸出右手。

“你好，我叫余子冲，是你同院大三的学长。”

“你好，我叫尹安娇。”

尹安娇也微笑着伸出手握了握，之前虽然有些羞怯忐忑，但她告知自己无论如何这是新的起点，一定要朝气蓬勃地重新开始。

子冲帮尹安娇提了较重的行李，领着尹安娇和她妈妈上山，其间在尹安娇妈妈的提问下介绍了学校和学院的相关情况，也告知了许多在学校生活上的事情，虽然离家近，但尹安娇毕竟是第一次住读于学校，妈妈还是有很多的不舍和不放心，但子冲的耐心解说却很好地起到了安慰作用，走到宿舍门口的时候，尹安娇的妈妈已经安心了许多。

“同学，真是谢谢，太辛苦你了。”

虽然路途并不远，但却都是山路，从山下走到宿舍也花了近二十分钟的时间，尹安娇的妈妈只提了一包很轻的生活用品已是气喘吁吁，而子冲却帮着扛了箱子和棉被，尹安娇的妈妈很是过意不去。

“阿姨太客气了，这是我们应该做的，女生宿舍我们男生进去不方便，那就送到这里了，尹同学再见，阿姨再见！”

子冲说完便离开了，尹安娇的妈妈则一个劲儿表扬这同学懂事。

“安娇，这样的男孩子才是好孩子，长得帅，又有礼貌，但是就是不知道家境怎么样，看他那双鞋挺旧的，应该不太好……安娇，再给你强调一遍啊，千万别谈恋爱啊，影响学习分心！”

妈妈又开始唠叨，尹安娇听得心烦也不去理会，办理了入住登记手续之后，领了钥匙，来到302房，这是一间四人宿舍，有空调和独立卫生间，四张组合床两两排列于门的两侧，上面是睡床，下面则是书柜和书桌，因为是才建好没使用多长时间的新宿舍，所以家具也都很新。

房里已经到了一个女生，正在收拾书桌时看到尹安娇进来，便热情地上前打招呼。

“你好，我叫孙蕊雪，叫我小雪就可以的，我来自山东青岛，以后我们就是室友了，你叫什么呢？”

小雪戴一副眼镜，长了一张娃娃脸，说起话来也是俏皮可爱，让人觉得亲近。

“我叫尹安娇，很高兴认识你！”

“尹安娇，好好听的名字，像韩国明星一样，长得也好漂亮，我也很高兴认识你！”

寒暄一阵，尹安娇和小雪各自收拾自己的行李，尹安娇的妈妈帮女儿铺好床铺后就赶去工作，尹安娇和小雪休息一会儿后，便到山下校外的小街去购买忘记带的生活必需品，一并简单吃了晚餐。

从下午接触到现在，小雪的性格开朗活泼，很健谈，晚饭时也坚持要请尹安娇，颇显北方女孩儿的豪爽大方，尹安娇则说自己是东城人，小雪是客，自己是主，远道而来初次会面，哪有让客人请客的，可尹安娇却最终没拗得过小雪，让小雪付了钱。

“安娇，别这么客气嘛，以后我们是室友，需要你帮助的地方还有很多，我从青岛过来这边读书，也不认识什么朋友，第一眼看到你就觉得很亲切，觉得安娇是那种让人爱，让人想亲近的漂亮女孩儿，所以很想和你交朋友！”

小雪语气十分诚恳。

“小雪你太客气了，小雪那么可爱，我当然愿意和你做朋友。”

“那安娇，我可以叫你娇娇吗，感觉娇娇这个小名真的好适合你，那种楚楚动人的样子，那么娇羞可爱。”

小雪说到“娇娇”时，尹安娇心里一怔，她想起了小惠，曾经最好的姐妹和现在自己最害怕的人，那一刻，小惠怨恨的眼神闪过脑海，尹安娇故作镇定，微笑着点头。

“太好了，娇娇，开学第一天就能认识你做朋友，真的太开心了！”

■ 2

吃过饭回到学校，晚上还有一个学院的新生预备会，因为明天是开学典礼，有许多事情学院要通知，尹安娇和小雪沿着树木葱葱的步道，一边聊天一边向开会的地点小礼堂走去，走到门口时，已经有不少同学陆续进去了，正当尹安娇准备上台阶时，一个男生飞奔而下撞了尹安娇的肩膀，险些让尹安娇跌倒，幸好小雪搀着安娇将她的身体稳住。

十四、心动

刚刚跑出门外便和一名女生迎面撞个正着，那女生闪避不及嗲叫一声，幸好身旁还有同学所以不致跌倒，罗达看那女生一眼，七魂便丢了三魄，那女生的眉眼酷似张婷，却比张婷柔美许多，罗达不敢再看，也忘了说声抱歉，慌忙夺路而逃。

■ 1

罗达对大学也并没有抱多大的希冀，倒是有一丝惧意，害怕会遇到初中时的同学，从而自己被围殴的事情又喧嚣尘上，加之本来性格内向，罗达从进入大学第一天起，似乎就穿上了一件隐形斗篷，让同学们根本注意不到他，像《香水》中的格雷罗耶没有气味一般，罗达也具有立于人群中却似销声匿迹的本领。没有人会注意到他，甚至在点名时同学也难以把“罗达”这个名字和他本人的样子关联起来，并在下一次又忘记了，他不再显得特立独行，而是尽量沉默，隐去个性和特色，让人无法对他印象深刻。

罗达为自己的这项本领感到折服，在被监视期间练就的本领已是炉火纯青，他开始享受“多一个不多，少一个不少”的状态和隐匿于人群中那份轻蔑他人的孤独，甚至会想，也许四年之后，同学们看着毕业照也不会想起站在身旁的这个人是谁，他不信任也不依赖于任何人，关心、帮助、梦想、伙伴、兄弟和志同道合他通通不需要，人当然无法在身体上脱离群体，但精神和灵魂却可以完全游离于社群之外，近乎绝望的孤独令人陶醉，罗达就是抱着这样的心态进入大学，像一摊死水，或是活水上死躺着不动的落叶。

如果没有尹安娇的出现，也许罗达就会以他的方式过完四年大学生活，完成学业，继而顺利毕业，在罗怀定的帮助下找一份不错的工作，没有人会再记得他被围殴，他被控强奸，他的强迫症，他只会是扔进人潮中便找不到的一粒水珠，随波逐流。

但尹安娇出现了，在他的生命中出现的第三个女孩儿，让他幻起幻灭的女孩儿，让他犹如一列拼死奔驰的列车撞向南墙的女孩儿，在他第一次听到尹安娇的声音时，在他第一次看到尹安娇的容颜时，在他第一次为尹安娇怦然心动时，他当然想不到结局，想不到他鼓足勇气的爱带给自己的，只是一个万劫不复的深渊。

开学第一天，每个学院都会召开新生预备会，罗达所在的商学院也不例外，可没有任何一个同学通知罗达开会的时间，当他发现寝室的同学都已经不在的时候才想起有预备会这回事情，慌慌忙忙跑到礼堂，一问才知，商学院的新生预备会已经结束了，马上开始的是国际关系学院的预备会，罗达看会场已经坐满了国际关系学院的同学，尴尬万分，人这样多的地方他便会恐惧莫名，不知所措，于是赶忙调头夺路而逃，刚刚跑出门外便和一名女生迎面撞个正着，那女生闪避不及嗲叫一声，幸好身旁还有同学所以不致跌倒，罗达看那女生一眼，七魂便丢了三魄，那女生的眉眼酷似张婷，却比张婷柔美许多，罗达不敢再看，也忘了说声抱歉，慌忙夺路而逃。

■ 2

“怎么走路的，也不看着点！”

小雪顿时火大，那男生也不道歉，只是回头看向尹安娇，看了一眼之后立即低下头，躬下了腰，转身便跑掉了。

“这人真奇怪，对不起也不说就跑掉，哪个学院的这么没有素质。”

小雪愤愤不平。

“算了，没关系的，我们进去吧。”

“尹安娇同学，你没事吧？”

这时，一个熟悉的声音在耳后响起，尹安娇转头一看，正是下午为自己帮忙的余子冲学长。

“我没事的，谢谢。”

“没事就行，赶快进去吧，预备会马上开始了。”

余子冲说完对尹安娇笑笑，又对小雪点点头，转身快步进了会场。

“这位学长蛮帅的，你认识？”

小雪好奇地问。

“嗯，今天下午帮我引路去的宿舍，我们还是赶紧进去吧。”

尹安娇一语带过，和小雪进了小礼堂，找到自己班级的位置坐好，小雪很大方，和前前后后的同学打招呼，并向大家介绍安娇，几分钟后，一名男生走到主席台上，对着话筒清了清嗓子。

“请大家安静一下，我们的预备会马上开始了。”

全场随即安静下来，看向主席台。

“各位新同学们大家好，在预备会开始之前，我先自我介绍一下，我是你们大三的学长，我叫余子冲，也是国际关系学院学生会主席，在这里很高兴和大家见面，今晚的预备会由我主持。”

尹安娇望着主席台上的余子冲，有些惊讶，而旁边的小雪自然把嘴凑到了尹安娇的耳边。

“娇娇你也太厉害了吧，开学第一天就认识了学生会主席！”

■ 3

预备会结束之后，尹安娇和小雪回到宿舍不久，寝室的另外两位室友也回来了，姜娜娜和龙敏与尹安娇同学院但不同班。姜娜娜也是东城人，身材高挑，长得也算漂亮，穿着光鲜，一看就是会打扮的女孩儿，她的书桌上早已堆满了各种化妆品、保养品和时尚杂志，简单寒暄之后就一个劲儿抱怨衣柜太小，衣服根本不够放；龙敏则恰恰相反，她来自湖南一个小城市，穿着朴素且十分害羞，寡言少语，更多则是站在一边手足无措地傻笑，她全然不管姜娜娜桌上琳琅满目、花样繁多的女生用品，更多则是盯着尹安娇桌上放的一本张爱玲的《流言》，那是尹安娇害怕下午无聊带来打发时间的。

“你也喜欢张爱玲?”

相比龙敏,尹安娇则要大方许多,主动和龙敏说话,龙敏则不好意思地点点头。

“这本书看过吗?”

龙敏又笑着摇摇头。

“我还有别的书,这本书你先拿去看吧。”

尹安娇微笑着把书递到龙敏手里。

“真的吗,这样好吗?你正在看的。”

龙敏一个劲儿搓手,羞怯地看着尹安娇。

“当然没问题,拿去看就是了。”

“谢谢!”

龙敏十分开心。

“各位室友,我的杂志你们想看随便看就是了,以后还要请多关照。”

姜娜娜也对着大家说,大家点头说好,但尹安娇看得出小雪和龙敏都完全没有兴趣,尹安娇怕姜娜娜觉得尴尬,自己则走近姜娜娜,和她寒暄一些时尚方面的话题,姜娜娜一听尹安娇感兴趣,顿时来了精神,便大吹特吹自己的保养心得和着装品位,四个女孩儿都是第一天相聚于此,难免特别兴奋,小雪、龙敏和娜娜一致推选尹安娇做室长,熄灯之后又聊天聊到很晚才各自睡去,屋里终于安静。尹安娇抱着柔软的被子,盯着天花板,虽然疲倦,睡意却迟迟不肯到来,呼吸着不同于家中熟悉的空气,她想起今天发生的事情,认识的人,她想到了余子冲,又随之想到了古皓,最后她想到了小惠,心里的惭愧感又难以避免地排山倒海而来,她在心里问自己,她是否还是一个值得信任的人,她还可以去信任别人吗,但第一次见面,从小雪、龙敏和娜娜的眼神里,她感到她们都信任她、亲近她,她不想再辜负别人的信任,不想再像曾经伤害小惠一样去伤害到这些和她睡在同一个寝室里的姐妹们,这些在一开始便对自己给予了信任的人,她知道自己不配,但如若要得到救赎,不是就该从此时此刻开始吗,而男生,便是祸乱的源头,古皓是这样,那余子冲呢,这个帅气随和的学生会主席……尹安娇惊讶自己怎么会又去想到余子冲,她暗暗警告自己,甚至以发誓来威胁自己,大学不能谈恋爱,不能去喜欢任何男生,自己应该好好学习,积极参加学校的活动，用没有爱情却充实的大学时光去惩罚和救赎自己，无论是帅气的学生会主席也好，多金浪漫的阔少爷也好，都绝不能再去碰触了，绝不能……

十五、外联

“其实，安娇同学，请你去外联部我也有些私情，外联部部长杨昊跟我都是校篮球队的队友，那小子非求着我让你进外联部，我考虑后觉得也并没有什么坏处，就同意了，他也不敢打什么歪主意的，他有女朋友，人称国关母夜叉，厉害得很，呵呵。”

1

从开学第一天起，尹安娇便努力将自己融入尽量充实的大学学习生活，她把自己的时间安排得有条不紊，除了正常的课程之外，什么时间作业，什么时间去图书馆看书，什么时间和寝室的朋友一起交流玩耍，她都给出了尽量合理的安排。军训结束之后，尹安娇和同寝室的小雪、娜娜及龙敏的感情进一步加深，和班上乃至同院的同学关系也处理得相当融洽，这一切都让尹安娇逐步走出了暑假发生的那件事情在自己心中留下的阴影。小惠再也没有联系，虽然偶尔想起，时间也会十分短暂，而古皓这个名字被尹安娇从刻意到无意地彻底从脑海里抹除。总之，尹安娇进入了一个理想的状态，她享受大学校园带给她的全新的感受，全新的环境，全新的学习和全新的伙伴。

安娇不放弃每一个可以让自己得到充实的机会，军训回来后不多久，学院的学生会便面向新生招收会员，安娇和室友小雪、娜娜一同报名参加，小雪因为写得一手好字报名了宣传部，娜娜则选报了文艺部，安娇也不知道自己该去哪个部门好，本着都试一试的心理，她同时面试了秘书处、宣传部和外联部。结果下来之后，小雪和娜娜都顺利被自己面试的部门录取，而尹安娇更是同时接到了三个部门面试通过的通知，正当尹安娇犹豫不决该去哪个部门的时候，学生会主席余子冲找到了尹安娇。

2

“尹同学，你好，耽误你一些时间没问题吧？”

余子冲面带微笑，在教室门口叫住了刚刚下课的尹安娇，尹安娇点头答应，和本来相约一同去食堂吃午餐的小雪打了声招呼后，回到余子冲的身边。

“学长，请问找我有什么事情吗？”

“别叫我学长了，怪别扭的，感觉我很老一样，就叫我子冲就可以了，是这样的，学生会负责面试的同学告诉我，你面试了三个部门，而且同时被三个部门录取了，是吧？”

“对，现在就是很为难不知道该去哪个部门好。”

“哈哈，尹同学太优秀了，每个部门都争着要呢。”

“那你也别叫我尹同学了，叫我安娇就可以了。”

“哈哈，好吧，安娇同学，那你倾向于去哪个部门呢？”

“我同寝室的孙蕊雪去了宣传部，所以我应该在秘书处和外联部之间选择吧，这样我想能更好地和各部门沟通，完成工作更有效率。”

“嗯，现在的情况呢，秘书处那边人员比较整齐，相对来说我们院外联部比较缺人手，外联部的工作压力很重，既要在院内做工作，有时候可能为了一些大型活动需要到社会上拉赞助，外联部也非常锻炼人，学生会特别重视外联部的人才培养，外联部部长杨昊想必在学院的新生见面会上你也见到过了，他是唯一一名大二的正部长，其他各部部长都是由大三学生担当的，他能成为部长，和他个人的能力息息相关，他昨天找到我，说在面试的时候对你留下了极其深刻的印象，觉得你在谈吐和气质上都显示出了你具备很强的能力，所以希望你加盟到外联部，他愿意直接给你一个理事的位置，这样的待遇在其他部门是不可能有的，当然这样的待遇是学生会根据外联部的工作情况经过开会讨论通过特别批准的，这对你无论是在学生会的发展，还是你个人的评优情况，都会有很大的帮助，所以希望你能去外联部。”

“既然主席都这么说了，我当然没有什么别的理由推辞。”

“太好了,我相信你一定能胜任学生会的工作!”

余子冲笑得很开心,伸出手和尹安娇握了握。

“安娇同学,你看耽搁了你那么多时间,我请你去食堂吃饭吧。”

“没事的,我可以叫室友帮我打饭。”

“别客气了,食堂而已,贵的我也请不起,哈哈。”

尹安娇也不好意思推辞,于是和余子冲一起前往食堂,一路上余子冲都在和碰到的熟人打招呼,可见这位学院的学生会主席在学校里人缘极好,其中不乏开余子冲玩笑的男生,并不怀好意、嬉皮笑脸地看向余子冲身边的尹安娇,余子冲则一笑置之,并劝慰尹安娇说那帮混小子都这样,不过玩笑而已,不必生气。

到了食堂,这时候已经过了饭点,人也不算太多了,两人找了座位,余子冲让尹安娇坐下,自己则去排队买饭,不一会儿便端着两个盘子过来,腋窝下还夹了两瓶饮料,余子冲坐下,把饭菜十分丰盛的一盘端给了尹安娇,而自己则留下只有一荤一素更多是白饭的那盘。尹安娇看在眼里,有些难为情,但又不知该如何是好,看见余子冲已经低头吃饭,自己也只好动了筷子。

“其实,安娇同学,请你去外联部我也有些私情,外联部部长杨昊跟我都是校篮球队的队友,那小子非求着我让你进外联部,我考虑觉得也并没有什么坏处,就同意了,他也不敢打什么歪主意的,他有女朋友,人称国关母夜叉,厉害得很,呵呵。”

余子冲说完继续吃饭,其间有不少同学经过和他打招呼,吃完饭寒暄两句,余子冲便和安娇道别去球场打球了,尹安娇则沿着步道回山上的宿舍。

尹安娇回到宿舍,小雪、娜娜和龙敏都刚好在,三人早已八卦开了,看到尹安娇回来,当然要好好问问八卦内容的主人公。

“安娇,好啊,抛下我跟谁去吃午饭了?”

小雪凑上来,别有深意地问。

“因为和学长说事情说得太晚,只好和他一起在学校食堂吃了点,我给你发了短信的啊。”

“哈哈,学长,哪个学长啊?”

娜娜也凑了上来,对着尹安娇一脸坏笑。

“就是余子冲学长啊。”

“哇,那可是咱们院的学生会主席,听说人长得帅,成绩又好,除了是学院的学生会主席,更是校篮球队的呢!”

龙敏就像在做出场人物介绍一般,向大家又普及了一遍余子冲何许人也。

“娇娇,和这么重量级的人物吃饭是什么感觉啊?”

小雪好奇地问,还没来得及回答,姜娜娜又把话接了去。

“我也听说了,余子冲的确是学校的风云人物,但是是块木头,而且家境也不是很好,我找男朋友的话,不说要他送我什么礼物,至少得懂得欣赏我的美才行,不然怎么交流得到一块儿去。”

三位室友你一言我一语又议论开来,倒是把尹安娇晾在了一边,尹安娇心想女孩子之间就是一点小事也会议论个两三天,也不在意,取了毛巾去阳台洗脸。

“安娇,那帅主席跟你说什么了?”

话题稍止,小雪探出脑袋来问尹安娇。

“也没说什么,就是学生会的事情,他说外联部比较缺人手,就让我去外联部帮忙,我就答应了,我想娜娜在文艺部,你在宣传部,以后咱们都可以照应嘛。”

“哦,是这样啊,外联部挺忙的,还要拉赞助什么的,感觉挺麻烦的,安娇你之前不是说要争取期末拿全优奖学金吗,学习上不会耽搁多少时间吧?”

“还好吧,只要少玩一点,时间总是挤得出来的,再说外联部虽然累人,但也更锻炼自己的能力,其实也挺好的,如果自己无法胜任的话,再说吧。”

“对了,安娇,我之前和文艺部的学姐聊天,说到你们外联部部长了!”

娜娜也探出头了,忽然想起的八卦让她十分兴奋,迫不及待要告诉尹安娇。

“外联部部长,怎么了?”

“你们部长不是叫杨昊嘛，听说是唯一一个大二就担任部长的人，听说那人才是真正的风云人物，比咱们主席牛多了！”

“又是风云人物，咱们院风云人物还真不少啊。”

小雪接了一句，娜娜也不管她。

“听说这个杨昊成绩不怎么样，但是长得还挺帅的，关键是家里巨有钱，名副其实的富二代，而且他也是校篮球队的，据说他家里和校领导的关系都很好，那才了不起呢。”

娜娜说完一脸羡慕嫉妒恨。

“哼，富二代有什么了不起的。”

小雪冷哼一声，一脸不屑。

“再说这些八卦满天飞，靠谱吗？”

尹安娇洗完脸，对娜娜笑笑，虽然她也不怎么感兴趣，但毕竟自己即将进入外联部，了解自己的领导也没什么不好。

“绝对靠谱，这事情只告诉你哦娇娇，这些话都是杨昊的女朋友告诉我的，他女朋友就是文艺部的缪莉莎，我和她挺聊得来，关系很不错，她也是很懂时尚这一块儿的姐儿，总之咱们娇娇进了外联部绝对没人敢欺负你，不然就叫杨昊拿话来讲，哈哈。”

“娜娜真好！”

闲聊一阵，各自午休，尹安娇想了一会儿娜娜的话，昏昏睡去。

十六、赞助

我们这里呢，有两名副部长，四名理事，十二名部员，我们就分成两个组，两位副部长各带一队，各自负责四千元的赞助，其实也不多，没问题吧？

■ 1

秋末冬至，气温骤降，尹安娇也十分适应学校的生活了，室友性格爱好虽各不相同，却能相处十分融洽，平时较多时间还是和小雪同路，因为同班，所以常常在一起，小雪和龙敏都爱看书，三人课余时间都会去图书馆看书写作业，而娜娜比较贪玩，更注重穿着打扮，尹安娇对这方面也不排斥，相反心里也十分感兴趣，所以周末一般会和娜娜一路，去各大百货商场逛街唱歌什么的，也会一起讨论时尚和八卦，借此尹安娇还认识了杨昊的女朋友缪莉莎，正如娜娜所讲，缪莉莎是国关学院的大美女，为人清高一些，同年级的女生并不十分喜欢她，在尹安娇看来，缪莉莎却有她十分欣赏的个性，缪莉莎性格率真，毫不避讳校园的流言蜚语，她承认自己就是物质，就是爱买东西，就是厌恶无聊的课堂和循规蹈矩的学校生活。尹安娇第一次去夜店玩，也正是缪莉莎的邀约，几次相处，安娇和缪莉莎也成了还不错的朋友。

除了正常的学习生活，尹安娇剩下的时间便是忙于学生会的工作，而元旦将至，学生会工作的重心都摆在了元旦晚会上，为此学生会召开了多次会议，余子冲表示国关学院的晚会向来不是那么好，希望在他担任主席的这一届办出一届出色的晚会，一届压倒其他所有学院，给全校师生留下深刻印象的晚会。工作落实到尹安娇所在的外联部上，便是为晚会拉赞助的问题，部长杨昊召集部员就此问题开会，杨昊是个爽快的人，说话也开门见山。

“子冲和秘书处那边把今年晚会的预算拿出来了，有两个方案，说白了，一个是大的好的贵的，一个是小的保守的便宜的，子冲他们几位学生会干部成员都是最后一届了，大家都知道，我和子冲的私交就是铁哥们儿，这次当然要力挺的，那些虚的咱们也都不谈了，我就在这里把话就说开了，要做咱们就做好，预算是一万两千块，这钱呢，我个人出四千，算是友情赞助，剩下的八千，咱们部门就得想想办法，虽然说，摊派这种方法很烂，但现在也就只此一策，我们这里呢，有两名副部长，四名理事，十二名部员，我们就分成两个组，两位副部长各带一队，各自负责四千元的赞助，其实也不多，没问题吧？”

杨昊说完，大家都表示赞同，部长个人都出了四千了，留下八千元的任务，虽然数目还是很大，可大家也没什么好拒绝的理由。

“再补充一句，多拉的赞助，还是按照老规矩，充作部门公费，学期结束的时候可以大家一起出去玩儿，也可以大家分了，这个到时候投票表决，大家没异议的话，就散会。”

杨昊做完分组之后宣布散会，分出的两个小组由副部长再组织开小会，经过讨论，因为尹安娇是理事，所以被分配到负责一千元的赞助。

“安娇你也别担心，我们呢还是以找企业赞助商为主，因为时间很紧，只是怕实在赶不及的时候，我们才凑份子赞助，所以你那一千元的赞助只是兜底，应该是能拉到企业或者公司的赞助的，不过你先把赞助拉到上缴了，肯定在表现和个人能力上会得到更加突出的展示，这是显而易见的，总之，还是想想办法就是了。”

副部长说完，尹安娇也当即表态一定完成任务，尹安娇心想一千元也不多，实在拉不到的话，自己节约一些零用钱凑一千元应该还是没问题的，但找妈妈要还是怎么都开不了口，那显得自己多无能呢，胡思乱想着，回到寝室，小雪和龙敏都还没回来，只有娜娜正对着镜子化妆，准备出门。

“嗨，安娇你回来了，正准备给你打电话，莉莎叫我们晚上去夜店玩儿，快打扮打扮。”

“今天不是星期四吗．明天上午还有课呢。”

尹安娇一脸疑惑。

“星期四怎么了，明天上午是大课，上不上都没关系，人家莉莎把卡座都订好了,又不要咱们掏钱,走啦,肯定很好玩儿。”

“你们去吧,我今天挺累的,就不去了。”

尹安娇并不喜欢夜店喧闹的环境,更不想因玩耍而旷课,和娜娜、莉莎一路玩耍虽然开心又有面子,但毕竟开销也很大,虽然妈妈一个月的生活费给得还算充裕,但这么花也是肯定不够的。

“什么事情又烦心了,跟娜姐讲,娜姐给你想办法呗。”

娜娜看安娇无精打采的,便停下化妆凑到尹安娇身旁,一股浓烈的香水混杂着化妆品的味道一下子弄得尹安娇更加晕乎乎的了,尹安娇想借机推脱,就把外联部摊派拉赞助的事情给娜娜讲了。

“绝对不能自己掏腰包!”

娜娜听到尹安娇说迫不得已的时候要自己用零花钱去填,立马反对。

“怎么能自己掏腰包呢,一千块钱虽然不多,但那也是咱们自己的钱,咱们又比不得杨昊这阔少爷,他出四千是挺阔气的,但四千对他来说算什么,对咱们这些小女生来说,一千块还是能买好几样化妆品和好多衣服了,绝对不能自掏腰包的,这个杨昊也真是的。”

“你千万别去给缪姐说这个事情啊。”

“这个我知道,我又不是傻子,不过杨昊这小子挺够义气的,虽然大家都知道他和余子冲是哥们儿,但为了兄弟的事情掏腰包掏得这么爽快,的确还挺有魅力的。”

“娜娜,元旦晚会这不是他们两个人的事情啊,这是咱们学院的事情嘛。”

“哎哟,娇娇,你真是个傻姑娘,那晚会办好了得表扬的不是余子冲还有谁,余子冲一直很想考北大的研究生,这是他亲口对杨昊说的,当然,杨昊又对莉莎姐姐说了,反正这事儿办好了就是对余子冲有好处,你又不是他女朋友,你凭什么花钱当炮灰啊。”

娜娜话一出口,尹安娇一下就脸红了,这时候娜娜手机响了,接了电话是莉莎催她了。

“娇娇,你真不去啊,莉莎姐都叫你了!”

“真不去,好累,我就在寝室休息了,明天还得起来上课。”

“哼,小妞儿,亲一个,那要是有查房帮我打个掩护啊,明天上课万一点名了，替我应一声，爱你，乖乖！”

娜娜在尹安娇的脸上狠亲一口，提上包一溜烟出了门，尹安娇好不容易才从娜娜的化妆品和香水制造的晕眩状态中解放出来，她想反正元旦晚会也还有近两个月的时间，到时候再看吧。

■ 2

期中考试尹安娇考了全班第三名，尹安娇的妈妈看女儿并没有因为进了大学就懈怠，十分开心，于是给尹安娇换了一部新款的诺基亚手机，还给安娇每个月的生活费多加了五百块钱，安娇当然高兴，请室友们去外面吃了一顿饭，当然绝对不能错过用新手机玩自拍的机会。

尹安娇决定多学一门外语，于是报了法语班，这样尹安娇每天就要花更多的时间泡在图书馆里记单词和做作业，通常小雪都会一路，但偶尔小雪也会因为宣传部的工作无法和尹安娇同路，尹安娇则一个人去图书馆看书。

这天小雪也是有宣传部的工作而无法和尹安娇一起去图书馆，尹安娇则决定下午下课之后直接去图书馆看书，然后等小雪工作忙完之后相约一同去校外吃快餐。进入初冬的关系，加上又一连多日的阴雨，天色早早就暗了下来，因为飘雨，同学们大多没有看书的兴致，所以偌大的图书馆里人很少，显得十分空旷。尹安娇在阅读区光线比较明亮的地方挑了一个位置坐下，从书包里拿出课本温习。

安娇不知道自己看了多长时间的书，眼睛有些疲倦，举目一望，阅读区只有她一个人在看书了，可能是因为图书管理员为了节约用电，阅读区的日光灯只剩下了她头上的一盏，窗外刮起了风，不知在什么时候已经是一片漆黑。尹安娇想舒展一下身子，椅子和地板的摩擦声也在空旷的馆内发出巨大的声响，尹安娇心里有些发毛，她正对着的长长过道之后，便是一排排书架，那边一片漆黑，从目所不及的地方发出的任何细微的声响，似乎也在尹安娇的耳朵里无限放大。尹安娇本就不是胆大的女生，这时候更觉得有些紧张，她转着手里的笔，眼睛死死盯着那一排排似乎比平时高大很多倍的、显得有些阴森的书架，过道旁的苏格拉底石膏雕塑愣愣地立在那里，没有眼球的眼睛似乎正盯着自己……不，不是雕塑的目光，还有另一束目光在自己身上，在层层叠叠的书架之后，那里有一双眼睛在看着自己，尹安娇可以感受到，那是有温度的目光。

十七、暗恋

这女孩的一举一动，一颦一笑，举手投足和生活习惯都透露着许许多多关于她的讯息，她的美，她的聪慧，她的善良都在罗达的眼里和耳朵里，通过细微的举动得到放大，梳理，推理，判断出罗达以为的结果。

■ 1

罗达与尹安娇相撞后，一路跑回寝室，可交错之间，尹安娇的声音和容貌就像刻在脑海中一般，挥之不去，这种强烈的感觉大大区别于张婷和陈莉薇曾经带给罗达的感受，张婷就像一汪水，解救了罗达枯枝般的孤独与无助；陈莉薇则像一团火，点燃了罗达干柴般的欲渴与幻想。而尹安娇，则是一个精灵，忽然在眼前出现，便一下俘获了罗达的心，没有征兆，也没有理由。

“别愚蠢了，忘记你之前做的傻事了吗？”

好朋友轻蔑地看着罗达，罗达没有回答。

“万一她和张婷、陈莉薇一样，你只会暴露在人群中，让你出丑、受辱，甚至坐牢！”

“我觉得这个女孩不会，她的声音犹如天籁，这样的人一定很善良，像天使一般。”

“傻了，蠢货，你就是爱痴心妄想，你连她名字都不知道。”

“我……我有办法知道。”

“哼，自讨没趣。”

“我只是想有一个朋友。”

不知是机缘巧合，还是罗达的潜意识驱使，在学校里罗达又碰到安娇两三次，或是教学楼前，或是食堂里，每次看到安娇，罗达的心就像被电击一般，脑海中的印象也越来越深刻，想要了解这个女孩一切的欲望也越来越强烈，那不是简单孤独的驱使，也不是性欲的冲动，那是一种复杂的、浓烈的、难以阻挡和抵抗的冲动，她的名字、她的兴趣、她的个性、她说话的方式，一切的一切，罗达都想立刻去搞得一清二楚。虽然那种好奇与冲动像猫爪挠心一般难受，但罗达这次却显得十分克制，经历了那么多，罗达变得多疑，他不敢把那颗心轻易地记挂在这个天使般的女孩身上，还需要观察，需要判断，这女孩的一举一动，一颦一笑，举手投足和生活习惯都透露着许许多多关于她的讯息，她的美，她的聪慧，她的善良都在罗达的眼里和耳朵里，通过细微的举动得到放大，梳理，推理，判断出罗达以为的结果。

■ 2

罗达知道尹安娇是国际关系学院的新生，于是他便去学校的内网下载了国际关系学院大一的课表，根据课表，罗达开始频繁出现在安娇的四周，当然，尹安娇不会发现，尹安娇身边的同行的同学也不会发现，甚至罗达身边来来往往的人也都无法发现。罗达庆幸自己有这样的本领，他一般选择十米以上安全的距离，无论外界多么嘈杂，在这样的距离罗达都可以听到尹安娇说话的声音，五米会更加清晰，可罗达觉得那样并不安全，他也忍不住冒险过，甚至在人流中到达过距离安娇一米的位置，哪怕是片刻，他几乎能听到尹安娇的呼吸，尹安娇的心跳。

“你叫什么名字？”

罗达几乎要脱口而出，但闭上眼睛，尹安娇的心跳和脉搏似乎也能准确听清，犹似天使扇动翅膀的声音。

“还不能。”

每当自己无法忍耐的时候，好朋友都会给他一个尖锐的警告。

“还不是时候。”

罗达就这样隐匿着，偷偷观察着这位自己爱慕的女生，在尹安娇身上花的时间越来越多，他把自己扔进了尹安娇的影子里，在黑暗中沉溺，无法自拔。

那一天，罗达尾随尹安娇进了图书馆，罗达欣喜地发现这次竟然只有尹安娇一人，尹安娇进了阅览区，在那边寻找位子，罗达则若无其事地，没有一点声响地从尹安娇身边走过，走向了藏书区的书架后面，那是观察尹安娇的绝佳位置，这个距离不会被尹安娇发现，也足够能听到尹安娇的细语。

尹安娇坐下来，翻开书本，罗达则站在书架后注视着她，图书馆内人越来越少，管理员似乎又关了几组日光灯，馆内显得更加静谧了，罗达在书架后的黑暗中，贪婪地注视着面前不知名的天使，她时而书写，时而喃喃默记，似乎日光灯的阴影下，尹安娇的身体产生了一层圣洁的光晕。

罗达吞了一口口水，他的下体起了反应，在他炙热的眼里，尹安娇几乎融化，他忍耐不住，将颤抖的手伸进了裤裆里面，随着手的动作频率加快，罗达的眼神迷离而猥琐，正当要喷涌而出之时，尹安娇身后突然出现了一个男生，在他拍住尹安娇肩膀的刹那，罗达身体也随之痉挛，裤裆里一热，尹安娇惊恐地抬起头，发现是认识的人，两人聊了几句，便起身离开，罗达睁大眼睛，喘着粗气，额头渗出细密的汗水，而对面冷冰冰的人像雕塑没有眼仁的瞳孔正和自己对望。

罗达羞愧难当，他的行为无疑是对天使的亵渎，他恨自己竟然对那么完美的女孩儿如此猥亵，他恨得咬牙切齿，回到家，罗达从口袋里摸出打火机，他要给自己一点教训，他伸出手背，望着镜子里的自己，伴随皮肤的烧焦味，镜子里的脸也扭曲到了极限，眼泪顺着脸颊滑落。

在撕心裂肺的疼痛之后，卑劣得到了救赎，爱恋得到了升华。

■ 3

图书馆里的尹安娇越想越可怕，许多自己做过的噩梦和恐怖片里的情节在脑海里出现，她呼吸也变得急促了一些，她想不能等小雪给自己打电话了，她要马上、立刻离开图书馆，她发现自己此刻的窘迫，她用力调节呼吸，尽量镇定地收拾课本，慰藉自己那一片黑暗的书架背后什么都没有，只是自己的无端臆想，或是老鼠什么的，那里根本没有人，也没有其他东西，只是自己想太多了。她把笔放进笔袋里，再把电子词典收进包里，然后是厚重的课本，就在那一秒，她听到身后传来的脚步声，不，不是身后，是那片书架里的声音，而就在此刻，她切实感受有一个阴影在靠近。尹安娇的心提到了嗓子眼，她只能感受那密不透风的黑暗和恐惧压迫到了每一寸毛发，即刻便贴上自己的肌肤，侵蚀自己的肉体，她想要离开，她却发现因为紧张和害怕腿都没了力气，那阴影已经与自己咫尺之隔，她必须面对……在尹安娇转头的一刹那，一只手也在那一刻放在了她的肩上，她几乎叫出来，身子剧烈地震颤了一下，定睛一看，站在自己面前的，是余子冲。

"学长，你吓死人了！"

尹安娇的声音还在颤抖，双眼含泪，看向余子冲的目光更是楚楚可怜。

"啊，我真的吓到你了，看你在发呆，其实是想吓你一下，没想到真把你吓成这样，罪过了，真对不起！"

余子冲没想到把尹安娇吓成了这样，赶忙道歉。

"没关系，是我自己太胆小了，呵呵，你怎么在这边？"

"我借的书今天到期，之前一直没时间过来，赶在图书馆关门前把书还了。"

"还好了吗？"

"好了，你一直在这里看书？"

"对啊。"

"哦，吃饭了吗，不如一起吃饭吧。"

"没有，但是我约了小雪一起吃了。"

"小雪，宣传部的孙蕊雪吗？我认识的，不如一起吃吧。"

"我们准备去吃快餐呢，到校外去，你方便吗？"

"嗯……没问题，走吧。"

尹安娇把包收好，和余子冲一起向图书馆外走去，其间尹安娇还是心有余悸地回头看向那片黑暗中的书架，并没有什么不一样的动静，只是可能因为是晚上了，显得特别阴森罢了。

走出图书馆，雨已经停了，地上还是湿漉漉的，气温有些低。尹安娇给小雪打了电话，小雪也刚好做完宣传部那边的工作，于是约在校门口见面，三人会合后，简单地打了招呼，便一边聊天一边向校外的快餐店走去。

一进快餐店，明亮的灯光、嘈杂的顾客和弥漫的饭菜香顿时让尹安娇觉得好受许多，小雪去占位置，尹安娇和余子冲去点单，尹安娇帮小雪点了鸡肉盖饭配可乐，自己则点了小火锅饭配橙汁，余子冲盯着菜单看了半天，点了一份最便宜的印尼炒饭，尹安娇拿出钱包准备掏钱，却被余子冲拦住。

“怎么可能让你给钱，当然我来。”

“没关系的，怎么好意思次次都让学长请客。”

“别客气了，我叫你一起吃饭的，还让你给钱，没这样的道理，你别管了。”

余子冲挡在尹安娇身前，问服务员多少钱，尹安娇实在犟不过余子冲，只好作罢。

“先生，你们一共消费了六十五块。”

余子冲在口袋里掏了半天，也就四十二块，他涨红了脸，有些不知所措，服务员则盯着余子冲不知所以，尹安娇看在眼里，立马从口袋里掏出一百元放在服务员面前，然后挽住余子冲的胳膊。

“你看你，又忘记带钱包了吧，零钱自己拿着……哦，对了，服务员，再帮我加只鸡腿。”

尹安娇把余子冲放在点餐台上皱巴巴的四十二块钱塞进他的口袋里，余子冲愣在那儿，脸羞得通红，看向尹安娇的目光除了尴尬，更是感动。

两人把餐拿过去的时候，小雪直呼饿了，拿了筷子正欲去夹鸡腿，却被尹安娇叫住。

“小雪，你不是吃鸡肉盖饭吗，鸡腿是学长点的。”

“啊，我还以为是娇娇专门给我点的呢。”

小雪故意酸酸地说。

“呵呵，不是你自己说要减肥嘛，还吃鸡腿！”

“好啦。”

尹安娇把鸡腿夹到余子冲碗里，然后说了声“我们开动了”，便吃起来,而余子冲却坐在那里,半天吃不下去。

“学长,我们院下周和商学院有一场比赛吧,多吃点,把他们打垮哦!”

尹安娇知道余子冲是好面子的人,当然要装作完全没看出他的难堪,余子冲挤出一个笑容点点头,用力吃饭。

一时无话,尹安娇觉得气氛尴尬,便主动挑起话题。

“学长,你刚才去图书馆还的是什么书啊?”

“哎,安娇别叫我学长了,不是说好叫我子冲的嘛,我们不是朋友吗?”

“好……子冲,可以了吧。”

尹安娇说完自己也害羞了,而旁边的小雪更是鸡皮疙瘩掉了一地,而余子冲的脸上却终于舒缓开来,不像刚才僵硬得跟木头似的。

“我之前借了一本尼采的《查拉图斯特拉如是说》来看。”

“尼采的作品,好深奥……”

小雪也来了兴趣,没想到这位主席先生阅读这么广泛。

“那这本书好看吗,是不是很深奥?”

“挺不错的,我也不能说就完全能理解,不过有些短文很有意思,我印象十分深刻的一则叫《坟墓之岛》,其中有一段我还记忆犹新呢。”

“说来听听?”

尹安娇好奇地看向余子冲,一脸很感兴趣的样子。

“他们的箭射向我最脆弱的地方——也即射向你们这些皮肤柔嫩者的身上,或者更可说是,射向你们惊鸿一瞥的微笑!然而,我要对我的敌人说的是:与你们所加之于我的比起来,杀人又算得了什么!你们所加之于我的比杀人还可恶,你们夺去了我那无法弥补的一切——我如是向你们说,我的敌人!你们杀害了我年轻时的幻想和最心爱的美梦!也夺走了我的玩伴——喜悦的精神!为了纪念他们,我乃献上这花圈并立下诅咒。”

“哇,好厉害!”

小雪激动得鼓起了掌,而尹安娇却在旁边没有说话,她觉得这段激情洋溢的话却像冰刀一样寒冷,在某一个时段刺进了自己的肌肤,深及自己的骨髓,在那一刻小惠忽然跳进了自己的脑海,那噩梦里的画面似乎又浮现眼前,她感到一阵眩晕。

“安娇,你没事吧?”

余子冲看尹安娇脸色发白,立刻关切地问。

“没事,可能因为这里面太闷了,我们回去吧。”

三人从快餐店出来,冷空气又让尹安娇舒服许多,一路走回学校,有一句没一句地闲聊着。

“以前有火车轨道经过学校,很多情侣都喜欢在黄昏的时候去那边散步,铁轨一直延伸到校外,延伸到看不见的尽头,我去的时候,总有一种想要去流浪的感觉,想要自由自在,就得从那里出去,我很喜欢那里,大一的时候我常常去,我想沿着铁轨会到哪里呢,可以回到我的家乡吗,还是更远的远方呢……但是后来修公路,旧铁轨也弃用了,那条轨道则无法延伸出多远便成了断头路,曾经可以遥望的远方,变成了一堵钢筋水泥的高墙,有时候会想翻过那面墙去看一看,看看我所眷念的远方还在不在那里。”

余子冲若有所思地说着。

“没想到余主席这么浪漫。”

小雪笑笑说。

“也不是浪漫,可能只是有些不甘心就这样罢了,会想要是能看看外面的世界,可能我们不会那么忧伤吧。”

余子冲说完,小雪哼起了《张三的歌》,余子冲也跟着哼起来,三个人沿着步道,在雨后的傍晚哼着这首悠扬的歌曲。

十八、设计

尹安娇和娜娜、缪莉莎道了别，又坐了车回到学校，快到宿舍时已是筋疲力尽，这时一名同学叫住了尹安娇，这人戴着帽子，路灯下也看不太清楚脸，但路上都还有不少下了晚自修的学生过往，尹安娇没把他当坏人。

■ 1

罗达自从见到尹安娇后，再也无法忍耐下去了，要真正走进尹安娇的世界，他却没有站在尹安娇面前的勇气，他习惯待在影子里，在黑暗中他觉得更加安全，他想知道自己魂牵梦绕的女孩的名字，更想得到她的联络方式，但却无法去依靠他人。

罗达苦思冥想也不知该如何办才好，一个人呆呆地走在回家的路上，人潮之间，罗达一脸茫然，下了天桥，有人向罗达递来传单，罗达看也不看就往前走，却突然心生一计。

从开学以来的观察，罗达对尹安娇的作息时间再熟悉不过，罗达几乎就是尹安娇的影子，尹安娇什么时候上课，什么时候自习，什么时候吃饭和谁一起，罗达都了如指掌，他简单制作了一份问卷，就只等着将问卷递到尹安娇手上便可大功告成。

又是一个阴雨天，罗达终于等到了这个机会，晚饭之后，尹安娇便和同学告别，独自一人步行回寝室，罗达见尹安娇一人，便加快脚步，再戴上鸭舌帽，在临近尹安娇宿舍的地方等着她，这时正是晚自习时间，过往的同学也不多，罗达拿出问卷，心里紧张极了。

可能是因为和娜娜、缪莉莎要好的关系，尹安娇也越来越注重打扮，本来就天生丽质的她变得更加漂亮，更有少女的韵味，加之成绩优异又待人亲和，仰慕者越来越多，甚至被冠以“国关之花”的称号，人气甚至直逼国关的院花缪莉莎,甚至许多其他学院的男生也都注意到了尹安娇。大胆的男生通过尹安娇身边的朋友给她送来情书或邀约认识,但安娇都统统拒绝,有人称她和余子冲有暧昧,她也置之不理,无论对谁尹安娇都保持着礼貌与温和,不特别孤傲也不自来熟,所以她在学院也越来越受欢迎。

尹安娇内心也很满足,她觉得自己的努力赢得了大家的尊重,内心的伤痕因此得到慰藉,慢慢她重新建立起对自己的自信,对人也更加大方,也不避讳和男生的接触,甚至有些享受被同学投以爱慕的目光。

■ 2

时间一转眼便到了十二月初,离元旦晚会不到一个月的时间了,这时候外联部的副部长突然找到尹安娇,说有急事找她商量,这时候尹安娇刚刚上完自习,正准备和事先约好的娜娜一起去商场买衣服,只好给娜娜打了个电话让她等自己一会儿,在教室外找了个没人的角落和副部长说事儿。

"安娇同学,这么突然来跟你说这些很不好意思,但是你也知道我们之前找的那几间赞助商都没有谈得下来,现在时间很紧张了,所以之前说需要你分担的一千元赞助费,恐怕希望你在这周务必落实下来。"

"啊,之前完全都没有跟我说这个事情,一个星期也太急了吧?"

"没办法,你看文艺部的节目都在排练了,赞助再落实不下来,恐怕……总之拜托想想办法,明年杨昊他们都要退,你升副部长肯定没问题的。"

"不是那个事情,只是时间太紧张了,我怕……"

"没事儿,反正一千也不多,我还有事儿得先走了,落实了打给我,拜托你了安娇同学。"

副部长说完便离开了,尹安娇也不便再说什么,一个星期,真是逼死人,因为买了好多衣服和化妆品,身上只有三百多块钱,今天还要去逛街,哪里去筹那一千块钱。

尹安娇正心烦意乱时,娜娜打来电话,尹安娇本想推辞不去,但娜娜说缪莉莎也要一起，安娇推辞不过，只好答应，三人碰了面，搭了计程车去市中心，逛街时尹安娇看到一条心仪的裙子，一看价钱要五百多，顿时更加心烦意乱，之后更无逛街的心情，一路上都心不在焉，三人一直逛到傍晚八点才坐下吃晚餐，娜娜和缪莉莎又商量着约人去 KTV 唱歌，尹安娇以身体不适推托。

"娇娇，不要你凑钱，莉莎姐说了她请客。"

娜娜知道尹安娇在为筹措赞助费的事情烦心，害怕她因为怕凑份子而推托。

"不是钱的问题，的确身体不舒服，而且明天也还有课，娜娜你们玩吧，我先坐车回学校了。"

"娇娇，赞助费找谁给都行，绝对不要自掏腰包，傻不傻，自己花钱给不相干的人，还不如多买两件漂亮衣裳，再说了，那副部长叫你凑一千，他自己出了多少，学生会这些事情本来就是为了好玩儿，得过且过就行了，千万别较真儿。"

"好，我知道了。"

尹安娇和娜娜、缪莉莎道了别，又坐了车回到学校，快到宿舍时已是筋疲力尽，这时一名同学叫住了尹安娇，这人戴着帽子，路灯下也看不太清楚脸，但路上都还有不少下了晚自修的学生过往，尹安娇没把他当坏人。

"同学，帮忙填份简单的问卷吧。"

罗达将一份问卷和一支笔递到尹安娇面前。

"对不起，我有事。"

尹安娇觉得疲倦，没什么心思填这些无聊的问卷，于是想离开。

"同学，很简单的一个问卷，只有五个问题，也不需要留真实姓名和电话什么的，就是一个简单的不记名问卷，求你帮帮忙。"

尹安娇看这同学十分诚恳，于是也就帮着填写了，问题都是单项选择，十分简单，半分钟便填完，问卷最后要求留下校园网聊天室的网名。

"这个也需要填吗？"

尹安娇有些疑惑，指向网名那一栏。

"请麻烦填写一下，可能会做一些回访，请帮个忙，我是本校的同学，不是校外的坏人,校外的人也没有账号可以登录进学校的内网的。”

尹安娇心想反正不是 QQ 号码,学校的聊天室她去得也不多,应该没什么关系,于是填上了自己的网名。

“安安 Yin,好的,十分感谢你,打扰你了,同学再见。”

说完那同学便离开了,尹安娇也没多想,径直回了宿舍。

十九、内网

罗达想以“罗达”的身份出现在尹安娇的面前，亲口告诉她自己对她的爱慕，这样的欲望越强烈，南方玩偶和罗达的对比感便越强烈，罗达为此苦恼不已之时，机会却在片刻之间降临。

■ 1

对于罗达来讲，现实世界冷漠孤寂，而虚拟世界却充满了温情，网络世界几乎拯救了他，那些精神的药物不过是在摧残神经，而真正治疗内心孤独的恰恰是伟大的网络世界。网络游戏中一次次升级都是对自身价值的肯定，射击游戏里，罗达常常把敌人幻想成那些欺负和羞辱过他的同学，一枪枪爆掉他们的脑袋，而聊天平台，更是让罗达建立起了和人交流的信心，没有先入为主的印象，没有他人的流言蜚语，你不认识我，我也不知道你，只要天南地北地聊天即可，谈得来便是朋友，谈不来只需不理即可，论坛里，心情愤怒时可以发帖咒骂，心情忧郁时可以一解伤怀，无聊时更可插科打诨，一呼必应，绝无落空。孤独寂寞的人很多，百无聊赖的人也很多，聚于网络，各取所需。

罗达在网络世界里，几乎变成了另一个人，开朗健谈，幽默大方，罗达爱听达达乐队的歌，最喜欢《南方》和《玩偶》，于是给自己取的网名也叫“南方玩偶”，也是用这个名字，南方玩偶第一次走进了尹安娇的世界。

交流比想象的要顺利得多，一如之前的印象，安娇的字里行间都透露她的温柔可爱，而罗达则是字斟句酌，害怕一句话说错，就再也没有了和安娇深入了解的机会，他课也懒得去上，白天就是安娇的影子，在暗处满眼爱慕地望着自己心仪的天使，到了晚上便化身南方玩偶，与安娇在聊天室里聊天，相谈甚欢……每每尹安娇下线，罗达都不得不从南方玩偶的身份中退回到现实世界，心理的落差便像一把钢锯一样在罗达心上来回拉扯，他感知得到尹安娇对南方玩偶的好感，但那是对南方玩偶的，而不是对自己的，现实生活中的罗达，只是一个样貌平庸、形象佝偻、性格孤僻的强迫症患者，而不是虚拟世界中善解人意、风度翩翩的南方先生。

罗达想以“罗达”的身份出现在尹安娇的面前，亲口告诉她自己对她的爱慕，这样的欲望越强烈，南方玩偶和罗达的对比感便越强烈，罗达为此苦恼不已之时，机会却在片刻之间降临。

尹安娇是国关学院学生会外联部的成员，罗达这早就知道了，当尹安娇说出最近她在为一件事情心烦时，罗达一下便猜到了是和筹集赞助费有关，因为他的寝室也有一名外联部的同学，一天吹嘘自己能拉到多少赞助，罗达对此厌恶不已，但凭直觉便猜出了尹安娇烦恼的可能正是这件事情。罗达没多想，一问，果然正中下怀，尹安娇正是在为摊派到自己身上的两千元赞助费而苦恼，罗达知道，这就是自己的机会，说不定这次没有把握住，站在尹安娇面前的机会就不再有了，罗达天天尾随尹安娇，当然知道尹安娇的男生缘有多好，据传国关学院的学生会主席也对尹安娇十分爱慕，如果再迟疑不决，罗达恐怕以后看到的尹安娇身边便会多出一人了。

罗达日常生活并没有什么大的开销，也没有什么花钱的嗜好，所以积攒下了几千元的存款，两千元的数目并不算大，罗达当然可以承受，所以罗达在网上立马表明自己能帮助尹安娇解决这件事情，唯一的希望便是能当面把钱交给尹安娇，这当然算不得什么过分的要求，理所当然，尹安娇推辞一番，当然经不住罗达盛情，便答应见面。

罗达终于等到了他梦寐以求的机会，但内心也惶恐不安，他太久没有和女孩子单独相处过了，该以什么样的方式、态度去面对尹安娇才能给她留下好印象，他全然不知，要一个生活在黑暗中的人，生活在尹安娇的影子里的人突然站在阳光之下，站在暗恋已久的人的面前，罗达当然慌张不已，左思右想，甚至忧虑到了失眠。

“你不该和她见面。”

好朋友很久没有来看罗达了。

“她很可能感兴趣的，只是你的那点钱，就算她对你有期许，但看到你真人，一定会打退堂鼓，然后再也不联系你了。”

好朋友坐到窗沿上，他赤着脚，胡楂满脸。

“其实你没你想象的那么孤单，其实你并不需要一个这样光彩夺目的女孩。”

好朋友把头伸出窗外，秋风凛冽，一会儿，他又缩了回来。

“如果她只是想利用你呢？”

“那就让我死好了。”

一直没有说话的罗达，咬着嘴唇吐出这几个字。

■2

尹安娇约了外联部的两名部员在下午没课的时候去跑了几间商家拉赞助，但都无功而返，时间紧迫，尹安娇亦是心烦意乱，自己身上只剩下三百元不到，妈妈也外出采购货品，生活费还有一段时间才能拿到，根本想不到好的办法，晚饭也没有胃口吃，也没有心情去图书馆，早早回到寝室。

室友都不在，尹安娇才想起娜娜出去玩了到现在也没回来，小雪和龙敏应该是去教室上晚自修了，尹安娇本想看看书，但赞助费的事情一直憋在心里，全然没了心情，干脆打开电脑上上网，这天也是奇怪，尹安娇打开了校园内网的聊天室页面，输入了自己的账号和密码，一时间二十多条留言跳了出来，尹安娇打开一看，其中一半的留言都是来自一名叫“南方玩偶”的同学的，尹安娇还发现这名同学此时此刻也在线，似乎南方玩偶也发现了尹安娇在线，立刻传来了一个打招呼的表情符号。

南方玩偶：同学你好。

南方玩偶：非常感谢你配合我们的问卷调查，同学，看你资料上写你是国际关系学院的，你叫安安 Yin，莫非是传说中的尹安娇同学？

安安 Yin：（惊讶表情符号）你认识我？

南方玩偶：（微笑表情符号）不认识，但是听说过，你的名气很大呢，没想到能在网上遇见你，真是三生有幸。

安安 Yin：三生有幸也太夸张了。

南方玩偶：一点都不夸张，学校那么多人，却偏偏能遇到你，你还那么和蔼可亲地帮我们填写了问卷,对我来说已经太难得了,甚至,有一种成就感。

安安 Yin:成就感? 同学,你更夸张了。

南方玩偶:这是真的,感觉这辈子运气没这么好过,做这种辛苦的差事竟然能碰到传说中的国关之花,难道不是一种幸运?

安安 Yin:国关之花,哈哈,那是别人乱取的,我才不是什么国关之花,那同学你是哪个学院的?

南方玩偶:我是商学院的,和你同级。

安安 Yin:这样啊。

南方玩偶:安安一定在思索你认识的商学院的同学的样貌吧,我的话你一定没见过,见过也不会有任何印象,我平凡得几乎要接近平庸了。

安安 Yin:哪有这样说自己的,我就觉得你很有礼貌。

南方玩偶:谢谢,或许吧,不过安安的表扬,实在让人高兴。

安安 Yin:哈哈,你是第一个叫我安安的人,一般好朋友都叫我安娇或者娇娇。

南方玩偶:因为你的网名叫安安 Yin,所以觉得叫安安,很顺畅。

安安 Yin:我比较喜欢安安这个名字呢,安安感觉是安静、独立又带有文艺气息,娇娇太娇情了,不是吗?

南方玩偶:是,我也觉得安安更好听。

安安 Yin:那南方玩偶先生,你为什么要叫南方玩偶呢?

南方玩偶:因为我很喜欢达达乐队,《南方》和《玩偶》分别是达达乐队的歌里我最喜欢的两首。

安安 Yin:我没听过呢……

南方玩偶:很好听的,安安可以听听试试看。

安安 Yin:好的,和你聊天还挺开心的。

南方玩偶:谢谢,这是我这辈子听到过为数不多的褒奖中最动听的一句。

安安 Yin:哈哈,你真会说话。

南方玩偶:可能只是会打字吧,我几乎不怎么说话,在现实生活里,人和人的沟通,我想比战争还要可怕。

安安 Yin:你的想法挺特别的。

南方玩偶:不知道呢,但我看得出你有心事,你不开心。

安安 Yin:真的,你说在写问卷的时候吗?

南方玩偶:对,看起来被什么事情烦心,如果可以的话,请告诉我,力所能及的,我一定会帮助你。

安安 Yin:可是我们不熟啊,其实也没有什么烦心的事情,不过还是谢谢同学你的关心。

南方玩偶:嗯……总之有需要的话,一定告诉我,我不是坏人。

安安 Yin:哈哈,谁说你是坏人的,都说跟你聊天我心情好很多,我应该跟你道谢。

南方玩偶:不用,我几乎都在这个聊天室里,有什么需要,随时 call 我(微笑表情符号)。

安安 Yin:好,那我先睡觉了,晚安。

南方玩偶:晚安(月亮符号)。

■ 3

下了线,关好电脑,尹安娇仔细回想当时做问卷时,叫"南方玩偶"的同学的脸,但无论怎么想也想不起来,这时候小雪她们也都回来了,闲聊片刻,各自梳洗睡了。

眼看就要到周末,赞助费的事情安娇毫无头绪,心情也是烦乱不堪,忽然想起校园内网的聊天室,随即打开电脑,登入进去,"南方玩偶"果然在线,尹安娇不知为何,心里一下子涌出一种莫名的喜悦和兴奋。

安安 Yin:你好,南方玩偶。

南方玩偶:嘿,你好,安安。

安安 Yin:没想到你会在。

南方玩偶:我一直都在啊。

安安 Yin:难道你不用上课吗?

南方玩偶:上课那么无聊,我想聊天室要重要得多吧。

安安 Yin:哈哈,为什么?

南方玩偶:因为要等重要的人出现,你看,这就出现了。

安安 Yin:你真会开玩笑。

南方玩偶:心情好些了吗,烦心的事情解决了吗?

安安 Yin:没有呢,就是还烦着,烦死了。

南方玩偶:我能帮上忙吗?

安安 Yin:你……恐怕是不能吧。

南方玩偶:说来听听,万一我能呢。

安安 Yin:你陪我聊天就很好了,谢谢你。

南方玩偶:安安,网友做的我能做到,同学做的我也能做的,好友做的我也能做的,当然要你把我当好朋友才行。

安安 Yin:谢谢你,你人真好,对了,我有听《南方》那首歌,非常好听。

南方玩偶:是吗,你太好了。

安安 Yin:我哪里好了?

南方玩偶:你记住了我说的话呀。

安安 Yin:哈哈,你真好玩儿,对了,想起来一个问题,上次你说你是商学院的学生对吧?

南方玩偶:对啊。

安安 Yin:你们学院的元旦晚会筹办得怎么样了?

南方玩偶:不清楚,我不是学生会的,但想必应该差不多了吧,元旦不是就快到了吗?

安安 Yin:这样啊,唉。(悲伤表情符号)

南方玩偶:你是为这件事情不开心吗,我猜的话,莫非是赞助的事情?

安安 Yin:(惊讶表情符号)你怎么知道,南方玩偶先生,你是神吗,你怎么可能知道!

南方玩偶:哦,我猜的,因为我知道你是学生会的干部嘛,每年元旦学生会就是忙这些事情啊。

安安 Yin:太神奇了,你太厉害了,我简直太崇拜你了!

南方玩偶:安安,你是外联部的吧?

安安 Yin:这个也能被你猜到,你是怎么猜到的,不会是私下偷偷调查我吧,哈哈。

南方玩偶:怎么可能调查你!

安安 Yin:我开玩笑的,别生气,那你是怎么猜到的?

南方玩偶:文艺部和宣传部的同学在这个时候只会叫累,叫烦的当仁不让是外联部了吧。

安安 Yin:你真为天人也,哈哈,不过我不是干部啦。

南方玩偶:但是一定被分配到了赞助费的任务吧,我寝室有个同学也是外联部的,所以我还比较了解一点。

安安 Yin:我这周就必须要上缴了,真不知道该怎么办啊。

南方玩偶:我有个建议,不知道安安愿不愿意听听。

安安 Yin:南方先生请讲。

南方玩偶:如果安安愿意和南方先生交个朋友,南方先生刚好有朋友能拉到赞助费,如果数额不大,南方先生愿意鼎力支持。

安安 Yin:这当然不行,怎么可能让南方先生来出赞助费!

南方玩偶:安安,不是我出,是我的叔叔的公司可以提供赞助,只要费用不高,你们需要多少?

安安 Yin:……两千。

南方玩偶:两千不多呀,我明天就可以落实,那我可以请你吃饭,然后当面把赞助费交给你吗?

安安 Yin:这样真的不好,我们又不熟,不行的。

南方玩偶:人都是从陌生到熟悉吗,我也不是坏人,就是商学院的学生而已,再说我叔叔特别喜欢帮助年轻人,我跟他说了这个事情,保准他愿意鼎力支持,退一万步说,两千块钱,真的不算什么的。

安安 Yin:这样好吗,还是你先给你叔叔说一下,我把企划书交过去。

南方玩偶:你不是要得急吗,我明天先把赞助费拿到,然后明天晚上拿给你的时候,你把企划书补给我就好了。

安安 Yin:明天晚上就可以吗,这么快?

南方玩偶:相信我,没问题的,如果我骗你,你可以给老师告我,或者一棒子把我打晕。(偷笑表情符号)

安安 Yin:那这样的话,真的就太感谢了,明天晚上我请你吃饭吧,真的,无论如何也要向你表达谢意。

南方玩偶:安安你太客气了,能和你见面已经是天大的荣幸了。

安安 Yin:对了,实在抱歉,都没请教救世主般的南方先生叫什么名字。

南方玩偶:我叫罗达。

尹安娇和罗达又聊了一会儿,互留了电话号码,熄灯断网之后,罗达发来一条“晚安”的信息,尹安娇也开心地回复了。躺在床上的尹安娇心情忐忑,她有些怀疑,但更多的还是选择相信这个忽然间闯入自己世界的“白马英雄”一般的人物,她也为自己谎称赞助费有两千感到愧疚,但如果罗达是个骗子,一千还是两千都不再有所谓;如果罗达真的将两千块赞助费交到了自己的手中,请客吃饭自不必说。尹安娇当然愿意在接下来的日子补偿这个善良的朋友,尹安娇也反思自己为何会脱口而出,将一千赞助费变成了两千,她想到了逛街时看到的那条心仪的裙子,她甚至重温了那时看着五百多块的价钱而口袋里只有三百多块钱时的窘迫心境,赞助商的钱有什么不好意思拿的,他们随便一顿饭也不止这区区两千块的赞助费,再说了,能否拿到钱也都是一个未知数……而这个罗达,这位一开口就能让自己开心的“南方先生”,到底是什么样子呢?是身骑白马?还是脚踏五彩祥云呢?是桀骜不驯的阳光帅气男还是忧郁英俊的韩系美男子呢?尹安娇猜想着,沉沉睡去。

二十、初识

古皓的肌肉，余子冲的优秀，都无法和一个未曾谋面的男生相抗衡，而在这一刻，那美好的印象早已灰飞烟灭，留下的是无法带着任何情绪的，和面前这个男生一样难以找到形容词去形容的心情。

■ 1

整整一天尹安娇都怀着忐忑不安的心情度过，她也不敢把这件事情告诉小雪，毕竟她将本来负责的一千块钱提高到了两千，何况是向一个素未谋面的网友要一笔并不算少的钱财，这种话如何对自己的好友开口，说不定根本就是一场闹剧，一场网络的无聊恶作剧而已。整整一个上午，尹安娇的手机都没有收到一条信息，这也是难得一次老师在讲台上讲的东西她一个字都没听进去，中午副部长打来电话询问尹安娇筹款的情况，尹安娇说还在落实之中，除了这一个更让尹安娇忐忑的电话，罗达那边还是了无音讯，一直到下午，尹安娇的手机终于震动了，是罗达发来的信息，罗达在短信中说：两千元赞助费已落实，晚六点半"彼岸咖啡"西餐馆不见不散。

安娇激动不已，立即回复，早早结束了在图书馆的自习，回到了宿舍，打开衣柜，自己的衣服虽然不能和娜娜相比，但也不算少了，安娇仔细挑选搭配，最后选择了白色圆领 T 恤外套一件粉红色羽绒服，下搭碎花短裙配紧身棉裤袜，脚上穿一双棕色雪地靴，看起来可爱不失优雅，再精心梳洗化妆，看时间差不多了，然后坐车前往约好的"彼岸咖啡"西餐馆。

尹安娇到的时候，正是晚餐时间，耳边是钢琴配乐、杯盘交叠和人们谈话的温暖声音，而牛排和蘑菇汤的香气更挑逗尹安娇的味蕾，她掏出电话，借着温和不刺眼的灯光在桌椅之前搜寻那位在她心目中善良、耿直又风趣的"南方先生"的身影，电话响了，是一声低沉的"喂"，在尹安娇右前方的沙发上站起来一个穿着灰色毛衣的男生，他看着尹安娇，然后举起手，向尹安娇打招呼，尹安娇看到罗达时，与其心目中勾勒的形象形成的反差让她有些迟疑，但她还是保持着礼貌和亲切的微笑，向那个方向走去。

穿灰色毛衣的罗达，头发长得有些长，可能因为天气冷冽又缺乏保养的关系显得毛燥凌乱，看得出刚刮过胡楂，额头和脸颊有几颗或新鲜或干瘪的青春痘，除了这些，恐怕那张脸任谁看上几遍都不会有什么印象，那是一张极其平凡的脸，不大不小的眼睛前面架着没有任何款式可言的无框眼镜，不高不矮的鼻梁，略有一些厚实的嘴唇，说不出是什么脸型的、没有棱角、不算胖的脸，衣着上更是没有任何亮点，灰色的毛衣，深蓝色的牛仔裤，没有任何花纹更没有任何配饰，他坐的沙发上放着一只灰色的、有破口的双肩背包，总而言之，这称不上帅气也称不上丑恶，就是让人留不下一点印象的人，却在之前的网聊中给尹安娇留下了非常好的印象，那幽默风趣的谈吐和诚恳的态度，早早超越了尹安娇所见识过的任何男生的魅力。古皓的肌肉，余子冲的优秀，都无法和一个未曾谋面的男生相抗衡，而在这一刻，那美好的印象早已灰飞烟灭，留下的是无法带着任何情绪的，和面前这个男生一样难以找到形容词去形容的心情。

“你好，我是罗达。”

罗达伸出手，安娇礼貌地握握。

“把你请出来，其实我觉得自己十分冒昧。”

罗达紧张地搓揉着双手。

“冒昧的是我才对，刚认识不久就谈及那样麻烦的事情。”

尹安娇抱歉地说，虽说好感全无，但也谈不上厌恶，所以礼貌周到的对话仍然可以维系。

“没有，一点也不麻烦，那个……我们还是先吃东西吧，想必你一定饿了。”

罗达说完，尹安娇也点点头，两人看了菜单，各自点了食物，罗达点了意大利面，而尹安娇则点了菲力牛排。

“需要喝点酒吗？”

罗达小心地建议道，尹安娇注意到，罗达说话几乎没有什么表情，就算是想笑，也只是嘴唇的上抬，显得非常别扭，尹安娇摇摇头，微笑婉拒。

“不好意思，我太紧张了。”

罗达似乎看出尹安娇的心思，显得更加拘谨，尹安娇倒是因此而放松了些许，两人相视一笑，不一会儿服务生把两人所点的餐肴端上来，两人便不多说话，各自吃着食物。尹安娇心里想在网上谈笑自如的“南方先生”，竟然在现实中面对面时却一句话都说不出来了，真不知该觉得好笑还是为难。

用餐结束后，罗达从包里拿出一个信封摆在尹安娇的面前，尹安娇瞥了一眼，信封微微鼓起，上面有“东达雷威器械公司”的字样。

“安安，我可以这么叫你吗，安安，这个是赞助费，两千元，你点点看对不对？”

“哦，谢谢，这样真的好吗，感觉很不好意思，这是我们学院晚会的企划书，如果需要广告的要求，也是完全没有问题的。”

尹安娇虽然听罗达叫自己“安安”有些别扭，但此时此刻也不好说什么，她从包里拿出企划书递给罗达，罗达看了一眼，便随手放进了书包里。

“那个……赞助我们晚会的公司，就是这一间叫‘东达雷威’的公司吗？”

“嗯，对，我问过我叔叔了，他们不需要打广告什么的。”

“无偿赞助？那在鸣谢当中念出这间公司就可以了吗？”

“鸣谢什么的也不需要。”

“哦，这样啊。”

“嗯，总之两千多块钱也不多……只要可以和安安交朋友就可以了。”

“难道我们不已经是朋友了吗，哪里有不是朋友的人这样帮忙的？”

安娇绽放那十分有亲和力的笑容，罗达也跟着笑了，显得心满意足。

“你快把钱收好吧。”

罗达指指还放在桌上的信封，尹安娇点点头，把信封收好。

罗达叫服务生买单，尹安娇本打算请客，却被罗达拦住，执意付账。

“怎么可能让女孩子给钱呢。”

罗达几乎是硬把钱塞进了服务生手里，尹安娇有些开心，觉得罗达至少是个大方的男生，虽然穿着全然不讲究，更别提什么帅气，但是至少在花钱上看得出是有一定经济实力的，子冲的话，应该连这家西餐馆听也没听说过。

两人走出餐厅，向车站的方向走去。

“罗达真是谢谢你，帮了我这么大的忙，无论如何，下次一定要让我请你吃个饭。”

尹安娇准备和罗达在车站分别，于是再一次向罗达道谢。

“别客气，一点小忙……能和你认识已经很开心了。”

罗达很不好意思，红着脸，也不敢直视尹安娇。

“我也很高兴认识你，我要先走一步了，等这段时间忙完，我请你吃饭。”

“你不回学校吗，我们不是同路吗？”

罗达忽然有些慌张。

“我今天回家啊，今天是周末了。”

“那我可以送你回家吗？”

“这个……不用了。”

“我不是……我没有别的意思，我只是看很晚了，怕你一个人回家不安全。”

罗达着急得脸都僵了，尹安娇看了也觉得好笑。

“没关系，我这边坐车很方便，真的不用送了。”

“真的不用吗？”

“真的。”

“那好吧。”

尹安娇和罗达挥手道别，然后上了一辆公共汽车，罗达站了一会儿，在车门刚要关闭之际，也跳上了车。

“你怎么也上车了？”

尹安娇诧异无比地看着罗达。

“这辆车和去我家是一个方向的，之前没发现。”

之后两人又闲聊片刻，五六站路之后，尹安娇到了站下车，罗达没有下车，挥手向她道别。

■2

尹安娇步行回到家,已经是晚上十点,出差在外的妈妈打了电话回来问尹安娇的情况,简单说了几句之后便互道了"晚安"。通完电话安娇洗了澡,坐在梳妆台前,拿出罗达今天交给自己的信封,她打开信封,里面是崭新的二十张百元钞票,那是独有的钱的味道,尹安娇把一千元留在了信封里,另一千元放进了自己的钱夹,在那一刻,她的心里当然有愧疚之感,但木已成舟,也就顺其自然吧,明天是星期六,安娇约了娜娜逛街,她会买下那条心仪已久的裙子,再看看有没有别的东西需要购买,睫毛膏要用完了,隔离霜也还没买,润肤露出了自己喜欢的橙味香型也很想要,还有答应要送给小雪的毛笔,缪莉莎的生日也要到了,需要给她买生日礼物才行……好多地方都需要花钱,虽然下周妈妈就会给本月的生活费,但似乎一拿到手就会一张不剩似的。尹安娇心里有些烦乱,这种烦乱甚至超过了向罗达撒谎的愧疚和罪恶感,比起那些可爱的东西,这样一个小小的谎能算得了什么呢,比起你在商场里买的琳琅满目的商品和朋友们艳羡的目光,良心上那轻微的不安又能算得了什么……再说,尹安娇继续安慰自己,对于罗达的关照是可以回报的,宽裕的时候她可以请他吃饭,罗达想和自己这样优秀的女孩成为好朋友,他现在做到了,他们共进了晚餐,他有了向他那些臭味相投的室友炫耀的资本,他会说"你们知道吗,我今天晚上和国关之花尹安娇一起吃的饭",也许他不会,罗达也许不是那样肤浅浮夸的人,他个性看起来挺内向的,他也许不会为这样一件事情沾沾自喜,从他的表情尹安娇可以看出,他在为能叫尹安娇一声"安安",这个只属于他的,只有他在叫的昵称而欣喜若狂,他的眼睛里分明写着满足和喜悦,他为这一声亲切的称呼得到的许可而付出的努力,简直都不可称之为努力了,他太幸运了,尹安娇看得出,罗达那没什么表情可言的,却又显得容易激动的脸上写着"他太幸运了"。

尹安娇如此想后,她心满意足地,细心地把手表、首饰和变得鼓鼓的钱包放在床头柜上,关了灯,安心睡去了。

二十一、告白

尹安娇有点被吓到，她虽然知道罗达喜欢自己，但是没想到会这么快就表白，她想起自己不久前收下的罗达两千块的赞助费，她的心里闪过一丝不安，她的脑海里紧张地搜索着委婉拒绝罗达的词句。

■ 1

尹安娇并没有把赞助费交给副部长，而是直接交给了部长杨昊，在例会上杨昊特别表扬了尹安娇，称她对工作认真负责，有集体荣誉感，值得大家学习，杨昊还向大家承诺，如果赞助费没有用完，就在元旦之后组织大家出去玩儿一趟。

总之学生会的事情告一段落，尹安娇可以把更多的心思放在学习上，但自从和罗达见面后，几乎每天罗达都会给尹安娇发来短信，时而多，时而少，但无非都是些关心问候的话语，偶尔也讲两个实在不好笑的冷笑话，尹安娇有时会回复，有时因为上课或者在自习就没有回复，那种时候，往往罗达的短信会比平时发得更多。最让尹安娇奇怪的是，她从未在学校里碰见过罗达，而罗达总是能先看到她。尹安娇在食堂吃饭，罗达会发来信息问尹安娇饭菜好不好吃；她在林荫道行走，罗达会发来信息提醒尹安娇下午有雨，记得带伞；甚至她刚一回到宿舍，罗达便会发来信息叫尹安娇看书不要看太晚，早点休息。

但尹安娇从来没有发现罗达在哪里，他没有气味，没有气场，没有醒目的样貌，他似乎在五感上都避绝于人，尹安娇不算敏感的人，但也不至于迟钝到一个见过面的人每次出现在周围的时候都无法感觉到吧，她有被人监视的压抑感觉，但又觉得是自己想太多了，他只是一个喜欢自己的男生，尹安娇这样想，对这一点确信无疑，她能感知到一个男生对自己的兴趣到底是欣赏还是喜欢。罗达当然喜欢自己，所以他才会这么关注自己，尹安娇有些沾沾自喜，但她知道自己并不会喜欢罗达，只要把两人的关系控制在朋友的范围之内，这样就可以了。

于是尹安娇会继续回复罗达短信，只是言简意赅，偶尔也会在聊天室里和罗达聊聊天，那个时候的罗达相反会有趣得多，但期末将至，学习也越来越忙，尹安娇上网的时间也越来越少，更多的时间，则往返于教室和图书馆。

一转眼便是圣诞节了，尹安娇邀约了小雪、娜娜和龙敏一起去市中心听钟声，下午四人一起逛街，尹安娇刚领了生活费，妈妈又特别奖励了安娇一千元让她自己挑选圣诞礼物，来到商场，又遇上百货公司的圣诞打折，女生是最受不了打折这件事情的，尹安娇当然也不例外，买了好几件衣服和一只漂亮的小包，晚上四人去万代百货楼上新开的自助餐吃圣诞大餐，一走到门口已经排了好长的队，服务生告诉尹安娇四人，至少还要等一到一个半小时才能排到位。

“就等等吧，反正现在还不到七点，听钟声要十二点呢，还早着呢。”娜娜建议道，其他三人都表示同意，于是跟在长龙后面，一边聊天一边等待，这个时候，尹安娇的手机响了，一看是罗达打来的电话，之前有五条短信息她都没看到，因为之前逛街的关系，尹安娇把手机调成了震动。尹安娇找了个安静点的地方，给罗达回了电话过去。

“喂，我是尹安娇。”

“安安，我是罗达。”

“嗯，有什么事情吗？”

“先前给你发信息你都没看到吗？我想约你吃晚餐，可以吗？”

“可能不行，我们已经在排位了，我和寝室很多人一起的。”

“哦，很多人吗，你在哪里啊？”

“我在万代百货楼上新开的那家自助餐这边，但是人很多，还在排队。”

“哦，我可以来吗？”

“恐怕不是很方便，因为我寝室的同学都在，今天是我们的聚会。”

“哦，这样啊，我也离那边不远，我有圣诞礼物送给你，我拿给你就走，可以吗？”

“圣诞礼物？谢谢，你太费心了，这边挺拥挤的，好多人，如果你过来不方便，我们约别的时间可以吗，而且我也没给你准备圣诞礼物，很不好意思。”

“安安你太客气了，我刚好也有话想对你说，不耽搁你多少时间，我把礼物送给你，说会儿话马上就走，可以吗？”

“……嗯，好吧。”

“那十五分钟之后在万代百货后门等，待会儿见。”

“好，再见。”

尹安娇挂了电话，心里有些惊喜，又有些不安，她回到小雪她们身边，心想怎么跟她们讲，不知道为什么，或许是赞助费的关系，那并不是多么光彩的事情，她并不想让小雪和娜娜她们知道自己和罗达的事情。

“大家，我妈刚才打来电话说她拿掉了家里的钥匙，她马上就到这附近，我去把钥匙送给她，一会儿就上来。”

“安娇，我陪你去吧。”

小雪好意地说。

“没关系，这边如果排到位置了看到只有两个人恐怕不会给我们四个人的位置，你们还是在这里等吧，我一会儿就过来，没关系的，电话联系。”

尹安娇说完，便转身下楼，商场里面挤满了人，走到后门，她找了个没人的角落，站在房檐下转角的阴影里，握着手机等罗达，不一会儿罗达便打来了电话，尹安娇接了电话，伸出头张望，罗达却从后面拍了一下她的肩膀，吓了她一跳，罗达穿一件深灰色羽绒服，头上戴一顶黑色冬帽，左手捧了一束玫瑰，右手则拿着礼物，在尹安娇看来此时的罗达不是帅气浪漫，而是一脸狼狈，一路上都是狂欢的人群，而罗达却要护着花在人群中穿行，走到这里已经是灰头土脸了。

“圣诞快乐。”

罗达把花和礼物送到尹安娇手里，她犹豫了一下，还是接了过来。

“谢谢，你也圣诞快乐。”

“知道安安要忙学习，所以一直不敢打扰你，心里憋了很多话，一直想对安安说，但都找不到机会。”

“刚刚忙完晚会的事情，马上就要进入期末，因为想拿全优，所以学习任务也很重,本来说想请你吃饭,也一直都没找到时间,我觉得很抱歉。”

“不用抱歉,也不需要你请我吃饭,只是希望能多点时间和安安相处就好了。”

尹安娇一时不知道怎么接话。

“安安,本来是给你写了一封信的,但我的朋友,我最好的朋友跟我说,这些话还是一定要当面跟你说才好。”

“嗯。”

尹安娇点点头。

“那个……安安,你没有男朋友吧?”

“没有。”

“我一直都很喜欢安安,喜欢安安很久了,从我第一次在学校看到你的时候就开始喜欢你,我知道我不帅,也不是非常有钱,但我觉得自己有能力给你幸福,一直对你好,所以,我想你做我女朋友。”

罗达说完,两只手又开始紧张地互相搓揉,他的眼睛不敢直视尹安娇,只能盯着尹安娇胸前捧着的鲜花。

“这个,真的太突然了,我们才认识没多久。”

尹安娇有点被吓到,她虽然知道罗达喜欢自己,但是没想到会这么快就表白,她想起自己不久前收下的罗达两千块的赞助费,她的心里闪过一丝不安,她的脑海里紧张地搜索着委婉拒绝罗达的词句。

“安安,我知道你肯定会觉得突然,所以我并没有要你当面给我答复,你可以想一想,回头我们聊天室再说。”

罗达说完,手越握越紧,因紧张整个身体都在颤抖,脸涨得通红,不知道什么时候会倒下去的感觉,他的这个样子,倒是有些吓到了尹安娇。

“嗯,我现在心里也很乱,我们回头网上说吧,我的姐妹还在楼上等我,我得上去了。”

“好,圣诞快乐。”

尹安娇勉强对罗达笑了一下,转身进入了商场,她下意识地加快了脚步,心里却乱糟糟的一片,快到自助餐厅的时候,她方才想起自己手里还捧着的鲜花,她四下看了看,将鲜花放到一张没人坐的椅子上,然后把礼物包装拆开,是一块 Swatch 牌的腕表,样式尹安娇并不喜欢,她微皱了一下眉头，将表收入包内，这个时候手机铃声大作，吓了她一跳，定睛一看，是小雪打来的。

“安娇，你过来没啊，排到我们了。”

“过来了，马上到门口了。”

尹安娇挂上电话，加快了脚步向自助餐厅走去，那束玫瑰花则孤零零地躺在供顾客休息的长椅上，一双眼睛从人群的缝隙中默默盯着那束玫瑰花，似乎那束花也不甘心，不甘心本该被人捧在手上的，却只是被人嫌弃，孤独地存在。

■ 2

十二点过后，小雪和龙敏准备坐公车回学校了，娜娜拉住尹安娇说缪莉莎叫她们俩一起去唱歌，尹安娇觉得很累，想拒绝。

“莉莎姐心情很不好，她似乎和昊哥吵架了，所以想我们去陪陪她。”

“昊哥？”

尹安娇有些疑惑。

“就是你的部长大人杨昊啊，超级贵公子嘛，大家都叫他昊哥啊，看情况可能是昊哥劈腿，有八卦听，你还不去？”

娜娜倒是很兴奋。

“我真的挺累的，想回去休息了。”

“无论如何也得去一趟，莉莎姐正伤心呢，你不去，这是多不给莉莎姐面子啊，到时候她以为你和杨昊是一边儿的，还不恨死你。”

娜娜说完，尹安娇觉得也是这个道理，只好勉强打起精神，拜托小雪和龙敏帮她把买的东西带回寝室，告别后，和娜娜去了 KTV。

一进包厢，莉莎姐已经开始喝起来了，旁边有几个文艺部的朋友，都比尹安娇和娜娜大一届，桌上摆了六瓶芝华士，尹安娇一看这阵仗，顿时傻了眼。

“今天晚上都别说不喝酒，必须喝，不然就是不给我缪莉莎面子。”

尹安娇和娜娜推辞不过，只好先喝了两杯，缪莉莎看来已经喝了不少，红着脸，脱了鞋子，胡乱唱了两首歌，便大哭起来，哭完当然便是歇斯底里地骂杨昊不是东西。

“不就是有几个臭钱吗，算什么东西，看见美女眼睛都绿了，当老娘不存在似的，就去勾搭小妹妹，今天晚上在喜来登酒店吃饭，一个劲儿地和那些贱女人搭讪，我发发牢骚，他竟然叫我滚，他以为老娘是什么，杨昊这王八蛋，老娘跟他没完！”

缪莉莎又哭又喊，起先大家伙儿都还好言相劝，后来也都懒得管她了，各自玩各自的，缪莉莎闹了一阵，吐了两次，也就不闹了，躺在沙发上披头散发地睡了。

尹安娇喝了两杯酒，也是晕乎乎的，她掏出手机来看妈妈是否有打电话，除了小雪的短信之外，并没有其他的短信，她忽然想起罗达，难得竟然没有发信息来，尹安娇心里些许疑惑，无意间瞥见包里罗达送的腕表，便拿起来仔细看看。

“这谁送的啊，莫不是余子冲主席？”

娜娜看到了尹安娇手中的表，立即凑了上来。

“不是，子冲哪里送得起，他都是靠奖学金和助学金，那次去吃快餐，他拿钱都很为难。”

“子冲，叫得好亲热。”

“别胡说。”

“哈哈，开玩笑的，那这是谁送的？”

“一个朋友，其他学院的，你不认识。”

“哇，是谁是谁，快跟我讲。”

娜娜来了兴趣，尹安娇本不想讲，但因为喝了一点酒，也不是什么不得了的事情，只要避开赞助费的事情，和娜娜讲讲也无所谓，潜意识里，尹安娇也想向娜娜炫耀一番。

“是商学院的一个男生，可能是喜欢我吧，所以送了个圣诞礼物。”

“跟你表白了？”

娜娜大有刨根问底之势。

“嗯，但是我没答应，我说过大学不想谈恋爱，而且也不喜欢他。”

“这人怎么样，长得帅不帅，有没有钱？”

“长得不怎么样，是那种放进人堆就找不到的男生，普通得不能再普通了，至于钱嘛，应该还好，挺大方的。”

“我看看。”

娜娜从安娇手里拿过手表。

“是支 Swatch，这款不贵啊，也就三四百块，而且这男生一看就是不懂欣赏，款式这么老土，咱们大美女安娇怎么戴得出来。”

“我也觉得款式不好看，再说本来就没答应人家，也不太好收别人礼物，可能都会退回去的。”

“退回去干吗，当然收下了，不好看以后可以送人嘛，哎，还是莉莎姐会找，你看之前莉莎姐生日的时候昊哥送给她的表，随便也是三千多的有碎钻的腕表，可好看了，这次圣诞节又送了一条施华洛世奇的水晶项链呢！”

“你又羡慕嫉妒恨了？”

尹安娇笑笑，在娜娜额头点一下。

“我就是羡慕嫉妒恨啊，我找男朋友，一定要找个比杨昊还要有钱的，女生就是该被宠着嘛，这个男生叫什么名字，我去帮你打听打听，看看到底怎么样。”

“不要打听了，这样不好。”

“这有什么，他叫什么名字，我帮你问问。”

“真的不要，我又不喜欢他。”

“娇娇，大学谈恋爱都是搞着玩儿的，一毕业什么都没有了，当然得找个对自己好的，什么成绩优异啊，什么人品好啊，都是虚的，只有这个，才是实的。”

娜娜做了个数钱的动作，尹安娇没接话，只是尴尬地笑笑。

“干杯！”

娜娜也喝高了，举起酒杯一饮而尽。

■ 3

元旦一过，期末考试随即而至，安娇想要争得全优就必须全身心地投入到复习之中，但是有一件事情如果她不做出好的答复，她是断然无法静下心来复习的，这天晚上，她登入了聊天室，“南方玩偶”的头像果然是亮着的，她登录没有十秒钟，“南方玩偶”便发来一个微笑的表情符号。

安安 Yin：你在啊？

南方玩偶：一直都在。

安安 Yin：马上期末考试了，不复习吗？

南方玩偶：复习不进去……那件事情，你考虑得怎么样了？

安安 Yin：南方先生，我觉得你人很好，我很愿意和你做好朋友，但是做男女朋友的话，我不得不拒绝你，因为我还没有谈恋爱的打算。

南方玩偶：（悲伤的表情符号）为什么呢？

安安 Yin：因为我想好好学习，也想做好学生会的工作，谈恋爱太耽搁时间了，我不想把好好的光阴浪费在谈恋爱上，有更多有意义的事情需要我去做，所以，请南方先生理解。

南方玩偶：但是大家都说谈恋爱是大学的必修课，恋爱也是大学生活的一部分呀。

安安 Yin：可能别人这样觉得，可能以后我也会谈恋爱，但至少现在我不想，就算是我还没有任何的思想准备吧。

南方玩偶：那……安安对我有好感吗？

安安 Yin：这个……你是很好的人，一直以来也很照顾我，我很感激，但如果说谈恋爱，我觉得太唐突了，毕竟我们才认识没多久，互相也不了解，恋爱这件事情在我看来不是可以轻率决定的。

南方玩偶：嗯，可能是我太着急了，我们应该多了解，我们可以从朋友做起吗？我不会再这么着急，这么唐突了，对不起，安安，我想是我太冒失吓到你了。

安安 Yin：你不用道歉，抱歉的是我，我们当然是朋友，我觉得我们先增进了解吧，做男女朋友，我们暂时都不要提好吗？

南方玩偶:好,那我可以给安安打电话,或者出来玩吗?安安说话的声音是世界上最好听的声音了。

安安 Yin:可以,但是最近不行,期末考试对于我来说很重要,我想拿全优,所以需要全力以赴,等考试结束之后吧,打打电话,或者偶尔出来玩都可以的,我还欠你一顿饭呢,寒假的时候请你。

南方玩偶:好,那就一言为定了,谢谢你,安安。

安安 Yin:谢什么,我要谢谢你才对,那你也好好复习,最近我都不上网了,希望你也能考出好成绩,我们寒假见吧(微笑的表情符号)。

南方玩偶:(微笑的表情符号)好的!

■ 4

尹安娇总算舒了口气,接下来的日子,罗达果然减少了给她发信息的次数,一天最多也就两条,都是问候和鼓励的简单话语,尹安娇也得以全身心地投入到复习当中,常常和小雪泡在图书馆里,偶尔会碰到过来看书的余子冲,也在食堂一起吃过两次饭,余子冲一直对上次尹安娇出钱请客的事情耿耿于怀,很不好意思,尹安娇却说,只要余子冲给她辅导不懂的功课,尹安娇就请余子冲喝汽水表示感谢,余子冲似乎在心里找到了平衡,几乎每天都来图书馆找尹安娇,只要有尹安娇不懂的题目,余子冲就会为她耐心讲解。

半个月的期末考试阶段结束,尹安娇果然获得全优,还考到了全班第二名,放假当天,杨昊组织外联部、文艺部和篮球队的部分同学联谊,当然包括尹安娇、娜娜,还有学生会主席余子冲。

众人去吃火锅,三杯两盏之后,本还有些生疏的同学话便多了起来,杨昊也开了不少余子冲和尹安娇的玩笑,大家也都跟着起哄,说他们是天生一对,郎才女貌,余子冲平时挺会说话,颇有大将风范的学生会主席被大家这么一起哄也只有红着脸喝酒的份儿,尹安娇则不好意思,只顾和身旁的娜娜说话,娜娜也是人来疯,哪里肯放过尹安娇。

“余主席,我们安娇可有的是人追,你再不下手,别人可下手了。”

娜娜说得尹安娇和余子冲都是面红耳赤，气氛越来越热烈，大家推杯换盏，热闹之时一个不慎，余子冲把酒打翻了一些在安娇的衣服上。

“对不起，对不起……待会儿还要去唱歌，我陪你去换吧。”

余子冲连忙道歉，想起杨昊说了待会儿还要去 KTV 唱歌，于是只好这般建议。

“没事的，我待会儿就不去了。”

“那不行，必须去，子冲，你赶快陪别人去换衣服。”

杨昊发现这边情况，立马跟上来起哄。

“这样吧，娜娜和我一路吧。”

尹安娇把求救的目光看向娜娜。

“这样也行，把子冲留下来喝酒，安娇你们去换衣服吧，待会儿直接去 KTV 那边，打我手机，我替你们收拾这小子。”

杨昊说完，尹安娇和娜娜便和认识的朋友打了声招呼，起身离席了，余子冲虽想陪尹安娇一路，但杨昊拉着他死活不让，余子冲也没办法，悻悻然，只好和杨昊等人喝酒。

尹安娇和娜娜打了一辆出租车回到学校宿舍，进了寝室，小雪和龙敏都没在，想必也是各自有约，尹安娇想起上次圣诞节时买的新衣服还没穿过，这次刚好能穿，便打开衣柜翻找，找了半天却没找着。

“不对啊，娜娜，我衣服不见了。”

尹安娇皱起眉头，娜娜闻声走了过来。

“怎么了，哪件衣服不见了？”

“就是那天圣诞节我买的衣服啊，你看，有一件在，有两件不在了，我记得是小雪她们帮我拿回来的，这不是还有一件吗，说明我没有拿回家啊。”

“怎么会，再仔细找找。”

尹安娇把衣柜翻了个遍，能找的角落都找了，就是没有。

“娇娇，是不是记错了，可能拿回去了。”

“没有，我肯定没记错，我记得我是拿给小雪的，对了，小雪发给我的短信我都还存着，她回到宿舍就给我发了信息，说帮我把衣服拿回来了。”

尹安娇仔细回忆，还把手机拿出来查看一番。

“我觉得是你记错了，圣诞节也都是大半个月之前的事情了，你中途回了三次家,可能是你自己合着脏衣服一起拿回家了,而你因为学习太忙了没发现,我觉得是有可能的,我也常常这样,这就叫假设记忆。”

“嗯,娜娜你这么一说,我也觉得有可能,哎,不去想了,回家再找找,先穿别的衣服替着。”

“好,要是真找不到了,再买新的更好看的就是了,春节可是要到了,哈哈。”

“也是啊,春节就是好!”

两人一边换衣服补妆一边聊天,安娇也不再去想衣服的事情,打电话联系了杨昊,说了地址和房号之后,尹安娇和娜娜走下山打了出租车赶过去。

进了包厢,尹安娇看见余子冲已经喝多了瘫在那里,睡得不省人事,其余的人则继续唱歌,杨昊看见尹安娇进来了,便迎上前来。

“安娇,有点事儿跟你讲,你过来一下。”

杨昊神神秘秘地把尹安娇叫到包房外面,找了个拐角处,和满脸疑惑的尹安娇站定。

“安娇,这次元旦晚会办得很成功,你功不可没,外联部拉的赞助呢,其实还剩了一部分,除去今天的开销,还剩了一点儿,我知道你拉了一千元赞助,但你是大一的新生,虽然你是理事,但并没有这个义务去凑这个钱,但你这么去做了,作为外联部的部长,我很感动,今天喝了点酒,所以把这个话讲给你听,明年我就要退下来,鉴于你的成绩,我保证你能成为外联部的部长,当然如果你对学生会其他职位有兴趣,我和子冲都会全力支持你……对了,还有这个,这是我作为部长个人,对你的奖励。”

杨昊从口袋里掏出一张卡,塞到尹安娇手里。

“这不好,这个我绝对不能收,拉赞助是我应该的。”

尹安娇想推辞,但杨昊一把握住尹安娇的手。

“不是什么不得了的东西,就是一张面额不高的提货卡,是我的一点心意而已,你平时也很照顾缪莉莎,她疯得很,你们肯定受了不少委屈,这就是个小礼物,赶紧收着,被人看见可不好。”

杨昊一边说着,一边握着尹安娇的手,她想摆脱开杨昊的手,只好把卡放进兜里收好。

“谢谢部长。”

“什么部长,叫我杨昊就可以,狗屁部长。”

“杨昊,你别躲酒啊!”

这个时候,篮球队的一个男生从包厢里走了出来,正巧看见杨昊,尹安娇下意识地躲到拐角后面的阴影里。

“谁躲酒了,谁躲酒了,马上来。”

杨昊挥挥手,向那男生走去。

“哼,咱们杨老板又在把妹吧,哈哈。”

“胡说。”

两人的声音渐渐远了,消失在包厢门关上的一瞬间,尹安娇把那张卡从兜里掏出来看了一眼,是万代百货一千元的提货卡,尹安娇把卡收好,正犹豫该不该现在回去,只听身后“哗啦”一声巨响,一个抱着啤酒瓶和果盘的服务生被撞得人仰马翻。

“怎么走路的你,瞎了眼了,不看路!”

服务生追了出去,安娇被吓了一大跳,正想去看看情况,却被人从身后拍了肩膀。

“你在外面晃悠什么呢?”

尹安娇又是一惊,转头一看,是娜娜。

“没什么,我们进去吧。”

“快进来吧,我喝酒可喝不过他们。”

尹安娇和娜娜进去后,又玩了一会儿,不久缪莉莎便来了,气氛瞬间由极热转至极冷,大家面面相觑,不知所以然,杨昊怕把气氛搞砸,只好拉着缪莉莎离开,尹安娇也觉得十分尴尬,全然没有娜娜那种看好戏的心情,便找了个理由先行告辞了。

坐在回家的车上,尹安娇觉得自己有些可笑,自己就像一个骗术高超的人,空手套白狼,一转眼赚回两千块不说,还赢得了学长的赏识,朋友的信赖,还有男生的青睐,尹安娇有些哭笑不得,她甚至都不知道自己该不该对此引以为耻,她并没有想过去骗任何人,这一切似乎都是早已被安排好的戏,有些东西知道如何偿还,有些则不能,只有天知道,毕竟导演这场戏的似乎正是那冥冥天意。

二十二、朋友

“不，一点都不夸张，大家都觉得我有病，都不愿意和我玩，我只有一个好朋友一直陪着我，听我说话，但是直到安安出现，我才觉得人生像有了希望一样，我的好朋友也鼓励我，要主动，要对你好，不要再什么都闷在心里。”

■ 1

寒假的时候，尹安娇陪妈妈回了一趟老家，其间罗达一直给尹安娇发信息，偶尔有打个电话，并相约等尹安娇回去之后，一起出去玩，尹安娇心想之前答应过罗达，总之是朋友，出去玩也没有关系，于是从老家回来后，便约了一天和罗达见面。

春节将至，大街上处处张灯结彩，一派浓厚的过年气息，尹安娇一身休闲打扮，束了马尾，背了一只双肩小包，下了车，便看到等候在车站的罗达，罗达似乎刚理过头发，寸头让他显得精神很多，看见尹安娇下车，立马迎了上来。

“好久不见。”

罗达还是如之前般有些不知所措，一抬头看尹安娇就脸红。

“今天要去哪儿玩呢？”

尹安娇倒是落落大方，和罗达对话，尹安娇不知道为什么会变得比平时更加自信，也不会有面对子冲或者杨昊他们时的那种羞涩，她想可能是罗达在说话和性格方面都比自己更加内向吧，这倒是让自己更自在一些。

“安安说了算吧。”

罗达习惯性地搓着手，甚至有些唯唯诺诺。

“逛街这些也没什么好玩的，那我们去市郊的游乐园吧。”

于是尹安娇和罗达乘车去了游乐园，虽是假期，可刚好这天游乐园的人却并不多，罗达去买了票，两人进了园内，安娇建议去玩过山车，罗达顿时脸就白了。

“怎么啦，你不敢坐过山车？”

尹安娇得意洋洋地看着一脸煞白的罗达。

“我有点恐高。”

“哈哈，没关系，很好玩儿的，我保护你。”

尹安娇笑笑，罗达听了一咬牙，硬着头皮跟着尹安娇上了过山车，安全带系好之后，罗达全身发抖，嘴唇都发紫了。

“你没事吧，要不你别玩了。”

尹安娇看得有些担心，罗达也不说话，摇摇头，车身启动的一刻，罗达一下抓住尹安娇的手，罗达很用力，抓得尹安娇都有些疼了，但尹安娇知道罗达不是吃她豆腐，只是真的很害怕，于是也不做声。

“待会儿下落的时候要叫出来，叫出来就好了。”

尹安娇安慰着罗达，罗达点点头，过山车行至最高点，瞬间坠下，失重的感觉随之而来，罗达疯狂喊叫，一直到过山车停下来都还闭着眼，看得尹安娇又好笑又愧疚。

“对不起，刚才一定弄疼你了。”

下来之后，罗达缓了好长一段时间，才对尹安娇说话，之后他买了水，然后从兜里拿出一瓶药，抖出两片放进嘴里吞了。

“你吃的什么药啊，别说你心脏不好？”

尹安娇愧疚万分，着急地看着脸色青一阵白一阵的罗达。

“没事儿，不是心脏病，只是精神状况不是很好，有时候需要吃点药。”

“对不起，我不知道你有病，还叫你玩这种太刺激的项目。”

“我没病！”

罗达忽然厉声说道，吓了尹安娇一跳。

“对不起，安安，我有时候……反正，就是……对不起……”

“没关系的，我不该叫你陪我坐过山车。”

“不，我当然要陪你坐，那么危险的玩意儿，我怎么放心你一个人去坐。”

尹安娇一时不知该说什么，两人沉默一阵，便又去玩了一些比较轻松的项目，之后罗达缓了过来，吃了些东西之后，罗达便完全没事了，两人闲聊着，罗达聊了一些自己的情况，也提到了自己的病，提到自己的家庭，尹安娇听完，倒是觉得罗达十分可怜，心想罗达的内向性格，也一定和他的病有关，他也不是那么讨厌，只是可能偶尔想法会有些急切，加之之前骗过罗达的愧疚心理，尹安娇对罗达倒是有了些许好感。

■ 2

两人一直玩到下午五点才从园内出来，这时尹安娇也有些饿了，罗达便询问尹安娇想吃什么。

“我嘛，忽然想吃海鲜了，但先说好，我请客。”

“好，我知道一家海鲜酒楼做得不错，我妈常常带我去吃。”

两人打了一辆出租车去了罗达说的那间海鲜酒楼，尹安娇已经很饿了，点了新鲜的虾蟹，尹安娇专心享用美食，她想起在北海和涠洲岛吃海鲜的情景，心里有些难受，加上玩了一天有些疲倦，情绪便有些低落。

“安安怎么了？”

“没事，只是累了。”

“今天好玩吗？”

“很好玩呀。”

“我也觉得，这是我这辈子最好玩的一天。”

“太夸张了吧。”

尹安娇笑笑，心想罗达表面老实，难道和杨昊这些男生一样油嘴滑舌？

“不，一点都不夸张，大家都觉得我有病，都不愿意和我玩，我只有一个好朋友一直陪着我，听我说话，但是直到安安出现，我才觉得人生像有了希望一样，我的好朋友也鼓励我，要主动，要对你好，不要再什么都闷在心里。”

“嗯，罗达以后有什么话都可以和我说，我愿意做你的第二个好朋友。”

“谢谢安安，真的。”

罗达想握尹安娇的手，可尹安娇却将手抽开，示意服务员买单。

“我上洗手间的时候已经结过账了。”罗达对尹安娇说。

“罗达怎么这样，不是说好我请客的吗？”

“下次吧，下次请我吃吧，我怕万一这次你请客了，你就再也不出来了。”

“怎么可能，不是说了要做好朋友吗？”

罗达一下子笑了，用力点点头，他的眼睛里满是感动，虽然他那张有些僵硬的脸无法做出到位的感动的表情，但他的眼里闪烁着的泪光，他因为激动而又开始微微颤抖的身体，都向尹安娇诠释着获得她的好感是多么令他幸福的事情。

“我送你回家吧。”走到车站，罗达对尹安娇说，尹安娇也不好意思拒绝，于是两人上了车，到了尹安娇家楼下，尹安娇便挥手向罗达道别。

“安安，情人节可以约你吗？”

罗达的问题让尹安娇有些不知所措。

“情人节似乎是在春节放假期间，不知道家里有没有安排，只有到时候再看了。”

尹安娇不想拒绝得太直白伤害到罗达，于是只能含糊过去。

“好吧，安安再见，晚安。”

罗达也没追问，只是挥挥手，站在原地一直目送尹安娇离去。

安娇和罗达道了再见之后便回到家中，家里一片漆黑，看来妈妈还没有回家，这个时候手机铃声忽然响了，尹安娇以为是罗达打来的，关了门，也没来得及开灯，便接起电话。

“喂。”

电话那头信号并不是十分好，但那一声“喂”，让尹安娇觉得既陌生又熟悉。

“喂，请问是哪位？”

“你这么快就忘了我了吗？”

一个名字一下跳进尹安娇的脑海，尹安娇心中一紧，鼻子一酸，眼泪一下浸满眼眶。

“是小惠吗?”

“你还听得出我声音,真不知道我该不该高兴。”

“小惠,你还好吗?”

“好啊,挺好的,我在北京。”

“北京……北京冷吗?”

“还好吧,那么久没联系了,娇娇是不是觉得很惊讶,这么突然打给你?”

“是,没想到小惠还会理我。”

尹安娇克制不住,已经啜泣起来。

“怎么了,曾经的闺蜜打给你,不是应该高兴吗?”

“是,是该高兴,我很想你,小惠。”

“是吗,我还以为你早把我忘得一干二净了呢。”

“怎么会……”

“大学生活还舒心吗,交了很多新朋友吧?”

“还好,就是普普通通的。”

“这样啊,那谈恋爱了吧,男朋友交了吗?”

“没有,我没有谈恋爱。”

“是吗,还是眼光太高,或者说好的男生和你现在的姐妹是情侣呢?无法狠心下手吧。”

“小惠,请你别这样说。”

“我只是开个玩笑,打来电话,只是碰碰运气,没想到你没换号码,对了,我要去加拿大了,过完年就走。”

“真的吗,去读书?”

“嗯,家里会办移民,想换个没人认识我的地方,据说加拿大空气质量比较好,不像这个地方,空气都污浊不堪。”

“是,国外很好……”

“娇娇,因为要走了,所以还是有些话想对你说,我们从小就是好朋友,我一直很羡慕你,你有那种特质,无论是男生还是女生,只要和你接触,都会被你吸引,你就像一只受不得风雨,需要别人呵护的小猫咪,你轻轻叫一声，就会引来身边所有人的爱怜，你不会拒绝任何人对你的好，无论是什么样目的的，你都不管不顾地接受，因为你享受这种感觉，你享受被所有的人捧在手心的感觉。你无辜的表情，你温柔的笑容，你与人亲和的魅力，都来自于你内心深处那强烈的自私！身边的人当然感受不到，我也是，直到那件事情发生之后，我也一度认为是那个男人的错，男人都不是好东西。当然，我知道你没有勾引他，但不拒绝便在实质上就是勾引，所以过了那么久，半年多了吧，我想我已经想得很明白了，我不伤心了，也不愤怒了，甚至对于你，想和你做朋友都觉得有问题了，娇娇。”

“你……”

“我还没说完呢，但是那件事，娇娇，我不会原谅你，不是作为闺蜜，就是作为朋友，发生这种事你也应该制止那男人的，并把他的丑行转告我，这才是朋友。你的不拒绝便是背叛，你背叛了我并非你没有主观的动机，你那潜藏在内心深处的自私便是你背叛我的动机，你只顾及你自己得到了多少宠爱，而你对我的愧疚，根本只是无耻的施舍……”

“娇娇，我马上要离开祖国移民去加拿大了，但我想答复你那封长信里对我的请求的原谅，我拒绝，我想对你说的是：我此生此世都不会原谅你。”

小惠在电话那边冷冷把话讲完，尹安娇已经泣不成声。

“娇娇，就说到这里吧，希望你好自为之，作为朋友，我会关注你的，我会在你内心的角落里，盯着你。”

电话挂断，尹安娇蜷缩着身子，靠着门，颤抖着流着眼泪，她感觉不到一丝的悲伤和惋惜，而是彻头彻尾的恐惧，她慌乱地寻找本该十分熟悉位置的电灯开关，她不知道在这个空间里的角落里正藏着多少双眼睛窥视着自己，她慌忙开了灯，光亮并没有让她觉得好一些，因为这空间里总会有阴影，总会有黑暗，那眼睛就在黑暗中，就在黑暗中冷冷地看着自己走向崩溃……

尹安娇慌忙拿起手机拨打妈妈的号码，听筒里传来“您拨打的电话无法接通”的声音，这时，她想到了罗达，她赶忙拨打罗达的电话，电话通了，“嘟——嘟——”，听筒外也有铃声响起，尹安娇竖起耳朵聆听，这声音就来自与自己一墙之隔的房门外！

“喂。”

是罗达的声音,尹安娇已经吓得说不出话来。

“安安,你怎么了,有什么事情吗?”

“你……你……在哪儿?”

电话那头沉默了片刻。

“我就在你门外。”

二十三、痴人

尹安娇和罗达深吻一阵，舌头在嘴里胡乱地翻搅，笨拙得没有一点含情脉脉，只有压抑长久而在此刻如火山喷发的爱欲，罗达抱着尹安娇从餐厅到了客厅沙发，两人在沙发上继而缠绵，罗达似乎完全控制不住自己了，他将手伸向了尹安娇的胸口，就在他颤抖的手握住安娇胸部的一刹那，尹安娇的脑袋里如闪电划过，她一把推开罗达。

■ 1

那晚，尹安娇一直到妈妈回来才上床睡觉，她并没有打开门，罗达识趣地离开，罗达解释说，只是因为担心安娇遇上坏人，所以才跟在安娇后面。罗达走后，尹安娇去厨房里取了菜刀，把家里所有的灯都打开，再打开电视，握着刀在沙发上蜷缩着，一直等到凌晨一点过妈妈回来，其间罗达一直给安娇发信息，也打来电话安慰她，尹安娇相信罗达只是担心自己才跟着自己上了楼，此时也需要一个人陪着说会儿话，缓解心里的恐惧，尹安娇并没有告诉罗达小惠的事情，只是闲聊，直到妈妈回来。那晚尹安娇半夜里又做了噩梦，怕得不行，犹豫一阵，还是开了灯给罗达打去了电话，罗达一直陪着她聊到了天明。

很快春节到了，老家的亲戚来到东城过春节，家里热闹起来，弟弟妹妹都缠着尹安娇玩，忙得尹安娇不亦乐乎，之后一家扶老携幼又去了郊区爬山，尹安娇整个春节充实忙碌，又收了不少压岁钱，让尹安娇忘了之前的那些不开心的事情。

春节之后不久，便到了情人节，罗达约尹安娇出来玩，尹安娇想到之前罗达为自己所做的事情，心里也很感动，于是答应了罗达的邀请，还专门到超市买了一盒精致的巧克力。

这日，罗达与尹安娇说好时间到尹安娇家楼下接她。尹安娇精心打扮一番,接到罗达电话时,便拿了巧克力下楼,只见罗达站在楼下,尹安娇怕被邻居看见,看楼道里没人,才走到罗达面前。

“这边很多邻居都认识我,看到了要说闲话,我们快走吧。”

罗达还未及开口就被尹安娇拉着往车站走去,尹安娇快步在前,罗达紧跟在后,一直到上了车,尹安娇才转过身面对罗达。

“不好意思。”

尹安娇气喘吁吁,抱歉地对罗达笑笑。

“没关系。”

罗达苦笑一下。

“对了这个是送给你的。”

两人找了座位坐下之后,尹安娇把巧克力递给罗达,罗达又惊又喜,连声道谢。

“我也不知道你喜不喜欢吃巧克力,但情人节嘛,都送这个。”

“喜欢,我很喜欢,谢谢安安。”

罗达强抑内心的欢喜,紧紧抱着尹安娇送他的巧克力。

“今天我们去哪儿玩啊?”

尹安娇问罗达。

“去我家吧,我给你做饭吃。”

“去你家,不好吧……”

“没什么,我爸爸妈妈都不在家,我都买了好多菜了,吃完饭你觉得不好玩儿,我们再出来就是了。”

“那倒没关系,反正街上人也多,家里倒是安静,只是怕这样不好,不礼貌。”

“怎么会不礼貌呢,只要安安不嫌弃就好了。”

“怎么会呢。”

尹安娇有些不好意思,心里虽觉得不妥,但也想不到更好的主意,何况罗达说已经买好了菜,不去也不好,就在安娇思索之际,罗达轻轻握住了尹安娇的手,尹安娇一怔,罗达的手微微颤抖,尹安娇有些尴尬,不知该如何是好,微微一瞥,发现罗达更是紧张,心里倒觉得有些好笑,再低头看罗达的手,发现罗达的手背上还有好几块红色的疤痕。

“你的手怎么了?”

尹安娇借此把手抽出,指指罗达的手背。

“哦,那是……做菜的时候不小心被油溅到了。”

“这样啊,那你很会做饭吗?”

“我妈妈做的饭很好吃,我跟着学了两样,还可以,我挺喜欢自己做饭的。”

“我之前也是一个人做饭吃,我妈妈工作很忙,我爸爸病逝后,我就时常会一个人做饭吃,也有被烫到过。”

“真的吗,我爸爸,我是说我的亲生爸爸,在我很小的时候就去世了,当然我现在也不知道是真死了,还是不要我和我妈妈了,总之,我也说不好,还是觉得孤独,毕竟继父不是生父,总觉得怪怪的……不过,以后我会给安安做饭吃的,这样安安就不用一个人吃饭了,也不会被烫到了。”

尹安娇没有说话,只是微微点点头,半小时不到,便到了罗达家,似乎是军区的小院儿,门口有军警把守,小院儿里绿树参天,十分安静,罗达带尹安娇上了一栋七层高的小楼,罗达家在四楼。

“这是我爸的房子,之前本来买了别的房子,但……那边没这边安静,爸爸妈妈都喜欢这边。”

罗达拿钥匙开了门,三室一厅的板式房整洁明亮,没什么摆设,家具虽然有些陈旧,但却干净,罗达给尹安娇开了电视,从冰箱里拿出一罐饮料递给尹安娇。

“你看电视吧,我去做饭。”

罗达对尹安娇说,随即穿上围裙,进了厨房,尹安娇先前的忐忑倒是因为罗达系上围裙的样子而消散,罗达穿着围裙忙碌在厨房的样子倒是让尹安娇十分喜欢,尹安娇也不看电视了,走到厨房给罗达帮忙。

“安安,不用你帮忙,说好了以后就我做饭,你吃饭就行。”

“那我不添乱,陪你说话总行了吧。”

罗达点点头,不多一会儿,罗达便做了五菜一汤,糖醋排骨、凉拌茄子、水煮肉片、番茄炒蛋、清蒸鲈鱼和炖鸡汤。

“鸡汤是昨天我就熬好了的,今天热热就可以了。”

罗达一边介绍,一边拿出一瓶红酒放在桌上。

“太可惜了,都忘记带相机来了。”

尹安娇不无遗憾地看着满桌子的菜肴。

“没关系,我有。”

罗达回了自己房间,取出相机递给尹安娇。

“我们合个影吧。”

罗达当然开心地用力点头,两人凑在一起,拍了照片。

“情人节快乐!”

罗达端起酒杯,无不深情地看向尹安娇。

“情人节快乐!”

尹安娇也很开心,和罗达碰杯,喝了一口。

“尝尝好不好吃。”

罗达一个劲儿给尹安娇夹菜,尹安娇则大赞好味道,两人都很开心,不知不觉就喝了一瓶红酒,尹安娇脸上也泛起红晕。

“对了,安安,我也有礼物送给你。”

吃得差不多了,罗达从卧房里拿出一只盒子递给尹安娇。

“这是什么?”

“你看看,喜不喜欢。”

尹安娇把盒子打开一看,是最新款白色的苹果 MP4 播放器,尹安娇一直很喜欢,但都没有舍得去买。

“安安喜欢吗?”

“但这太贵重了,我不能收。”

尹安娇虽然喜欢,但还是觉得这礼物太贵重,收下不妥,便退还到罗达手里。

“你当然要收,这是给你买的,如果你不收下,再贵也都没有意义了。”

罗达把播放器放回到尹安娇手里,然后顺势握住了尹安娇的手。

“安安,我喜欢你,你是知道的,我也明白你觉得我们认识不久,还需要了解,我是想说,如果你不讨厌我,也对我有一点好感的话,我们可以先在一起再慢慢了解,我什么都愿意为你做,我肯定有缺点,我愿意为你去改,我知道我很老土,我也愿意为你去改变的,只要我可以在你身边,看着你，保护你，就行了。”

罗达语气真挚，说完这么长一段话，似乎费尽了他全身体力，他的手还在颤抖，拉着尹安娇舍不得放开。

“罗达，我知道你对我很好，你也很单纯善良，但是我还没做好恋爱的准备，我答应过妈妈大学都不谈恋爱的，我不能违背对妈妈的承诺。”

尹安娇虽然心里也有些动摇，但她知道要是在自己并不那么喜欢罗达的情况下答应他，说不定是害了他也是害了自己，她甚至都找不到和古皓那时的冲动感觉，她并不讨厌罗达，但也远远谈不上喜欢。

罗达看起来十分沮丧，他垂着头，呼吸变得急促。

“罗达，我们可以做最好的朋友呀，你看，相处得好的情侣都是从朋友开始的，日久才能生情嘛，爱情来得快去得也快，就是因为没有互相了解的根基，最后无法互相理解便分道扬镳，所以应该慢慢来，不能着急，知道吗？”

尹安娇握住罗达的手，声音温和地劝慰着有些激动的罗达，罗达抬起头来看向尹安娇，她的声音那么动听，似乎具有魔力一般，通过罗达的耳膜的震动传遍全身，每一寸肌肤，每一滴血液都可以感受到尹安娇的声音，整个身体从悲伤的静止走向得到安慰的颤动最后直达欣喜的失控，罗达抱住了尹安娇，笨拙地吻了上去，他用自己的嘴去寻找那张发出世界上最好听的声音的嘴，从那张嘴里吐出来的每一个字，便是字字珠玑，便是慰藉、魅惑和救赎。

尹安娇被罗达巨大的力量所裹挟，无力反抗甚至来不及反抗，酒精在身体里兴风作浪，她也把持不住自己，她的内心一阵迷乱，就算是偿还，就算是感激，就算是完成自我的救赎吧。

尹安娇和罗达深吻一阵，舌头在嘴里胡乱地翻搅，笨拙得没有一点含情脉脉，只有压抑长久而在此刻如火山喷发的爱欲，罗达抱着尹安娇从餐厅到了客厅沙发，两人在沙发上继而缠绵，罗达似乎完全控制不住自己了，他将手伸向了尹安娇的胸口，就在他颤抖的手握住安娇胸部的一刹那，尹安娇的脑袋里如闪电划过，她一把推开罗达。

“不可以。”

罗达似乎什么都听不见，他的眼神一片茫然，他还想扑上来的时候，被尹安娇又一把推开。

“罗达，不可以！”

尹安娇厉声说道，这个时候，家里的电话响起，罗达喘着气，坐在沙发的一角，愣愣地看着一脸委屈的安娇。

“对不起安安，我太失态了。”

“快接电话吧。”

罗达去接了电话，只是保险公司打来问是否需要买保险的，罗达挂了电话，不敢走近尹安娇，站在茶几边上，看着正整理头发的尹安娇，一语不发。

“对不起，我太冲动了，安安，对不起。”

“傻瓜，没关系，以后不要这样就是了。”

尹安娇笑了笑，罗达立马点头，走到尹安娇身边坐下。

“安安，你不会哪天就不理我了吧？”

罗达低着头，玩着手指，怯生生地问。

“怎么会，不是说了要做好朋友的吗？”

“嗯，我很怕你不理我了，我有妈妈，但是妈妈是老师，她每天上课，然后讲千篇一律的话，回到家就不想说话了，她做所有的家务，然后就说自己太累了，对我理也不理；我有个后爸爸，他以前是个军人，是个干部，总是端着干部的架子，他似乎永远看不惯我，因为我不是他亲生的，他当我不存在，我在家里就像空气一样，我说话，他也当没听到……”

“读书之后，我觉得太好了，有那么多同学可以在一起玩，我小学的时候成绩很好，次次都考全班第一，班上的同学都不跟我玩，后来读了中学，我不爱学习了，成绩不好了，班上的男生却又欺负我，说我是空气，说我可有可无，我听到有同学说，可能他一个假期回来，转学了或者死掉了，都没人会记得起班里还有这么一个同学……”

罗达有些激动，似乎那场景历历在目，那都是内心深处最痛苦的记忆。

“后来，我越来越孤独，终于有一天，我交了一个好朋友，他和我一样孤独，我不学习，他说这样不行，你得好好学习；我不敢和别人说话，他说这样不行，你要学着与人交流，后来有了网络，我开始学着能与人沟通了，好朋友教了我很多，教我什么是对的，什么是错的……但后来有一天，我妈妈说我生病了，要带我去看医生，看完医生之后就给我吃了很多药，那时候我好朋友很难过，他说这样他就见不到我了，他有一段时间就真的不出现了，我又更孤独了，那种孤独太可怕了，就像在黑夜里行走，走着走着，突然这个城市都停电了，没有月光，没有一丝任何的光亮，没有任何一点声响，什么都听不到，什么都看不到……直到安安，我遇到了你，我觉得生命重新有了希望，就像在黑夜里看到了光亮，虽然微弱，但也是光亮，好朋友有一次来找我，他跟我说，安安可以救你，安安也很孤独，安安需要你去保护，你保护她，她就会保护你，所以我那么努力，那么努力地学习与人相处，只是为了和安安在一起……"

罗达再也无法说下去，他低着头泣不成声，眼泪和鼻涕都流了下来，尹安娇也跟着流泪，尹安娇从小就没有感受过父爱，妈妈又常年在外奔波忙碌，她当然能体会罗达的孤独和痛苦，她抱住罗达，和罗达一起哭泣。

"安安是你的新朋友，安安不会不要你的……"

罗达环抱住尹安娇的腰，将头埋在尹安娇的怀里，他像婴孩儿一样放肆地哭喊，以此排解着决堤般奔流的孤独。

■ 2

自那天以后，尹安娇和罗达的联系更加频繁，发信息打电话，尹安娇不再对罗达只是只言片语，有些时候尹安娇甚至会主动发信息关心罗达，两人的关系比原先亲密许多，也几乎每周都会出来吃一次饭，看一场电影或逛逛公园，罗达变得不再像之前那样局促不安，而尹安娇也在和罗达的交往之中，得到一种心灵的安慰。

开学在即，在一次逛公园的时候，罗达提到了他在校外租房的事情。

"安安，我和寝室的同学都没什么话说，所以我在校外和一名学长合租了一间宿舍，要是安安愿意，我就全部租下来，安安过来和我合住吧？"

罗达兴高采烈地提出这个建议，却惹得尹安娇皱起眉头。

"罗达，你觉得我是那种随便的女孩儿吗？"

“安安，我不是那个意思……我，对不起。”

“我之前也说过，我妈妈不希望我大学恋爱，我觉得无论是我还是你，都应该把更多的精力放在学习上，我还有学生会的工作，我希望能在学生会有好的发展，得到更好的锻炼，无论是在今后档案记录上还是在自身能力的锻炼上都能为将来进入社会工作做好准备，我不希望在和你的相处之中分心，我想你也是这么觉得的吧？”

“嗯，我知道。”

“所以，罗达，我有一个请求，不知道你能否答应我？”

“当然，安安什么请求我都答应。”

“我希望你不要跟任何人说起你和我的事情，我不想学校任何人知道我和你的关系，我觉得这样无论是对我还是对你的学习生活都有好的帮助，这是我唯一的要求，你可以答应我吗？”

罗达犹豫着，他的眼神里写满了失望。

“罗达，来日方长，你忘记我之前和你说的话了吗，所以就算是为了我，也为了将来，你可以答应我吗？”

“嗯，我答应你。”

“那我们拉钩为定！”

安娇伸出手，罗达和尹安娇拉了钩。

“对了，罗达，最近什么歌好听，你帮我下一些在 MP4 里吧？”

“好。”

“还有我的手机铃声也听腻了，你帮我换换？”

“好。”

看着尹安娇的笑颜，罗达心满意足，两人沿着绿树成荫的小道踱着步子向前，初春的晚风还有些寒冷，尹安娇将身子向罗达这边靠了靠，罗达顺势拦住尹安娇的肩膀，依偎着步入夜色之中。

■ 3

尹安娇一直心想着能在大二开始修一门双学位课程，于是选修课程的学分需要在大一尽量多地完成，一学期最多能选四门选修课程，而尹安娇在新学期更是一口气将其选满，尹安娇还报名了六月份的英语四级考试，所以这学期的学业压力比第一学期要大得多。

虽然即将到来的繁重学业让尹安娇有些沉重，但隔了一个寒假见到寝室的姐妹却非常开心，小雪和龙敏都从家乡带了特产来，小雪是山东青岛妹子，带了不少烤鱿鱼、烤海贝一类的青岛海产，龙敏则带了辣椒酱和老家产的核桃分给大家。四个室友娜娜最晚到，一进门就和尹安娇拥抱在一起，娜娜穿得光鲜亮丽，眼神中尽是得意的神色。

“我寒假去香港玩了，血拼了好多衣服，开心死我了。”

娜娜进了寝室东西也不收拾，拉着尹安娇大聊她的香港之行，小雪和龙敏都觉得无趣，各自收拾行李、整理课本去了。

“对了，娇娇，我给你带了件可爱的小 T 恤，但千万别说，我只给你一个人带了。”

娜娜附在尹安娇耳边说，说完之后还警觉地看看小雪和龙敏。

“谢谢。”

尹安娇有些不好意思，连忙道谢，寒假回来也没带什么东西，看着三位姐妹都给自己带了礼物，自己却什么都没准备，又悔又愧。

“改天我方便的时候给你，可好看了，这次我去香港，真是逛得我昏天黑地，根本不够逛啊，就一个铜锣湾就逛了我一天呢，我还去了迪斯尼，好好玩！”

娜娜话匣子一开就收不住了，又那么久没见到尹安娇，恨不得把她一整个所见所闻一股脑儿地塞到尹安娇耳朵里。

“对了，晚上我请大家吃饭吧，学校外面那家麻辣香锅，我们好久都没去吃了。”

尹安娇好不容易找到一个娜娜吞口水的空当插话道。

“好呀，回青岛了都好怀念那家麻辣香锅呀，今天晚上我一定要放开了吃！”

小雪刚叠好被子，从床上探出头来，十分开心。

“小雪，小心拉肚子！”龙敏用带着湖南乡音的普通话对小雪说道，这么久没听到龙敏的湘式普通话，大家都觉得又好笑又亲切。

“糟糕，娇娇，我今晚不行，莉莎姐今晚要请我吃饭！”

“开学第一天就请你吃饭？”

“我不是去香港玩了吗，莉莎姐托我帮她买了好多东西，我说今天拿给她，她刚好说有东城大酒店的自助餐券，非要叫我一起去吃，当是感谢我，我都忘记这一茬事情了。”

娜娜虽眉头紧皱，但语气里却是得意炫耀。

“那既然你先和莉莎姐约好了，你就去吧，改天我们再一起吃就行。”

“娇娇对不起啊，今晚不能和你一起吃饭，好可惜。”

娜娜凑到尹安娇身边，撅着嘴撒娇般地说。

“没关系，我改天请你吧！”

尹安娇笑笑。

“好吧，回头把礼物给你！”

两人言毕，尹安娇转头收拾起行李，过年买的几件漂亮的新衣服都还没来得及穿，有三四件漂亮裙装连吊牌都还没撕，这次带到学校来，等天气再暖和一些便可以穿了，尹安娇将裙子叠好整齐地放进衣橱，再将大衣和外套挂进去，收拾妥当。

“对了，安娇，寝室的电要用完了，电卡在我这里，待会儿我们把钱凑了去充电吧。”小雪也收拾好了，忽然想起寝室已经快断电的事情。

“好呀，那我们还是按照上学期的来，每个人缴五十块钱的电费，充两百元的电吧，你们看怎么样？”尹安娇提议道，小雪和龙敏都点头赞同。

“我没问题，但是身上好像没零钱了，娇娇亲爱的，我这边莉莎姐叫我过去了，你先帮我垫着，我回头给你，好不好？”娜娜双眼水汪汪地看向尹安娇，绿色的放大瞳片在日光灯的反射下显得有些吓人，尹安娇连忙点头答应，娜娜道谢之后在安娇脸颊上亲了一下，提了包便离开了，当然全然没有注意到小雪的不屑和龙敏的白眼。

到了下午五点，尹安娇、小雪和龙敏都收拾妥当了，寝室的清洁也做得干干净净，三人先去寝室管理处给电卡充值，然后一起下山去吃麻辣香锅。

刚刚走到山脚，尹安娇的手机便响了，尹安娇从口袋里掏出手机看看，是罗达发来的信息，问她在干吗，尹安娇看小雪和龙敏在身边，也不方便回复，于是收起手机，和小雪、龙敏一边聊天一边向校外走去。

翌日便要开学，同学们也三三两两来到校外吃饭，一走进尹安娇和室友们最喜爱的麻辣香锅店，里面已是人声鼎沸、座无虚席，服务生告诉尹安娇三人说暂时没有位置了，尹安娇排了号，找了椅子坐下等位，小雪中午没吃什么东西，馋得直流口水，已经计划起要点什么菜肴了，三人正商量着，电话铃声又响了，尹安娇掏出手机一看，是罗达打过来的。

“我出去接个电话。”

尹安娇对小雪说完便起身走到外面安静些的地方，接了电话。

“喂，安安，你在哪儿呢？”

“我在学校，和室友一起吃饭呢。”

“哦，之前你没回我信息，我收拾了屋子，做了饭，本来说等你来吃。”

“屋子，什么屋子？”

“我在校外租的房子啊，我买了好多菜呢，你现在能过来吗？”

“不行，我正和室友吃饭呢。”

“做了好多菜，要不……你先吃，吃完了再过来？”

“你自己吃吧，我们改天再见不行吗？”

“都有好久没见你了，你吃饭吧，吃完了给我打电话，我接你。”

尹安娇拿着电话，犹豫不决，这时小雪在里面向她挥手示意轮到座位了。

“而且我帮你弄了新彩铃，你来了我刚好帮你装到手机里。”

“那行吧，我吃完饭给你打电话。”

“行，我等你。”

尹安娇挂了电话，转身走进香锅店里，小雪已经开始迫不及待地点菜了。

“谁打电话呀？”

在单子上勾画着的小雪随口问道。

“哦，外联部的，说待会儿有点事情。”

“那急吗？”

“不急，吃了饭再去。”

尹安娇一语带过，不多一会儿，热腾腾香喷喷的麻辣香锅便端了上来,三人一边开心地吃,一边聊着天。

“不如咱们三个人喝一瓶啤酒吧,预祝我们新学期新气象,姐妹感情更深厚。”

小雪提议,她是青岛妹子,从小就喝青岛啤酒长大,酒量自然不错,尹安娇和龙敏都表示赞同,三人点了一瓶啤酒,热热闹闹喝起来。

两杯啤酒下肚,龙敏脸生红晕,平时话不多的她也放开了胆子说话。

“安娇,我一直把你当好姐妹,所以有些话吧,就是不吐不快,我觉得娜娜就是欺负你,老爱占你便宜,平时洗脸洗澡的东西,还有化妆品都是问也不问一句就用你的,今天也是,你凭什么帮她垫付五十块钱啊,凭什么她不做清洁,都是我们三个人做啊。”

“哈哈,谢谢龙敏这么为我着想,但我想都是姐妹,这些不用计较的。”

尹安娇看龙敏为自己打抱不平心里很是开心,但娜娜虽然说是有些过分“不拘小节”了,但心地也不坏,作为室长,当然要维护寝室和睦,所以赶忙帮娜娜打圆场。

“得点便宜也就算了,看不惯她那得瑟的样子,就是去过一趟香港嘛,就是有几个钱嘛,不得了到天上了,一天就瞎吹,自己以为自己多会打扮,我看安娇打扮得比她好看多了……对了,有一次,我上完自习回来,一打开门娜娜正拿你衣橱里的衣服试呢。”

尹安娇听龙敏这么一说,心里忽然想起去年有两条裙子找不到了的事情,寒假的时候记起来过,回家翻了半天也没找到,后来就把这件事情给忘了,难道……

“龙敏,你讲讲娜娜是怎么试我衣服的?”

“那天自习回来嘛,你和小雪都是学生会那边有事情,都没在,我一打开门就看见娜娜手里正拿着一件衣服翻看,你的衣橱门是开着的,见我进来,她就把衣服叠好放进了你的衣橱里,然后关上柜门告诉我,这是你叫她帮忙带回宿舍的,她正好帮你叠了放进去,我就‘哦’了一声没搭理她,我看她当时脸色都变了,分明就是在撒谎,后来我也把这事情给忘了。”

尹安娇听完,努力回忆上学期的事情,似乎是有这么几次,因为体育课托娜娜把衣服带回去,也不能就此推测那两条裙子是娜娜拿走的,娜娜虽然喜欢占小便宜,但她是不缺钱的,犯不着偷好朋友的衣服啊。

“那龙敏,你记得她当时是拿的什么衣服吗,是裙子还是外套呢?”

“这我可真记不清了,过了太久的事情了,反正安娇,你还是防着点好,害人之心不可有,但防人之心不可无,总之给衣橱也加个锁吧。”

“哈哈,那是不是太夸张了,还是谢谢龙敏这么为我着想,我以后会注意点的。”

“不客气。”

“其实娜娜她心眼不坏,可能就是物质些,我也挺爱买东西的,所以有些衣服我们也会换着穿,不要紧的。”

尹安娇还是为娜娜说话,其实平时娜娜对自己也很好,要让安娇把娜娜想成小偷的确有些为难,但安娇在心里还是记下了龙敏的话,多长一个心眼也没什么坏处。

吃完麻辣香锅,尹安娇付了账,三人步行回学校,路灯之下,许多小商贩摆了地摊,可爱实用的小商品琳琅满目,更有不少小吃叫卖,吸引了不少从此路过的学生,尹安娇三人也不例外,频频驻足,女孩子就是受不了这些小东小西的诱惑,回学校十分钟的路,走了接近半个小时。

刚到学校门口,安娇的电话就又响了。

“安安,你吃完了吗?”

“嗯,吃完了。”

尹安娇都把和罗达的约会忘得一干二净了,此时抬手看表,已接近晚上八点钟了。

“那我现在到学校门口接你?”

“不,不用,你住哪里,我过来找你好了。”

尹安娇避开小雪和龙敏,压低声音说话。

“这地方也不好说,那你约个地方,我到那儿接你。”

罗达说完,尹安娇四下张望哪里过往的同学比较少,不容易碰到熟人。

“这样吧,你一刻钟之后到校外车站对面的公共电话亭等我。”

“行。”

挂了电话,小雪和龙敏都向尹安娇投来疑问的眼神。

“刚才不是说外联部有事情找我嘛，你看我和你们聊得太开心，都把那事儿忘到九霄云外了，我现在得过去一趟呢。”

“行，你去忙你的。”小雪笑笑说道，三人共同进了校园，在综合楼前尹安娇和小雪、龙敏分开，独自走进学生会所在的综合楼，小雪和龙敏则走上回宿舍的步道。

尹安娇在楼里待了近十分钟，走到门前张望一会儿，已看不到小雪和龙敏了，便选了条毗邻大路的林间小道走向学校大门。

此时天色已暗，尹安娇下意识地低着头，穿过马路走到公共电话亭前，抬头一看，罗达靠在门边，正盯着她，没想到电话亭里有人的尹安娇吓了一跳。

“你怎么这么快?”

尹安娇吃了一惊，语气有些责难。

“你说十五分钟在这里等的呀，我提前五分钟到的。”

“你住哪边啊?”

“跟我走就是了。”

罗达想牵尹安娇的手，尹安娇却将手插进外套口袋，罗达讨个没趣，也不多话，在前面带路，两人一前一后，走进一条小弄，七弯八拐走到了底，面前是一栋八层高老楼。

“你一个人租的?”

尹安娇问罗达。

“不是，和一个大四的学长合租的。”

“学长，他不在吧?”

“不在，他去外地考试了。”

“哦。”

“走，上楼吧。”

楼道里并不是每层楼都有灯，几乎是两层方才有一盏，灯光昏暗，墙壁斑驳不堪，而楼梯扶手更是锈迹斑斑，这样的老楼不禁让安娇想起诸多恐怖片中的场景，心里有些发毛。

“虽说房子是旧了些，但这里十分安静，过往的学生也比较少，你不是想隐蔽嘛，这里挺隐蔽的。”

罗达说完，脸上似笑非笑，尹安娇本来心里就毛毛的，更不敢抬头看罗达了，到了四层，幸好这层楼有灯，罗达掏出钥匙开了门，这房子的确老旧，外面的铁门还是菱形构造侧拉式的铁滑门，“吱呀”一声响，像是这栋年迈的老楼发出的一声呻吟，里面是一道木门，罗达开了门，在门边摸了半天，拉开了一盏日光灯，那灯闪了三四秒方才亮起，晃得安娇眯起眼睛，适应了屋内光线看去，房子也不算小，两室一厅，只是十分简陋，客厅里除了一张餐桌和四五把塑料椅子外别无它物，两间居室罗达和合租的学长一人一间，罗达那间很小，一张单人床、一张旧书桌和一个大衣橱便挤满了房间，不过幸好还有扇向阳的窗户，洗手间和厨房都在客厅另一边，虽然光线昏暗也年久而破旧，但都还可以凑合着用，生活还算方便。

“随便坐，我帮你把菜热热。”

罗达又习惯性地搓着手，显得有些不知所措，他招呼尹安娇坐下，自己则跑进厨房。

“不用了，我都吃过了。”

“没事儿，再吃一点点，这边调料不齐，做不出什么复杂的东西，所以很多也是买的超市现成的食物。”

罗达一边说着，一边将四五个菜放到桌上，有白灼虾、烤鸡、红烧茄子，十分丰盛。

“多少吃一点。”罗达摆好碗筷，在尹安娇身旁坐下说。

“我刚吃完麻辣香锅，真的是一点都吃不下，你还没吃饭?”

罗达脸上有些失望，随即摇摇头。

“那你快吃，我陪你吃。”尹安娇安慰道，罗达点点头，盛了饭，吃起来，尹安娇在罗达身边坐着，罗达显得十分安心，看来也是饿狠了，专心扒起饭来，那样子倒是惹得尹安娇发笑。

“又没人跟你抢，慢点。”

吃完饭，罗达将自己的手提电脑打开，将自己存储的歌单调出来。

“安安，这些都可以放进手机里做铃声，你看哪些喜欢，你选选，我先去洗碗。”

说完，罗达便起身让座给尹安娇，自己则走进厨房洗碗了，尹安娇拖曳着鼠标看着歌单，下载了几首自己最喜欢的歌曲到手机里，弄好之后，见罗达还未返回,正好能上上网,于是关掉了歌单的对话框,在桌面搜寻网页图标,却看到一个名为“安安”的文件夹,尹安娇一时好奇,便想去打开,尹安娇移动鼠标,只要双击便可进入文件夹,正当尹安娇即将碰触鼠标的一瞬间,屋里一下子一片漆黑,尹安娇汗毛直竖,惊恐之下猛然转头,一个黑影正站在她的身后,尹安娇尖叫起来,起身之时又撞到写字台,吃疼之下跌坐到旁边的床上。

二十四、失控

罗达有些失望，更对自己恼怒，人总是得寸进尺，何况一直处于孤独状态中的罗达，从一开始，他便中了尹安娇的毒，他全然没有意识到，从影子里走出来的自己，却难以摆脱黑暗的躯壳，在那份炽烈的爱中，贪婪、自私、占有欲和斤斤计较正一日日滋生蔓延。

■ 1

罗达决定在情人节那一天向安娇坦诚他的全部，他会烧饭做菜，愿意作尹安娇的厨师；他热爱音乐，愿意为尹安娇的生活添一份乐趣；他没有多少钱，但愿意每一分都为尹安娇而用……他要坦诚他的家庭，他的孤独，还有他对尹安娇的爱。

罗达的坦诚得到了回报，他童年的孤独也引起了尹安娇的共鸣，他如愿与天使一吻，更得到了尹安娇的信任，虽然尹安娇提出了不让其他人知道他们关系的要求，但对于罗达来说，那根本也是无关紧要，他只需要尹安娇一人，别人的眼光，或者别人是否知道他本来就不在乎，只要他知道，他明白，自己在安娇心目中的位置，便足矣。

罗达欢欣鼓舞，这是一个全新的开始，他的人生因为尹安娇变得截然不同，他不再是孤独一人，他的生命中有了尹安娇，就像彩色的画笔落到了他那张黑白枯燥的人生画卷上。

开学在即，罗达不愿意再住在寝室了，他和室友们虽没什么矛盾，但平时也无话可说，更谈不上什么交情，在那种没有私人空间的环境里罗达难受得要命，于是决定在新学期搬出来住。他本来就患有强迫症，妈妈康霞害怕他犯病影响其他同学，也害怕他受其他同学欺负，所以同意他搬出校外租房子住。

于是罗达在网上找到了一名正在考研的学长，与他合租了校外的一间两室一厅的房子，学长因为要考其他城市的研究生，很少回出租屋住，于是理所当然，这里就可以成为他和安娇的一片小天地了。

罗达从来没想到自己的生活会那么充实，他把锅碗瓢盆、柴米酱醋全搬到了租屋里，他想在这里为尹安娇做饭，然后一起听音乐、聊天，那么轻松快乐。

约了好几次，尹安娇都因为有事推托了，终于定好了时间，罗达做好了饭，饿着肚子等待尹安娇，尹安娇却迟到了，罗达虽然有些生气，但尹安娇毕竟来了，也不好发作，看到尹安娇，听到尹安娇的“不好意思”，便什么气也生不起来了，罗达为尹安娇下了许多音乐备做尹安娇手机的铃声，当尹安娇在选择铃声时，罗达才忽然意识到，电脑桌面上存有一个文档，那文档里全是自己用手机偷拍的好几百张尹安娇的照片，操场、林荫道、食堂、宿舍门口、商场、餐厅还有 KTV 包厢外等等，要是这些都被尹安娇看到……罗达想到这里，脑袋顿时炸了，当他探身去看，尹安娇已经关闭了下载音乐的对话框，罗达知道现在去阻拦也来不及了，决不能让尹安娇看到那个全是偷拍的文档，罗达心念一转，看到了厨房墙上的电闸，便一把拉了闸让屋里断了电，手提电脑上没有插备用电池，于是也一下子黑了屏，罗达也总算逃过一劫，但这突然的停电也把尹安娇吓坏了，她不想再在罗达的租屋里多留一刻，甚至拒绝了罗达要送她回宿舍的请求。

■ 2

罗达有些失望，更对自己恼怒，人总是得寸进尺，何况一直处于孤独状态中的罗达，从一开始，他便中了尹安娇的毒，他全然没有意识到，从影子里走出来的自己，却难以摆脱黑暗的躯壳，在那份炽烈的爱中，贪婪、自私、占有欲和斤斤计较正一日日滋生蔓延。

终于，罗达失控了。

“安安别怕，是我，是我，我是罗达。”

尹安娇这才反应过来，透过窗外的光亮方才模糊看到面前的人，虽镇静一些，心里还是惊恐未定。

“可能是跳闸了，我待会儿去把闸推开应该就好了，你别怕。”

罗达过来拉拉尹安娇的手，又把尹安娇揽进怀里，良久，尹安娇的情绪总算平复了，她感觉到罗达蹲在了自己的面前，她感觉到罗达的呼吸，罗达的唇正靠近自己，来不及反应已近在咫尺，双唇刚刚碰触到的那一刹那，放在写字台上的尹安娇的手机忽然铃声大作，尹安娇赶忙避开罗达，伸手去拿了手机。

“喂，安娇，还没忙完呢？”

是小雪的声音。

“快忙完了。”

“在哪儿呢，这么安静？”

“哦，在……在一间教室里，我马上就回来了。”

“你没事吧，听你声音怪怪的。”

“我没事。”

“对了，我打电话是说电卡放你那边了，你赶紧回来，咱们可濒临断电了。”

“行，我马上回来了，拜拜。”

“好，安娇你注意安全，拜拜。”

挂了电话，尹安娇和罗达面面相觑一秒。

“你快去开灯吧。”

尹安娇为掩饰刚才的尴尬赶忙说道，罗达愣了片刻，一声不吭地站起身走了出去，不知道在哪儿弄了半天，灯又亮起了，尹安娇整理了一下自己的头发和衣服，起身准备告辞。

“我得回去了，室友等着我把电卡拿回去。”

“我送你吧。”

“不用了，这边离学校挺近的。”

“还是送你吧，把你送到学校门口。”

“真不用，我能找到路。”

“没事，晚上这楼下挺暗的，我不放心，我还是送你吧。”

走这楼道安娇其实也挺害怕的，于是点点头，两人一前一后下了楼，一直走到方才相约的电话亭。

“就到这儿吧，你快回去休息吧。”

尹安娇转头，微笑着对罗达说。

“我还是送你到宿舍吧。”

“真没关系，我到了给你发个信息吧。”

“行，对了，铃声弄到手机里了吗？”

“都弄好了，谢谢你。”

“不客气，那改天一起吃饭吧。”

“好，再约吧，开学了课业很多，会很忙，联系的时间会少些，你也努力学习吧。”

尹安娇说完，罗达显得情绪很低落，尹安娇拉了拉罗达的手，似乎以示鼓励，然后转身离开，走到学校门口时，安娇回头望了一眼，罗达已不在那里，初春的夜晚还有几分寒意，尹安娇之前因为突然停电还心有余悸，于是紧了紧大衣衣领，加快脚步，融入到刚刚下了晚自习回宿舍的学生之中，同学的欢声笑语和从教学楼、宿舍楼内洒下的灯光，方才让尹安娇心里安定下来，尹安娇不喜欢那栋建筑，也不喜欢罗达的房间，那种阴气十足的感觉，让她觉得不寒而栗，想着宿舍有小雪和龙敏正等着她，尹安娇不禁心下一暖，加快了脚步。

二十五、摆脱

尹安娇知道自己在学院也是小有名气，她最害怕被这些八卦消息困扰，又影响名声又影响学习，所以她决心一定要减少和罗达的见面，只是这话不知道该怎么向罗达开口，罗达本来就抱怨见面时间少，所以有些心烦意乱，这周末就是罗达的生日，见面时一定要找个机会向罗达开口，尹安娇暗下决心。

■ 1

开学半个月，尹安娇领到了第一学期的奖学金，她和小雪都是一等奖学金，龙敏拿到了二等，而娜娜并不怎么热心于学业，但课业还算顺利通关。尹安娇拿到奖学金当然十分喜悦，一到周末便和娜娜去商场购物，好好地犒劳了一番自己，回到学校，安娇则把心思都放回到学习上，教室、寝室和图书馆来来回回的生活尹安娇一点也不觉得枯燥，累了就用罗达送给自己的 MP4 听听歌，偶尔也在晚上和娜娜出去看场电影，逛个夜市，喝杯小酒，累了回到寝室，也会和罗达在网上聊聊天，当然一般情况都是罗达会抱怨很多，抱怨尹安娇都不陪他，一个人很孤单，很久都难得见上尹安娇一面，而尹安娇也是好言相劝，要他好好学习，多和朋友一起玩，别总想着自己而因此耽误了功课。

尹安娇也有两三次在学校碰见罗达，他总是一个人上下课，也一个人吃饭，低着头，没有同学和他同路，也没有谁和他打招呼，而尹安娇身边总是有小雪或者娜娜，同班或者同院的同学碰见也会亲切地聊上几句，相形之下，尹安娇更觉得罗达可怜，所以她至少安排出周末的一天和罗达在一起，有时两人相约吃个饭，有时一起看场电影，久而久之，两人则习惯于星期天的下午出来碰面，一起去书店或者看电影，然后晚上一起吃饭，大多时候在外面的餐馆吃，偶尔也去罗达家里做饭，然后尹安娇再回宿舍或去找小雪、娜娜，虽然一周相见的时间并不长，但罗达也不再一味抱怨。

快到期中，雨季也接近末尾，天气逐日转暖，这日安娇正在寝室午睡，娜娜不知什么时候溜上尹安娇的床，吓了听见响动醒来的尹安娇一大跳。

“干吗啊，娜娜，搞偷袭呀？”

“哼哼，你这个小丫头片子，我这儿可是有你的八卦了，你不想听听？”

娜娜坐在尹安娇床尾，一脸坏笑，尹安娇爬了起来和娜娜并肩而坐，看看寝室小雪和龙敏都不在，这才回头又望向娜娜。

“别神神秘秘的，我能有什么八卦？”

“哈哈，跟好姐妹还不老实。”

“那你倒是说说我能有什么八卦。”

“嘿嘿，娇娇同学，你没发现这两个月每周末的星期天，你都不和我呀、莉莎姐呀一起活动吗？”

“哦，因为要看书嘛，再说我不是星期六都和你们一起玩儿吗，马上英语四级要考试，又有四门选修课，我星期天晚上还有门课呢，所以来学校比较早。”

“还不老实，你都被莉莎姐撞见了，还不承认呀！”

“撞见什么了？”

“你和一个男生去看电影，那天莉莎姐和杨昊也在，莉莎姐一眼就把你认出来了！”

尹安娇心里“咯噔”一下，表情却还是一如既往的平静。

“哦，那可能是和我哥哥，杨昊没看见吧？”

尹安娇也不知道自己为什么会下意识地问到杨昊，兴许是怕外联部的同学知道了，到时候八卦满天飞就不好了。

“你问杨昊，应该是没看到，其实莉莎姐也没看清楚，叫我来诈你的，哈哈！”

娜娜说完哈哈大笑起来，尹安娇又气又怕，涨得一脸通红。

“娇娇，你不会真谈恋爱了吧？”

“没有，真的没有。”

“那有人喜欢？”

尹安娇知道娜娜对这方面十分敏锐，要硬说没有，倒会遭来猜忌。

“嗯，有是有，之前也跟你提过，但我不喜欢，也没说要在一起。”

“那有接触没有？”

一聊到这上面，娜娜立马来了兴致。

“有，吃过几次饭，看过两次电影，但没什么感觉，这男生性格很内向，心地也善良，不忍心拒人于千里之外。”

“哎，尹安娇就是心肠软，那长得帅不帅？”

“一点都不帅。”

“那有钱吗？”

“没有钱。”

“没钱又不帅，还想追我们人见人爱的娇娇，想得美！”

“也不是，虽然我不喜欢他，但是做个朋友也倒是没关系。”

“我们娇娇最善良了！”

娜娜肉麻地抱着尹安娇又亲了一口。

“但是娇娇，你可别因为和他做了朋友挡了你的桃花啊，这种男生，还是要划清界限，万一在学院传开了，很多男生就会望而却步的。”

“哈哈，谢谢娜娜，你真为我着想。”

“娇娇，要是有男生追你，得先让我为你把把关。”

“好，没问题。”

“对了，有个正事儿还忘记跟你说了，五月中旬学校要举办校园歌手大赛，这也是这学期最大的文艺活动了，我和莉莎姐都要报名参加，娇娇歌唱得那么棒，咱们一起报名吧！”

“哎，我是在外联部，这种活动，一定得拉赞助。”

“没有的事情，这个活动是校学生会承办，赞助早就拉好了，是一家饮料公司独家冠名赞助的，根本不需要你们去拉什么赞助，你只管参加就是了。”

“但是五月中旬比赛，六月初我就得考英语四级呀。”

“又不是你一个人要考，大家都要考，再说了，歌唱比赛能耽搁多少点时间啊，四级对你来说也没难度啊，何况要是拿了名次，学校级别的比赛也是可以算在素质拓展里的。”

“那我想想。”

尹安娇有些犹豫，虽说之前没有参加这些比赛的计划，但的确是有百利而无一害。

“别犹豫了，娇娇，一起参加！”

“好吧。”

尹安娇答应下来，心里却还想着别的事情，她和罗达这次是被莉莎姐撞见，如果再被别人多碰见几次，虽说是朋友可以拿来做幌子，但如今大家对这些事情都戴着有色眼镜，秉承娱乐至上的观点想问题，保不住传出什么样的闲言闲语，尹安娇知道自己在学院也是小有名气，她最害怕被这些八卦消息困扰，又影响名声又影响学习，所以她决心一定要减少和罗达的见面，只是这话不知道该怎么向罗达开口，罗达本来就抱怨见面时间少，所以有些心烦意乱，这周末就是罗达的生日，见面时一定要找个机会向罗达开口，尹安娇暗下决心。

■ 2

很快便到了周日，尹安娇专门为罗达订了生日蛋糕，下午早早出门去了学校，直接打车到了罗达租的房子的巷口，提着蛋糕行至那栋尹安娇最不喜欢的旧楼楼下，从楼梯上迎面走下来一位中年妇女。

妇女穿一件样式朴素的浅色衬衫，简洁的短发却有好几缕白丝，她看向尹安娇手里提着的蛋糕，然后和尹安娇对视，报以微笑，尹安娇有些不好意思，也礼貌地微笑，随即害羞低头，侧身让路，却不想那中年妇女在尹安娇面前停住了脚步。

“你是安安吧？”

中年妇女仍面带微笑，尹安娇一愣，随即抬头，中年妇女是在对自己说话，她的眼神温柔却有些暗淡，额头和眼角的皱纹更让她显得疲惫，虽慈祥，却是一脸倦容。

“不好意思，不知道你的全名，是尹同学吧？”

“我是，我叫尹安娇。”

“你好，冒昧了，看这么漂亮的女孩站在楼下，所以冒昧开口，忘了自我介绍，我是罗达的母亲，我叫康霞。”

康霞语气温和，尹安娇一怔，立马问好。

“阿姨您好！”

“嗯，我听罗达说起过你，一直想找机会和你说两句，却没想到是在这种场合，罗达他还在睡觉，我刚帮他收拾了房间，要不我请你喝杯东西，我们换个地方说说话吧。”

康霞的语气平静温和却有一分威严，尹安娇虽然紧张，也不知该如何拒绝，便点点头，两人一前一后走出小巷，上了路边一辆军用牌照的大众轿车，康霞和司机言语几句，开了十分钟车程，停在了一家茶楼前。尹安娇跟随康霞上了楼，茶楼里并没什么客人，学生也不会到茶楼所以也不怕碰见熟人，可康霞还是找了一间包厢，两人点了饮料，对面而坐。

“真是不好意思麻烦你出来一趟，不过有些话，还是想当面对你说。”

康霞语气诚恳，全无大人的架子。

“阿姨太客气了。”

“是这样的，我知道你和罗达现在关系不错，我想问，你们是在交往吗？”

“阿姨，我和罗达只是好朋友。”

“哦，罗达这孩子，从小就没什么朋友，越长大越孤僻，他也不爱说话，性格也有些乖张，你为什么愿意和他做朋友呢？”

“因为……因为我觉得，他很孤独，而我能体会他的孤独，所以想和他做朋友，希望能帮助到他。”

“阿姨看你第一眼，就知道你是一个心善的孩子，所以有些话，觉得有必要和你讲清楚，你可以就此斟酌，是否能和我的这个儿子交朋友……罗达……他……他从高中时就有比较严重的强迫症，发起病来，情绪波动会比较大，做出一些难以控制的举动，这些日子，通过药物治疗，他好了很多，但是他孤僻的性格导致他没办法彻底根治他的病，我和他的爸爸工作都很忙，他小的时候我们都不怎么管他，在教育上也过于简单，缺乏沟通，多年来就养成了这样的教育习惯，要亡羊补牢似乎也显得很吃力……但这半年，我看他精神状况好了很多，人也开朗了，爱说话了一些，我知道这都是因为你的出现，这让我很高兴，但同时我也很害怕，害怕如果你哪一天不和他做朋友了，或是产生了矛盾，他会因此而受不了，因此变得更加极端，病情也会一发不可收拾，所以，和我儿子的交往，想请尹同学你务必慎重。”

尹安娇听了康霞的话，惊讶不已。

“我并不勉强你和我的儿子做朋友，但他太容易被伤害到，更怕他伤害到你。”

“谢谢阿姨，你的话让我更了解罗达了，我没有和他交往，我也只是想和他从朋友做起，我想罗达之所以会得强迫症，这和同学们的孤立歧视有着重要关系，罗达他本来就没什么朋友，如果我在这个时候弃他不顾，他会变得更糟，阿姨也说这半年罗达开朗了很多，所以我觉得我做的应该是对的，罗达并不坏，这我知道，这也是我愿意和他交朋友的原因，所以阿姨请放心，我会把握好这个度的。”

“唉，姑娘，那并不是你想的那么容易，总之，罗达有病的事情，我已如实相告，你们都是大学生，也算是大人了，该怎么处理同学的关系相信你们有你们的做法，我也希望能看到罗达因为你而痊愈，而变成一个正常的开朗活泼的孩子，但无论如何，请好自为之，也谢谢你了，尹同学。”

“阿姨您太客气了，这本来就是我该做的。”

“总之，你也保护好你自己，他要发脾气，你就躲得远远的，谢谢你对他的照顾……对了，我们这次见面，千万不要告诉罗达，这孩子要是知道了，怕又会多想，拜托了。”

“阿姨，我明白。”

康霞挤出一个笑容，握了握尹安娇的手，然后从提包里拿出钱付了账，两人行到楼下。

“我还有事，就不送你了，这给你打车，再次谢谢你，尹同学。”

康霞说完将一百元钱塞进尹安娇手里，旋即上了车，尹安娇未及推托，康霞已经离去，尹安娇只好打了车返回学校，一路上，她反复思索康霞的话，心里越想越乱，对罗达多了一份可怜之情的同时也有一丝恐惧油然而生，胡思乱想到了校门口，付了钱下了车，方才想起连给罗达庆祝生日的蛋糕都忘在了茶楼里。

■3

晚上，尹安娇见到罗达时，罗达显得有些不高兴，因为尹安娇迟到了近两个小时，中间也有两三个电话没接，尹安娇和康霞见完面后，便在学校附近的糕点店又订了一个生日蛋糕，其间碰到班上同学，又攀谈一阵，罗达打的电话故而没有接到。

“对不起嘛，给你买生日蛋糕去了。”

尹安娇好心安慰。

“那为什么电话也不接？”

“那个时候太吵了，手机调到了静音，没有听到，哎哟，我现在这不是来了吗？”

罗达还在生气，似乎又不知该如何对尹安娇发火，坐在那里一语不发，尹安娇想起下午康霞的话，更觉得罗达可怜，又害怕他情绪太激动，于是上前一步，轻轻抱住罗达，一边用手抚摸他的头，一边道歉安抚，罗达似乎不那么生气了，不知何时他也就势揽住了尹安娇的腰，他的脸颊贴在尹安娇胸前，像小猫一般在安娇胸口磨蹭，尹安娇有些紧张，想要轻轻挣脱，却发现罗达越来越用力，尹安娇有些害怕了，两手想要推开罗达，意想不到的是罗达却更加用力，一下挺起身子，将尹安娇推到墙上，猛然将嘴凑向尹安娇，尹安娇想要躲开，罗达却并不妥协，几乎是从吸吮到咬胡乱地向着尹安娇的嘴唇进攻，而双臂也更加用力，身体更是因为激动颤抖得越发激烈了。

“你弄疼我了！”

罗达近乎勒得尹安娇喘不过气，尹安娇惊慌之下更有几分恼怒，一把推开罗达，罗达这时才意识到自己的失态，站在尹安娇面前喘着气，不知所措。

“安安，对不起，我，我只是太喜欢你了。”

罗达盯着尹安娇，眼神里惊慌失措，手指还在颤抖，无名指和小指奇怪地扭在一起。

“我们去吃饭吧，走，我们出去吃。”

尹安娇有些害怕，不想再和罗达独处一室，于是整了整衣服，掏出手机，伸手去开门，罗达平静一阵，看尹安娇没有恼怒而去，还叫自己一起吃饭，似乎也有了台阶下，顺从地点点头。

两人出门来，尹安娇走在前，似乎下意识地加快了脚步，走到临近学校门口的马路时方才放慢脚步，罗达跟了上来。

“安安，你是不是生气了?”

“没有，只是，你以后别这样了，我被吓到了。”

“我知道，对不起，我以后不会了，我只是……”

“别说了，上车吧，今天你生日，还是好好给你过生日吧。”

尹安娇虽然不开心，但也不想就此闹崩，一是想到罗达今天生日，扔下他一个人未免太狠心了，二是想借此机会告诉罗达以后尽量少见一些面。

罗达也不再多话，倒显得很是感动，识趣地站在尹安娇身边，他们等了不多一会儿，便招了辆出租车，上了车，尹安娇告诉司机去市中心。

“时间不早了，还去市中心吗?”

“你生日嘛，还是吃顿好的吧。”

尹安娇勉强展开一个笑颜，罗达看来，却是如天使般动人，他开心地笑了。

晚上道路畅通，二十分钟便到了市中心，虽说是罗达的生日，但罗达和尹安娇在一起的时候，在吃饭时向来是安娇想吃什么便吃什么，尹安娇想了半天，觉得既然是罗达生日，还是得有个生日的气氛，于是决定去吃必胜客披萨。

进了餐厅，尹安娇顿时觉得饿了，三两下便点好了菜，饮料上来之后，尹安娇便举杯祝罗达生日快乐。

“你看，刚才慌慌乱乱的，蛋糕都忘记带来，没办法陪你许愿了。”

尹安娇这才想起蛋糕放在了家里，嘴上虽说是遗憾没办法为罗达许愿，心里却是对罗达刚才无礼举动的责难。

“没关系，有安安陪我过生日，我就已经很开心了。”

两人吃过饭，下楼时经过一家电玩中心，尹安娇看到有人在玩跳舞机，忽然想起了小惠，高中跳舞机十分流行的那段时间，尹安娇会和小惠在周末的时候到电玩店里玩跳舞机，那时候就是精力好，玩上一个下午也不觉得疲累，妈妈在周末也要做生意，只有小惠陪着自己，那是最开心的一段时光，如果没有小惠陪伴，尹安娇不知道会是怎样的孤寂。

"安安，怎么了?"罗达看尹安娇出了神，于是问道。

"哦，没有，只是看到跳舞机了，中学的时候很喜欢玩。"

"我那时候也喜欢来电玩店，但是都是玩格斗、打僵尸什么的，这也是好久没来过了，要不我们进去玩玩吧?"

罗达来了兴致，尹安娇抬手看看表，已是九点过了。

"但时间不早了，怕待会儿回去晚了。"

"没关系的，我们就玩半个小时，宿舍十一点才关门呢。"

尹安娇点点头，两人走进电玩中心里，先去买了游戏币，尹安娇想既来之则安之，之后学习忙了休息的时间也少，不如就好好放松一下，刚好人也不多，一不用排队，二也不用担心碰到熟人。

两人几乎把各种游戏机玩了个遍，射击游戏、开赛车、跳舞机、推金币还有抓娃娃，罗达非要为尹安娇抓一个娃娃，起先浪费了不少游戏币，罗达却越抓越着急，弄得满头大汗，尹安娇猜想罗达必然会在这上面十分偏执，便好言相劝，抓不起来没有关系，可罗达全然不顾，花了很多游戏币，总算是给尹安娇抓起来一只十分可爱的小兔子。

"是这抓臂有问题，电玩城都这样，都是整人的。"

罗达擦着满脸的汗水，一脸愤然，完全没有为抓起那只娃娃感到高兴，而一直在埋怨娃娃机的抓臂有问题，尹安娇本来还十分开心感动，但看到罗达一直不停地埋怨，也了无兴致了。

两人从电玩中心走出来，罗达似乎还陷在刚才抓娃娃的事情中，也不说话，一脸阴郁，尹安娇看了，又忧心又害怕，本想当面对罗达说的话，此时也是开不了口。

"罗达，谢谢你给我抓的娃娃，我很喜欢。"

尹安娇想打断罗达一直纠结于此事，可罗达几乎是没听见尹安娇的话一般，一直埋头向前走，一直到了一家冰淇淋店门口才停住脚步。

"安安要吃冰淇淋吗?"

罗达忽然转头看向尹安娇,似乎脑子里也没纠结于娃娃机的事情了,表情却还难以松弛,所以看来十分古怪,尹安娇先是一愣,随即点点头,这时候倒不敢说不吃了。

“什么口味的,我去买。”

罗达似乎也意识到了什么,松了松嘴角,算是露出笑容。

“香草口味的吧。”

“哦,好,蛋卷的?”

“嗯。”

说完罗达便走到冰淇淋店的橱窗前,不一会儿,买了一支冰淇淋回来递给尹安娇。

“你怎么不吃?”尹安娇看罗达没给自己买,诧异地问道。

“我不爱吃甜的,吃不惯。”

尹安娇点点头,咬了一口,是自己最喜欢的香草口味,味道浓郁,余味清甜,并不腻人,甜品可以让人心情舒畅,吃着冰淇淋,安娇也开心了许多。

“好吃吗?”

罗达看尹安娇一脸满足,好奇地问。

“好吃,你尝尝!”

尹安娇把冰淇淋递到罗达面前,罗达脸一下子红了,别扭地咬了一口。

“好吃吧?”

尹安娇看着罗达的样子,有些好笑,罗达则认真点了点头,两人对视一笑,沿着步行街走到打出租车的地方,等了片刻,便有空车来,两人鱼贯而入。

“待会儿再去我那儿坐坐吧?”

罗达提议道。

“今晚太晚了,要不,回去网上聊吧,好吗?”

尹安娇说完,罗达也没再多说,只是点点头,片刻车子到了学校门口,罗达付了车费,两人下了车。

“罗达,生日快乐,祝你每天都能开开心心。”

"安安,谢谢你,我从来没有过过一个这么开心的生日,真的谢谢你。"

"开心就好,就怕你不开心,那时间不早了,我得回去了。"

"安安……真的不再去坐会儿,蜡烛还没吹呢。"

"真的太晚了,我回去太晚,室友会担心的,再说我也有些话想给你讲,当面却不好说,所以想回去在网上和你说。"

"那我送你回寝室吧?"

"不用,这么晚了,被别人碰见也不好。"

"哦。"

罗达脸上露出失望的神色,尹安娇的话似乎又在他心里刺了一下。

"待会儿回去上网说了,在聊天室等我哟。"

尹安娇也看出罗达情绪低落,于是展露微笑以示鼓励,罗达心想尹安娇必然是害羞,有什么话无法对自己当面告白,心里倒是对等会儿的网聊有了期许,毕竟在那里,他似乎更加有自信,他是更会说话的"南方玩偶"。

"那待会儿聊天室见。"

两人道了别,尹安娇则转身向宿舍方向的盘山步道走去,走出二十米时回头望了望,罗达还站在原地看着自己,并没有跟上来,也没有离去,安娇向他挥了挥手,罗达也挥了挥手,尹安娇转头,加快了些脚步,上了阶梯过了一个拐角,上山的步道两侧树影婆娑,尹安娇再向校门方向看去,早已是看不清罗达的人影了,他还站在那里吗,不会还站在那里看着自己吧,尹安娇脑子里出现这样奇怪的想法,想着刚才罗达眼神里从失望到期许的转变,而恐怕待会儿自己的告白并不是会让罗达那么愉快,尹安娇忽然心下一累,叹了口气,"辜负"一词对尹安娇来说实在是一个太大的负担,她曾经辜负了小惠对自己的信任,她害怕再辜负任何人,不过恐怕待会儿自己不得不辜负罗达刚才的那份期许了。

二十六、恐惧

尹安娇望去，面前出现一面有四五层楼高的墙壁，那巨大的轰鸣之声就在墙后，仅一墙之隔，尹安娇抬头去望，却见墙壁正剧烈震动，似乎马上将要崩坏，安娇惊恐之间想要转身逃跑，却发现全身无力，根本动弹不得，那墙壁正要垮塌之时，身体一怔，却忽然睁开眼来。

1

回到寝室后，小雪和龙敏都在，娜娜不知又去哪里玩儿了还没回来，尹安娇和小雪她们闲聊了两句，便换了衣服洗了澡，吹干头发坐在电脑前已是十点半了，进了聊天室，“南方玩偶”的对话框便跳了出来。

南方玩偶：安安，你到寝室了？

安安 Yin：嗯，刚才去洗了澡。

南方玩偶：你不是有话跟我说吗？

安安 Yin：生日蛋糕吃了吗？

南方玩偶：还没有，一个人吃没意思。

安安 Yin：……那可以明天早上当早餐吃。

南方玩偶：安安不是有话说吗？

安安 Yin：嗯，我在想，期中考试就要到了，六月初又要考英语四级的考试，我想把重心放在学习上，所以这段时间，我们可不可以不见面？

……

南方玩偶：我们不是一周才见一次面吗？

安安 Yin：但是也是玩耍啊，太耽搁学习了，我想把星期天下午的时间用来复习英文，而且期中之后，选修课就不能三天打鱼两天晒网了，不然被老师抓到没去上课，这门课得挂掉，所以善解人意的南方先生，可不可以遵从我的想法呢？

南方玩偶:你是怕被人看见说闲话吧,那我们就公开关系,不好吗?

安安 Yin:不行,我们之前不是说好了的嘛,你忘记你答应我的事情了吗?

南方玩偶:跟我在一起有这么不堪吗,我很差劲儿吗?

安安 Yin:你在胡说些什么啊,我什么时候说过你差劲儿了,我只是想把更多的心思放在学习上而已,如果我讨厌你,大可以不必理你,我干吗还给你过生日,干吗还专门为你买生日蛋糕啊。

南方玩偶:你就是嫌我长得不帅,又没什么钱吧?

安安 Yin:你又说到哪里去了,我一直以为你是个善解人意的人,你怎么能这么想我,总之,如果你还觉得我是那个安安,请你尊重我的想法,我没有说不联系,只是暂时不见面而已,但如果你觉得我并不是真心对你,你也大可不必再把我当朋友,马上断网了,就说到这里吧,晚安。

尹安娇心里觉得憋屈,没等罗达回复,便退出聊天室,关了电脑,抿着嘴在写字台前生着闷气,十一点刚到大灯便熄了,就在此时安娇的电话铃声响了,尹安娇以为是罗达,不想却是娜娜打来的。

"喂,娇娇,我是娜娜!"

"嗯,你怎么还没回来呀?"

尹安娇调整了一下情绪,把音调升高了一些,潜意识里怕被娜娜或身旁的小雪听出自己有心事。

"唉,还不是和莉莎姐,在酒吧喝酒呢,认识了几个帅哥,超级帅,有一个长得特别像陈冠希,把我和莉莎姐都给迷住了,哈哈,挺好玩的,可惜你没来……对了对了,忘记说正事儿了,今晚我回不来了,估计得玩儿个通宵,所以别反锁门,我可能凌晨五六点回来吧,就这样了,回头再聊。"

"那你注意安全。"

"知道了,娇娇晚安!"

挂了电话,安娇长叹一口气。

"安娇,怎么了?"小雪已经上床躺着了,用床头的小灯正看着书,见尹安娇打完电话,便关心一声。

"没事儿,娜娜今晚又不回来睡了,叫我留着门。"

"哼,败类,又要把我们吵醒。"

龙敏刚刷了牙，踩着一双小兔子拖鞋站在阳台边上，没好气地嘟哝着，尹安娇也无奈地笑笑，收拾了明天要带的书和笔记，便关了台灯爬上床。

“对了，安娇，校园歌手大赛你参加吗？”

龙敏也收拾妥当了，坐在床上一边翻着书，一边和尹安娇、小雪闲聊。

“都答应娜娜了，就当陪她参加吧。”

“我看好你，你比娜娜唱得好多了，你肯定能进决赛，前三名没问题，小雪你说是不是？”

“当然，我们室长那又是偶像派又是实力派，岂是那些绣花枕头可以比的。”

小雪也附和着，和龙敏将尹安娇称赞一番，三人又闲聊了一阵，正当尹安娇睡意袭来，手机却震动了两下，来了一条短信，安娇打开一看，是罗达发来的。

“安安，刚才对不起，我知道你对我好，你说不见面就不见面，我等你。”

尹安娇看了信息，心下忽然轻松许多，便回复了一条并道了晚安，不多一会儿睡意更浓，翻身盖好被子，便沉沉进入梦乡。

那晚尹安娇做了一个梦，梦中似乎是站在横穿学校的那条轨道之上，轨道向前延伸，不见尽头，旁边却荒草丛生，足与人齐高，头顶黑云涌动，天色青灰，而远处天空却如火烧一般通红，不知在什么时候，余子冲学长站在了自己身边，却看不清楚面目，只知那一定是余子冲，尹安娇也不知为何，两人便向着轨道一端走去，天边传来“轰隆隆”的巨响，不知是何物发出，走了好久，尹安娇转头问余子冲：“我们这是去哪儿啊？”余子冲也不看尹安娇，那面目的确是看不真切，余子冲回答：“去坟墓之岛。”两人又沿着铁轨向前走去，那轰鸣声越来越近，尹安娇也越来越怕，身体也越来越热，片刻之间，犹如火烤，汗如雨下，尹安娇想要叫余子冲，声音却被那轰鸣之声盖过，正当此时，却听余子冲说了一声：“到了。”尹安娇望去，面前出现一面有四五层楼高的墙壁，那巨大的轰鸣之声就在墙后，仅一墙之隔，尹安娇抬头去望，却见墙壁正剧烈震动，似乎马上将要崩坏，安娇惊恐之间想要转身逃跑，却发现全身无力，根本动弹不得，那墙壁正要垮塌之时，身体一怔，却忽然睁开眼来。

尹安娇喘着粗气，发现冷汗直流，看来是做了噩梦，被子枕头都被打湿，这时厕所传来水流声，尹安娇拿出手机看看时间，正是凌晨五点半，看来是娜娜回来了，尹安娇仍是余惊未消，身子也没有一点力气，躺了片刻，将被子换了一面，枕头也调转一面，接着想睡，这时娜娜洗完澡出来，翻箱倒柜地换衣服，半个小时没有消停，尹安娇也不说话，只是如何也睡不着了，待到娜娜上了自己的床，鼾声略起，黎明也过，天色也放亮了，尹安娇努力回想起先做的梦，也是只能记得高墙垮塌前的场景，后面是无论如何想不起来，挨到六点过，便起身去洗了澡换了干净衣服，七点时小雪也起来，收拾梳洗一阵，便一同出门上课去了。

■ 2

五月末雨季之后，气温便急速回升，夏天的气息便愈发浓烈了，而对于尹安娇来说区别季节的变化，她更喜欢用听的，准确来说，是夏天的声音越发清晰了，从梅雨季节单调的雨声到了声音更加嘈杂的初夏，蝉的叫声、空调的噪音、球场传来的喧嚣……甚至连人们说话的声音也变得更加大声。

尹安娇并不是那么喜欢夏天，相较之下，她更喜欢万籁俱寂的冬日，不过她也有安慰自己的地方，能穿上漂亮的裙子，想必也是这炎炎夏日唯一的幸事了。

这日正是周五，上午下了体育课，安娇和娜娜相约一同去校园歌手大赛的报名处报了名，然后步行回了寝室。

“好热啊，热死了！”

娜娜一回寝室便立马找来空调遥控器将冷气打开，尹安娇刚上完体育课，也是热得不行，拿了毛巾便去浴室洗澡，洗好之后再出来拿换洗衣服，发现衣柜里还有好多秋冬的衣服。

“今天刚好回家，我得把这些穿不了的衣服拿回去。”

尹安娇换好了衣服，然后整理起衣柜来，这才发现，有两条裙子和一件外套又不翼而飞了，尹安娇相信这次绝不是自己一时失手忘在了家里某处，确信是放在学校的。

“娜娜，我衣服被偷了！”

“不会吧！”

正在吹空调的娜娜惊呼一声，转头看向尹安娇。

“真的，我确定没有拿回家，一定是被偷了。”

“真的假的，等等，等等，我看看我的东西有没有不见。”

娜娜慌忙跑回自己的书桌前，一阵翻找，又转头看向衣柜里昨天穿的一件外套，她拿出外套，从口袋里掏出钱包。

“还好，钱包还在，我昨天换了外套就忘记拿钱包了，一直放在柜子里，我这柜子又没锁，幸好幸好，钱包还在。”

娜娜把钱包打开，突然惊呼起来。

“我钱包里的六百块钱不见了！”

“你再找找？”尹安娇看见娜娜一脸慌张，赶忙说道，娜娜听了，又把书桌、抽屉、衣橱还有床上都翻了个遍。

“我明明是放在钱包里的，昨天回来之后我就把衣服挂在床边，今天早上起来我把衣服扔进了衣橱里，就这么一会儿，六百就不见了，那可是我买这次参加比赛服装的钱……”

娜娜又急又气，几乎眼泪就要夺眶而出，尹安娇之前其实心里还怀疑过娜娜，但看到娜娜现在这个样子，自己也就没了主意，倒是上前安慰起娜娜来。

“要不，咱们先报告楼层管理老师吧，叫她调调录像什么的。”

“哎哟，娇娇，你可真够天真的，你看，我们一层楼就楼道口有一个摄像头，在这楼道口过上过下的人多了去了，再说哪能看出小偷进的哪间寝室啊，而且那摄像头是虚张声势还是真有拍，都还得是个问号。”

“那还是得报告楼层老师，看看有没有其他寝室失窃，这样就知道是内贼还是外贼了。”

“肯定是内贼！”娜娜一脸笃定。

“娜娜，可别乱说，你说是我们楼层的？”

“不，小偷就在我们寝室！”娜娜盯着龙敏的床位，狠狠说道。

“娜娜,这可别乱推测!”

“娇娇,你这个室长还看不明白吗,小雪和龙敏都看我不顺眼,特别是龙敏,简直跟我有深仇大恨似的,这次肯定是龙敏偷了我的钱,一是多点零用钱花,二是可以报复我,她又害怕被我们发现,于是偷了你的衣服,这样让我们觉得是外面的人进来偷的,但你看我们平时都挺注意安全的,一般都锁好了门,再说有外人进出寝室,也一定会被楼层管理老师看到的,所以我断定是龙敏。”

“龙敏不会做那种事情的。”

尹安娇断然是无法相信龙敏会偷东西,虽然龙敏家境并不好,在寝室的四个女孩儿当中可能是最不富裕的,但龙敏性格善良,绝不会行偷盗之举。

“娇娇,可能龙敏并没有偷盗的习惯,但这很可能是报复我的一种手段,你无论是和我还是和龙敏关系都很好,偷了你的东西,就绝不至于怀疑到她的头上!龙敏和小雪关系很好,你可以在私下的时候问问小雪有没有丢失东西,要是小雪没丢,龙敏的嫌疑就最大了!”

娜娜说完,尹安娇心里也是一阵烦乱,本来和和睦睦的寝室,怎么会出现这偷窃的事情呢,不见了两件衣服本来并没什么关系,要是因此搞得室友之间翻脸,那才最让人难过。

“无论怎么说,先报告给楼层管理老师,千万不要轻易指责龙敏,这样我们寝室如何相处下去,总之锁好柜门,注意安全就是了。”

“娇娇,我就是舍不得你,不然早搬出寝室了!”

娜娜抱住尹安娇,语带哭腔。

“好啦,我们去找楼层管理老师吧,我先借你两百吧,先应付一下,回家再说。”

“还是娇娇好。”

两人收拾好东西,便去楼层管理员的办公室找到老师反映失窃的事情,楼层管理老师做了记录,并表示会反映给校保卫科,然后再三嘱咐安娇和娜娜要注意自身财物的安全。

“这防盗的事情,主要还是要靠自觉,自我的重视,住集体宿舍都是眼多手杂,自身安全的保护才是最有必有的。”

这老师没有实质性的表示，倒是说服教育起来，弄得娜娜好不耐烦。

“我说生活老师，说得像学校一点责任都没有了？”

“姜娜娜同学，这就是你思想觉悟不高造成的，害人之心不可有，防人之心不可无，你怎么会把钱包这样的贵重物品，随意地放在衣服口袋里，而不随身携带或者锁好呢？这就是你的思想觉悟不高、警惕性不高造成的，正所谓有这个……财不外露，你这就是因为露了财才让别人打了坏主意，你看你穿得花枝招展的，完全没有学生的样子嘛，倒是像电视剧里面的那些小姐呀……”

“你说谁是小姐！”

娜娜听这生活老师废话连篇就算了，居然还说自己是小姐，当即就火大了。

“我不是说你是那种小姐，是旧社会里面那种有钱人的小姐。”

生活老师也知自己失言，赶忙解释。

“寝室里面丢了东西，你楼层管理员有不可推卸的责任，你还好意思在这里说三道四的，你……”

尹安娇看娜娜火冒三丈，立马将她拉住，隔在生活老师与娜娜之间，连声说“算了”。

“姜娜娜同学，你这个同学太没礼貌了，你说你有多少次夜不归宿，你凌晨才翻窗子进来回宿舍睡觉，你以为我没看到啊，我是不好说你，女孩子家家的，自重一点嘛，我已经很尊重你，很宽容你了，不然你早就该遭处分的啦，你呀！”

生活老师是一位中年妇人，这正值更年期呢，平时看看电视剧打打毛线也就过了，也不想和这些同学见气，这被姜娜娜这么一激，更是恼怒了，尹安娇看势头不对，连忙劝阻。

“老师，姜娜娜也是丢了东西心里着急，你千万别和她见气，她丢了六百块钱，那可是她半个月的生活费，这心里焦急得很，麻烦您见谅。”

“我告诉你，六百块钱老娘不在乎，但这钱是在你管的楼层丢的，你不负责，我就闹到校方去！”

娜娜毫不退让，也不看安娇给她的眼色，拍着桌子叫上了板儿。

“行，你去校方告去，我一个月挣八百块钱我还受你这小丫头片子的窝囊气了!”

“老师对不起,老师对不起……”

尹安娇一边道歉,一边把娜娜往屋外面拽,好不容易才把娜娜拉回了寝室。

“娜娜,你这是去解决问题呢,还是去激化矛盾呢?”

“她个没文化的东西,跟我叫上板儿呢,我舅舅跟副校长关系好着呢,我读这破学校,赞助费好说歹说也给了二三十万吧,我要这么个生活老师下课,那也不是什么难事。”

尹安娇知道娜娜还在气头上,自己心里也是乱成一团,马上考试又要来了,也懒得再为这事情烦心,不过也就是不见了两件衣服罢了,尹安娇也不搭理娜娜,拿上收拾好的衣服,背了书包,锁了柜门,便开门离去。

“安娇,你这去哪儿呢,你不和我一起去逛街了?”

“逛街? 你钱都不见了,你拿什么逛街啊?”

“光看不买不成吗?”

尹安娇看娜娜那样子也是哭笑不得了,这时候还想着逛街。

“你自己逛吧,我回家了,拜拜。”

尹安娇没手空着,便用脚把门关了,扬长而去。

■ 3

周末尹安娇是心烦意乱,做什么都没心情,也没与罗达联系,再隔一周便是英语四级考试,尹安娇在星期天提前到了学校,回到寝室也没有人在,估计小雪和龙敏去上自习了,尹安娇把衣服放进衣橱里,将手提电脑放进柜子里锁好,然后拿了四级考试的复习资料便离开了宿舍直奔图书馆。

周日下午的图书馆并没有太多人,安娇在原先习惯的位置坐下,便摊开书本,在家的时候,是怎么也看不进去,上上网、看看电视、翻翻杂志很快时间便过去了,只有坐在图书馆里面,在这静谧的环境之中,心才能静得下来。

尹安娇看了几页书，不知何时对面坐下一人，安娇抬头一看，来人对她一笑，是学长余子冲。

“好巧。”

余子冲压低声音，向尹安娇打招呼。

“就是，好久没见到你了，最近在忙什么？”

尹安娇看到余子冲，心里倒十分高兴，余子冲总是一副阳光开朗的样子，倒和这夏日节气显得分外契合。

“倒没什么好忙的，跟着校队去省里打比赛了，这才回来。”

“怪说这么久没见到你。”

“这是在准备四六级的考试？”

“对，英语四级。”

“安娇的话，肯定轻轻松松。”

“借学长吉言了，你说到省里打球了，名次好吗？”

“还好……”

这时不远处的同学传来两声咳嗽，尹安娇和余子冲相视一笑。

“你先看书，待会儿说。”

余子冲说完，便也拿出书看起来，尹安娇也把目光重新移回书本上，此时心中忽然想起前几日做的关于铁轨的怪梦，再抬头看一眼余子冲，余子冲也发现尹安娇的目光，抑或是之前便在偷偷看着尹安娇，两人目光相接，余子冲又不好意思地一笑，尹安娇想要问什么，却又不知该从何问起，连该问什么也是一片茫然，只是想到那梦，便如鲠在喉，想要说，却也说不出个名堂来，再说这也不是说话的地方，便又重新拿起书本，让精力回到复习上。

一晃便到了五点过，余子冲伸了个懒腰，尹安娇也看得差不多了，眼睛也有些疲惫，余子冲向尹安娇打个手势，尹安娇会意，两人各自收起书本，一前一后走出了图书馆。

“好久没有在图书馆泡这么久了，一下午看过来，还腰酸背疼的。”余子冲笑笑，对安娇说。

“你打球不腰酸背疼啊？”

“不啊，打球是人生第一大快事，对了，你不是问名次吗，这次很可惜，我们只打了全省第三,有两支队伍太强了,还有国青队的后备队员呢。"

"那已经很不错了。"

"我个人被选入了最佳阵容,还发了五百元奖金呢！所以……"

"所以什么?"

"所以今晚想请你吃饭。"

不知为何,余子冲说出这请求时,脸一下红了,这让尹安娇忍俊不禁,又怕余子冲失了面子,赶忙点头答应,可安娇这一笑,在余子冲眼里,更加可爱了。

两人沿图书馆的梯级而下,这时夕阳西下,天边勾勒出一道血色霞光,如此美景,在尹安娇看来,却有几分倦然、几分凄楚,不知怎的又联想到那无端梦境,尹安娇心里更莫名觉得沉重。

"安娇,怎么了?"

"没事,可能是书看太久,有些疲倦。"

"那我们走走吧,吃些东西,放松一下,便好了。"

余子冲担忧地看向尹安娇,尹安娇点点头,眼神里倒有些歉意,两人并行向学校大门走去,此时返校的同学也多了,好多男生跑去操场打球,路过篮球场的时候,不少球友给余子冲打招呼。

"哟,子冲,这次入选省大学生最佳阵容了,不请请客?"

"嗨,子冲哥,有嫂子了,也不介绍一下。"

"子冲哥,我就纳闷这几日不见你来打球呢,原来有美人相伴啊!"

一路走来,余子冲都被这些球友揶揄,之前还忙不迭地解释,到了后来瞪对方一眼,也不说话了,尹安娇羞红了脸,跟在子冲后面也不多说话,好不容易才走出了校门,尹安娇心下却突然不安,往车站方向望了一眼,刚好有两路巴士到站,不少同学上下。

尹安娇心里知道,是怕在这时候碰到罗达,前些日子这个时间,尹安娇都和罗达在一起,却不想今日会因此事突然紧张,难道自己怕被罗达撞见产生误会?尹安娇心下觉得自己可笑,自己和余子冲并没有什么见不得人的关系,只是学长学妹一同吃个饭而已,有什么好自己吓自己的,尹安娇自我调整一番,也就不再多想。

两人挑了一间家常菜馆,点了几个下饭的小菜,一边聊天一边吃饭,余子冲说了不少，尹安娇却有些心不在焉，时常走神，余子冲却是一根筋儿的大男生，更不懂察言观色，也看不出女生心思，只是想可能尹安娇有些疲惫，便开口说些鼓励的话。

“安娇是在担心英语四级的考试吗？”

“啊……嗯，对，还好，只是又报名参加了校园歌手大赛，有些后悔。”

“后悔，为什么后悔？”

“觉得……觉得麻烦，不想在人前抛头露面。”

“哈哈，安娇唱歌唱得那么棒，肯定能轻松进决赛，到时候我们都来给你加油！”

“谢谢学长，只是还是担心，觉得参加这样的活动，是不是太耽搁学习了。”

“怎么会，比赛是在考试之后吧，先专心考试，相信预赛安娇必然是轻松晋级，并不需要费多少心思的。”

“子冲这么鼓励，那就只有好好加油了！”

两人吃完饭出来，天色已渐渐暗下了，尹安娇再抬头望向天边，残阳不见，只在一片昏暗之中留下一抹阴郁的红。

“安娇是回宿舍吗？”

“去铁轨走走？”

尹安娇提出这个请求时自己也是一阵诧异，但话已出口，就当散散步，又当寻寻梦吧。

“天色很暗了，铁轨那边没什么照明，怕你扭到就不好了。”

“没事儿。”

既已下了决心，尹安娇也不想半途而废，两人回到学校，往铁轨方向走去，这时天已全黑，路上虽还有很多同学，到了居民区后的旧铁轨附近，人却少了，白炽灯在电线杆头烧得滋滋作响，无数飞蛾绕灯飞旋，缠绵也不知离去，直至消亡。

尹安娇和余子冲走上铁轨，走出二十米，这边已没有路灯，偶尔踢到碎石子，撞击铁轨时发出铿锵之声，两边的杂草丛中，蛐蛐儿的叫声此起彼伏，未知的黑暗中不知有什么东西在窥视着自己，尹安娇心里有些发毛，一个踉跄险些跌倒，幸好身边的余子冲伸手将尹安娇扶住，尹安娇下意识地牵住了余子冲的手,黑暗之中,也不敢放开。

“还有多久能到那面墙啊?”尹安娇问子冲。

“还要走个七八分钟吧,我也好久没过来了,就在前面不远,你要去那面墙那里吗?”

“想去看看。”

“不怕?”

“怕,但更想看看。”

“要不,我白天再陪你来。”

“没关系,我牵着你。”

余子冲听尹安娇语气坚定,也不再多问,两人也不说话,低着头仔细看路,越是向前走,便越像进入了一个未知的世界,而尹安娇越觉得接近自己的梦境,两边的草丛中,或者更远的山坡上不时发出奇怪的声音,不远处居民楼的灯光隐隐约约,似乎隔了一层薄雾,尹安娇屏气凝神,虽然牵着余子冲,但铁轨斑驳不平,走得步履蹒跚。

也不知是走了七八分钟,或许更久,久到安娇都有些弄不清时间的概念之时,在面前忽然出现一道高墙,将铁轨拦腰隔断,那墙倒没有梦中那么高,大概也就三米高罢了,上面用水泥封了玻璃片,看来是禁止翻越,想看看墙那边是什么,也不可能了。

尹安娇回想梦中场景,这面墙会不会突然裂开,会不会有一辆失控的列车飞速而来呢,此时从远处的公路上突然传来一声大货车的喇叭声,尖啸划过长空,尹安娇惊得退了一步,跌在余子冲怀里,余子冲将尹安娇扶好,一时竟不知所措。

“这里好多蚊子,再不回去,怕要满头是包了。”

余子冲对尹安娇说。

安娇也觉得气氛尴尬,便“嗯”了一声,两人正转身离去,树丛后的断墙后却忽然窜出一只黑猫,双眼放着幽光,弓着背,盯着大惊失色的尹安娇和余子冲,尹安娇更是吓得尖叫起来,那黑猫“喵”地叫了一声,越过铁轨遁入另一片草丛之中了。

尹安娇被这冷不丁的一下吓得花容失色,眼中含泪,余子冲将尹安娇抱住,轻拍她的肩膀好言安慰。

“这里靠近居民区，所以猫多，都是住户养的猫，别怕别怕。”

尹安娇好一阵才镇定下来，她总觉得那只猫没有走远，在某个角落里，用那双阴森森的猫眼盯着自己，那是一双冷酷的、充满恶意的眼睛，似乎随时要乘其不备取她性命一般。尹安娇不由得拉着余子冲加快了脚步，走回学校教学楼前的明亮之处才肯放开余子冲的手，心中疑窦未解，却又添新的恐惧，半天缓不过神。

“没想到你胆子这么小。”

余子冲看着脸色煞白的尹安娇，又是心疼又是好笑，当时是安娇死活要摸黑去铁轨那边，现在被一只猫吓成这样，女孩子大多如此，又爱看恐怖片，又害怕看恐怖片，这倒让身边的男孩子渔翁得利了。

“以后再也不去了。”

“之前还没跟你说，那铁轨故事多着呢。”

“什么故事？”

尹安娇还没缓过神，疑惑地看向余子冲。

“鬼故事呗。”

“你……”

安娇又急又恼，一拳捶在余子冲胸口却全无力气，余子冲也觉得一时失态，很不好意思。

“人家现在够怕了，你就别吓人了，行不行？”

“对不起，对不起，是我不好。”

“那你必须把我送到寝室门口。”

尹安娇也没有心思避嫌，她总觉得后脊骨阵阵凉意，还有这么一坡山路，余子冲陪着，心里还好受些，两人闲聊了些别的转移开话题，到了寝室门口，余子冲挥手向尹安娇道别。

“你刚才说，那铁轨，有什么鬼故事啊？”

尹安娇虽怕得不行，又停止不了好奇要胡思乱想，于是忍不住又开口相问。

“你不是害怕吗，还问？”

“怕才要问清楚嘛。”

“也都是些胡编乱造，不知从哪儿杜撰来的故事，信不得，我从来不信。”

“你不信倒是讲出来啊。”

“就是什么殉情啊，凶手啊，阴魂不散之类的。”

“起承转合详细点行不行?”

“就是很多年前有一个女生喜欢一个男老师，但这种不伦的恋情那个时候是不被允许的，男老师想要放弃，但那女生爱得走火入了魔，便约那男老师在铁轨那边见最后一面，然后她先捅死了男老师，自己再卧轨自杀，后来学校就不允许学生再去铁轨了，就修了那一堵墙，我们学校就说那堵墙有怨念，晚上去铁轨那边，就能听到那女学生的哭声。”

“真的……就是那堵墙吗，那不是才砌的墙吗?”

尹安娇听得全身阵阵寒意，说话也有些颤抖。

“当然啦，不都说了是胡编乱造了嘛，这墙明明是因为工地施工，铁轨弃用了，怕学生过去危险才修的，跟这些鬼故事一点关系没有，尹安娇可别当真了啊。”

“我哪有那么傻，还当真了。”

尹安娇虽然嘴里是这么说，心里想到自己做的噩梦和今晚遇见的黑猫，心里却怕得不得了。

“时间也不早了，早点回去吧，考试和比赛都要加油哟，到时候我一定会到现场为你加油的!”

余子冲刚转身离去，尹安娇的手机就响了，拿出来一看，是小雪。

“喂，安娇，你在哪儿?”

“我马上到寝室了。”

“快回来，龙敏和娜娜吵起来了!”

二十七、危机

尹安娇也在仔细回想，忽然想到去铁轨的时候余子冲的确是牵了自己的手，那是因为在黑暗中害怕自己滑倒，罗达怎么知道，难道……安娇顿时身上汗毛倒立。

■ 1

尹安娇回到宿舍的时候，龙敏和娜娜已是剑拔弩张，两个人面红耳赤恶狠狠地盯着对方。

小雪在门外给尹安娇说了刚才的大致情形，龙敏和小雪先回到宿舍，随后娜娜便回来了，娜娜一进门也不说话，弄得响动很大，书本胡乱扔到桌子上，关柜子也是摔得震天响，龙敏就看不过去了，就嘟哝了一句，娜娜立即发作，便和龙敏大吵起来，还一口咬定龙敏偷了她的钱，龙敏一听她说自己是小偷，顿时急了，平时十分内向的小姑娘一下暴怒，非得让娜娜说出个一二三来，小雪虽是北方妹子，性格却也文弱，说话也是轻声细语，哪里劝得住这火辣辣的湘妹子和主场作战的东城姑娘，小雪又想，室丑不能外扬，断然是不能让生活老师知道的，便只能赶忙叫尹安娇回来，一来尹安娇是室长，二来尹安娇和娜娜、龙敏关系都不错，尹安娇回来，定能劝住这两人。

“你们俩这是怎么了，一个屋檐下的室友，又是同班同学，有话就不能好好说吗?”

尹安娇关好门，把对峙的两人拉回到椅子坐好，龙敏眼中含泪，一脸委屈，娜娜是脸涨得通红，呼吸急促。

“安娇，你说说，姜娜娜她凭什么诬陷我偷她的钱，她有什么证据证明我偷了她的钱，她凭什么平白无故诬赖我是小偷。”

龙敏本来是外地学生，又来自小地方，自尊心又强，又敏感，怎么受得了这委屈，一见到尹安娇，这气消下去一毫，委屈却升了一丈，眼泪再也憋不住，顺着脸颊就滴下来。

“哼，这哭谁不会啊，偷了就是偷了，恐怕你不止偷了我的钱吧。”

“姜娜娜，我平时是对你有意见，但我龙敏也犯不着暗地里做这种可耻的事，你自己钱不见了，想咬我一口，你还想顺带上什么攻击我，你就把话说明白了。”

“你自己做了什么你自己心里最清楚，我们寝室就这四个人，平时就你对我意见最大，不是你偷的，难道是小雪，难道是安娇，再说了，寝室丢东西的不止我一个人，还有安娇也丢了东西，你就是怕我怀疑到你头上，所以才这么做的，就是想我们以为是外贼，你这点小伎俩，你以为我傻子吗？”

“那你有什么证据，你把证据拿出来！”

娜娜也不说话，冷冷看着流着眼泪一脸委屈的龙敏。

“好，你就想搜，我让你搜。”

龙敏拉开所有的抽屉、柜子，把里面的衣服、书籍、文具全扔到桌上、地上，然后又拿来书包，将里面的东西全抖了出来，手机和电子词典摔在地上，那声音听得让人心紧，尹安娇和小雪也慌忙去捡，龙敏又爬到床上，将枕头扔了下来，然后将床单一抖。

“你要不要来看，姜娜娜，你上来看，有没有你的钱，有没有你们不见的东西……”

“别这样龙敏，我们没有怀疑你，你别这样。”

尹安娇和小雪都担心龙敏不慎跌下来，龙敏已是泣不成声，跌坐在床上，仰面而泣，一旁的娜娜也是看得心惊胆战，闹到这个地步，也是没有台阶可下。

“白日不做亏心事，晚上不怕鬼敲门，龙敏要是你做了，你记着，天网恢恢，疏而不漏，要是我姜娜娜冤枉了你，我负得起这个责，我姜娜娜不是在乎六百块钱的人，但要我吃这闷亏，没门儿！”

娜娜性格虽然强势，但此时也是强作镇定，她收好自己的包，站了起来。

“我要是冤枉了你龙敏，大不了这书我不读了。”

娜娜转身拉开门走了出去，安娇给小雪使个眼色要她陪着龙敏，自己则追了出去。

“娜娜，这么晚了，你这是去哪儿？”

“娇娇，你觉得我还能待得下去？我去找莉莎姐，在那边先对付一晚。”

“都是一个寝室的，有什么话不能好好说，非要闹到这个地步。”

“我现在也无法断定是不是龙敏做的，但是既然都走到这一步，大家何必还装作若无其事，既然闹翻了，总得有个人要走，能住的地方多的是，反正莉莎姐也是在外面租的房子，我去她那儿对付一阵没问题，然后再自己找宿舍，或者租个房子。”

“娜娜，何必为了那点钱……”

“我说了，不是钱的问题，娇娇，我这人性格就是这样，合不来就是合不来，我不是故意让你为难，就算龙敏不是小偷，她那副德行我也迟早会和她闹翻，今天要是我娜娜让你难堪了，娇娇，对不起，我知道，我知道别人在我背后议论我什么，说我装，说我做作，说我拜金，说我心机重，难听的也多了，说我什么是缪莉莎的小跟班，还一直想找机会在缪莉莎和杨昊之间插一脚，说我是利欲熏了心的小母狗……真的，娇娇，真的，我不在乎，我只想做自己你知道吗？我是喜欢把自己打扮漂亮一点，女孩子对自己好一点有什么错，在背后说我的人都是吃不到葡萄说葡萄酸，她们嫉妒，龙敏也是，她不想每天换一套漂亮衣服？她不想被男生捧着？她不想那她就不是女人！她有什么好看不惯的，我就是觉得是她做的，不是她做的这事儿，她心里也想做，装什么装，说我装，她们那帮在背后嚼舌头的人最装！”

娜娜也流了眼泪，把妆也哭花了，像只小熊猫似的，红着眼睛，黑着眼眶。

“娜娜，你和龙敏之间也就是个误会，再说六百块钱对你来讲也的确不算什么，犯不着为这点钱和龙敏闹翻呀。”

“娇娇，你别劝了，我没事儿。”

“这周又有英语四级考试，又有歌手大赛的初赛，你可得调整情绪，好好准备一下啊。”

“再说吧，你回去吧。”

娜娜说完，便提着包走出了寝室大门，安娇看着不是滋味，也没有办法，便又折返回寝室。

这边，龙敏正哭得梨花带雨，小雪在一旁安慰着，看见尹安娇回来，也是一脸无奈，这大半个晚上，尹安娇和小雪轮番安慰，另一人则收拾地上这一片大战之后的狼藉。

“安娇，你觉得我是小偷吗？”

“你当然不是。”

尹安娇抚摸着龙敏的头，柔声安慰。

“分明就是姜娜娜她自己……她自己根本没丢那钱，是故意设计栽赃我，我怎么可能认账，我虽然是外地姑娘，家里的确没什么钱，但我也不能受这欺负啊……”

龙敏越想越心疼，好不容易止住了，又哭起来，这折腾了大半夜，龙敏累极了，方才迷迷糊糊睡下，尹安娇和小雪也是精疲力竭，简单梳洗一番，便上床睡了。

■ 2

这剩下几日，小雪也都陪着龙敏，尹安娇也给娜娜打了电话，正好缪莉莎和杨昊又起了争执，也需要人陪，于是娜娜也就住在缪莉莎那里陪着她，这风波总算缓了一些，一晃便到了周六英语四级考试，安娇虽准备得不算十分全面，但基础好，不要求高分只要求顺利过关但也没有问题了，时隔一日下午便是歌手大赛的初赛，尹安娇考试完了也来不及休息，立刻回家选歌来练，刚到家，罗达的电话便打了过来。

前几日，罗达也有短信，话语是词不达意、紊乱无章，多是表达不能见面的不满情绪，不过可能因为同样也要参加英语四级考试，无暇多顾尹安娇这边的事情，打扰也不多，这考试一结束，电话跟着就来了。

“安安，你有没有想我？”

罗达开头便是这样一问，尹安娇当然显得无所适从，半天不知怎样回答。

“安安,我马上要见你!”

“罗达,下周我们再见好吗,我明天要参加歌手大赛的初赛,我在家准备呢。”

“不,我就在你家楼下,我马上要见你!”

“你别这么任性好不好,我才考完试很累,明天又有比赛,你就不能让我放松一下?”

“比赛?你是要和你们学生会主席约会吧!”

罗达几乎是在咆哮,言语间的愤怒咄咄逼人。

“你瞎说什么呢!”

尹安娇心里有些发虚,她知道罗达找得到自己家,她下意识地跑到门边,将门反锁。

“你以为我不知道吗,上周我都看见了,你和你们学生会主席去吃了晚饭,然后还一起散步,你以为我不知道吗,那是我们约会的时间!”

“我只是在图书馆碰巧遇到了他吃了个便饭,我想你误会了。”

“我误会了……你们,你们有说有笑的,那些打篮球的男生都叫你嫂子,你以为我不知道吗,我什么都知道,你们,你们……你们居然……你们居然还牵了手!”

罗达几乎是歇斯底里,而尹安娇心下确实先一惊,再一凉。

“你跟踪我?”

“我没有……”

“你从我吃饭的地方一直跟回学校?”

“我说了我没有!你……你……”

“我怎么了,我和我的学长吃个便饭不可以吗?打篮球的男生叫‘嫂子’那只是在戏谑余子冲,这关我什么事,再说我什么时候和他牵手了,你说我什么时候牵手了!”

尹安娇也在仔细回想,忽然想到去铁轨的时候余子冲的确是牵了自己的手,那是因为在黑暗中害怕自己滑倒,罗达怎么知道,难道……安娇顿时身上汗毛倒立。

“你为什么跟踪我?”尹安娇强压心中恐惧,厉声问道。

“我没有跟踪你，我不是在跟踪你……我只是……我只是太想见你了，我只是太久没有看到你了，很想你，安安……”

尹安娇觉得害怕，此时黄昏已过，屋内也是光线昏暗，她总觉得身后有一双眼睛在盯着自己，但不知是从何方位而来，床下还是柜门的缝隙之间，抑或是那扇房门背后……

“你在哪里？”

“我在你家楼下，我想见你，安安，我们当面把话说清楚好吗？”

“我今天太累了，的确不想出门，改日好吗？”

“你不要我了吗？”

“罗达，你别胡思乱想，你让我把这一阵忙完了再说好不好？”

“那什么时候能见面？”

“下周末吧。”

“我等不了那么久！”

“那你要什么时候？”

“立刻！”

罗达话音刚落，尹安娇门外便传来敲门声，尹安娇一失手扔了电话，她吓得僵在那里，做不出任何动作，敲门声停了下来，尹安娇盯着门，已经无法预料会发生什么，而此刻，空气似乎冻结，尹安娇听见钥匙插进插槽转动的声音，尹安娇几乎紧张得就要窒息了，她的瞳孔因为恐惧极速放大……而门打开的那一刹那，尹安娇妈妈郝娟站在门边，抬头一看漆黑的屋子里站着一个人影，也被吓了一大跳，连忙开灯，才发现是自己的女儿。

“你要吓死我呀你！”

郝娟没好气地责怪着吓自己一跳的女儿。

“你才吓死我了！”

尹安娇几乎吓得眼中含泪。

“嘿，你又不开灯，像个死人一样杵在那儿，还怪我？”

尹安娇惊魂未定，低头去看手机，罗达已经挂断了。

■3

这晚，罗达大概是听到了尹安娇妈妈的声音，所以也没有再打来电话骚扰，尹安娇紧张了一周十分疲乏，躺在沙发上看了会儿电视，便早早睡了。翌日上午，尹安娇临时选了一首平时爱唱的歌，在网上跟着伴奏练习了几遍，化了妆换好衣服，下午便去学校参加校园歌手大赛的初赛。

尹安娇到了现场，比赛已经开始了，尹安娇排在七十多号，还要等上一阵，小雪、龙敏还有班上几个同学都来给尹安娇加油了，没几分钟，缪莉莎也来了，却没看到娜娜，尹安娇过去和缪莉莎打了招呼。

“莉莎姐，娜娜呢？”

“她这两天都在生病，昨天就回家了，今天不来参加比赛。”

“这样啊，那我回头给她打个电话。”

“先专心比赛吧，快到我了，我先去准备了。”

说完缪莉莎便离开了，尹安娇也没看到杨昊的身影，缪莉莎语气也不冷不热，猜想她可能还在和杨昊闹别扭，心情不是很好。

尹安娇想着娜娜，于是走到会场外面，拨了娜娜号码，但娜娜并没接，想必是在休息，尹安娇只好作罢，重新回到会场，这时缪莉莎登台，台下传来阵阵掌声和欢呼声，足见缪莉莎的确是学校的风云人物，缪莉莎一曲罢，尹安娇也是十分佩服，不仅唱功好，站在台上更没有丝毫的紧张陌生，甚有唱将风范，自然是博得满堂喝彩，尹安娇不由得有些紧张，自己本就没什么登台的经验，歌唱比赛更是第一次参加，还是临时抱佛脚选的歌。

“安娇别紧张，加油，我们挺你！”

小雪是尹安娇最好的姐妹，看尹安娇坐立难安，担心她待会儿怯场，于是拉住尹安娇的手，为她加油鼓劲儿，终于轮到尹安娇出场了，尹安娇心想既来之则安之，站到镁光灯前，倒什么都豁出去了，尹安娇唱的是范晓萱的《哭了》，音乐响起，安娇便用心歌唱，尹安娇乖巧，却绝算不得惊艳，但那歌声一出，台下再无人说笑，所谓天籁之音，想必就是褪去浮华，无需技巧，其音如春风，如甘露，如人之愿景，听这歌声，沁人心扉，便无杂念，如坠云端，使人飘然了。

尹安娇一曲唱罢，无人鼓掌，似乎大家都还沉浸在刚才的余韵之中，久久回味，片刻之后，才掌声响起，小雪和龙敏更是吃惊不已，在 KTV 听尹安娇唱歌，那不过是唱得好罢了，但在相对空旷的会场听尹安娇唱歌，真的犹如在听天使歌唱，甚至让人联想到《指环王》里中古时代能用歌声魅惑他人的精灵歌者。

尹安娇站在台上，她享受台下的掌声、欢呼，和他人投来或赞赏或羡慕或不可思议的目光，那些目光来自评委，来自选手，来自同学，也来自小雪、龙敏和不知何时出现在她们身边的余子冲，甚至自己学生会的顶头上司、外联部部长杨昊也来了。在她享受这些眼神的垂爱之时，她感到了一束更为复杂的目光，那双目光从某个角落直直射向自己，如火一般炙热，又如冰一般寒冷，交织之间，令人浑身不自在。

尹安娇下台来，另一位选手紧接着上台，小雪等人一拥而上。

“安娇，太棒了！”

“安娇，你肯定能进决赛！”

“安娇，我没食言吧，来给你加油了！”

所有的人都那么兴奋，甚至刚准备离开会场的缪莉莎也折了回来。

“不得不说，安娇，没想到你唱得那么棒，在 KTV 也听你唱过，看来你是故意隐藏实力了，有你这样的对手，这比赛才能有点意思，我们决赛见了。”

缪莉莎对尹安娇说完这番话，冷冷看了余子冲身边的杨昊一眼，转身离去。

“愣着干吗，还不去追？”

缪莉莎走出不远，余子冲猛推一下杨昊的肩膀。

“哎呀，我说兄弟，我真不想去。”

“杨昊，你个男子汉大丈夫，你怎么跟个娘们儿似的婆婆妈妈的。”

“我叫你声大哥好不好，别逼我了，我已经，我已经不喜欢她了，我是来给尹安娇加油的，不是来给缪莉莎加油的！”

杨昊一脸无奈，挡开余子冲的手。

“好好好，那是你自己的事，我懒得管你。”

余子冲看杨昊那倔样，也无可奈何。

“今天我们安娇必然进决赛了,要不我请吃饭,大家庆祝一下。”

杨昊提议道。

“杨老板请客,却之不恭,安娇,就一起去吃个晚饭吧?”

余子冲心里正为尹安娇高兴,情绪也很亢奋,转头看向尹安娇,尹安娇却是一脸倦容。

“我这几天太累了,你们去玩儿吧,我就不去了。”

“不成啊,主角儿不去了,那还吃什么饭,再说你一走,你的室友不都不去了嘛,就当学生会各部联谊一下嘛,只吃晚饭,吃了就回。”

尹安娇看向小雪和龙敏,心想大家都是来为自己加油的,要是拒绝杨昊一番好意,就此散了,感觉也是不近人情,但又想到先前在台上感觉到的那双目光,心里又有些抗拒,犹豫之间,杨昊和余子冲一人一边,两个大个子架着安娇就往外走了。

“你是我们学院的光荣,决赛在即,一定要注意营养,我车都停在外面了,不劳烦安娇小姐步行。”

出了门,一辆路虎探索者停在路边,几人鱼贯入了车,小雪和龙敏都对车没有研究,看上去也就是个大号吉普车,但尹安娇确实略懂,看杨昊直接开着这车来上学,还是吓了一大跳。

杨昊开车去了学校不远处一间酒楼,几人吃饱喝足,回来时在学校里碰上的球友,非要叫余子冲和杨昊打上一会儿,两人都手痒,反正时间也还早,他们就和尹安娇三人告了别,尹安娇三人一边聊着天一边散步回宿舍,行至一半路程的时候,从路灯的阴影里忽然站出一人。

“安安。”

尹安娇三人都先一惊,定睛一看,原来是罗达,尹安娇尴尬万分,而身旁的小雪和龙敏并没见过罗达,都面面相觑。

“我要跟你谈谈。”

罗达根本不去看小雪和龙敏,似乎在他眼里除了尹安娇之外,其他的人都是不存在的,尹安娇虽然尴尬又心烦,但还是强作笑颜,转头对小雪和龙敏加以解释。

“这是我高中同班同学,我和他聊两句,你们先回去吧。”

“那安娇你注意安全啊。”

小雪看那人神情古怪，但尹安娇既然开了口，虽有些担心也不好再多说什么，便和龙敏先走了。

“这里上下的同学太多，我们换个地方说话吧。”

尹安娇不知何时起对罗达有了些畏惧，但此时此刻，对罗达的厌烦已经超过了那份畏惧，尹安娇说完便走向不远处的一个凉亭，这时正是晚自习时间，上下的同学并不多，凉亭附近也没有人。

“你到底要怎么样？”

尹安娇的语气有些不耐烦，她万万没想到罗达会出现在小雪和龙敏的面前，幸好他没有胡说一气，不然尹安娇如何下得了台。

“我没有怎么样，我只是想见见你。”

“我说了这段时间不要见面，我真的没有那么多精力和时间来和你纠缠无关紧要的问题。”

“那你就有和别人吃饭约会的时间？你嫌我长得没有那小子帅，没有那小子高，想嫌弃我了是不是，我以为你不是那种只看重外貌的人，我才是真心喜欢你的人，安安。”

“我已经跟你说得很明白了，他只是学长，我们只是朋友，我不喜欢他，他也没有要追求我。”

“我难道看不出来吗，他看你的眼神，他还牵你的手……”

罗达说到这里，几乎咬牙切齿，眼神里满是妒恨。

“罗达，你不要逼我，如果你再跟踪我，我一定会报警的！”

“安安，安安，我没有跟踪你，我只是担心你，我只是想在身边保护你，我真的离不开你，安安……”

罗达有些着急了，他一把抱住尹安娇，尹安娇想挣脱，罗达的力量却比她想象的要更大，尹安娇心里有些发慌，呼吸也越加急促，她知道罗达已然失控。

“你放开，你放开我，你弄疼我了！”

尹安娇踩了罗达一脚，罗达吃疼，松开了手，但尹安娇并没有离开，她看罗达的表情，他并没有愤怒，而是一脸的忧伤，他颓然倒在地上，眼泪流了下来。

“安安，我不是故意的，我不是故意的。”

他使劲儿用力去捶自己的头，一遍又一遍，尹安娇看着也不忍心，想起罗达妈妈康霞的话，害怕他这时发病，于是拉住他的手，好言相劝。

"罗达，你不要这样，我不见你我也有我的苦衷，如果你一直这样，我真的没办法再和你相处，我甚至再也不会见你一面，我希望你能镇静些，我们都冷静下来，等你好些了，我们再谈，好不好？"

"安安，我离不开你……"

"罗达，算我求你了，你这样伤害你自己，也是在伤害我，懂吗，就算是为了我，好不好？"

尹安娇轻拍着罗达的背，声音柔和地抚慰着他，许久，罗达才平静下来。

"安安，你真的不要我了吗？"

"你一直这样，我很害怕，我真的无法和你相处。"

"我能改，你叫我做什么我都愿意。"

"真的？"

"真的，我可以不打扰你，我躲得远远的，只要能看见你就行，不见面也没关系，等你想好了，我们再见面，我可以的，我愿意等你。"

"那好，那我们一言为定。"

"安安，你不要相信那些男人，他们根本不爱你，他们只是贪图你的美貌，但是人都会看腻，人也都会变老，如果你选择了他们，他们总有一天会抛弃你，他们总有一天会不要你的，而我，无论你什么样子我都愿意守护你，守护你一辈子。"

罗达流着眼泪鼻涕，对尹安娇说完这话，尹安娇也只能点点头。

"好，我相信你，那你就让我看到你是一个遵守诺言的男子汉，请你不要再逼我了，更不要再跟踪我。"

"好，我答应你。"

等罗达平静下来，晚自习下课的铃声也拉响了，尹安娇随着人流回了宿舍，走进宿舍关上门的那一刻，尹安娇悬着的心才算放下。

"安娇，怎么了，看你脸色不好。"小雪走过来，担心地说。

"我没事，可能是太累了，我先去洗个澡。"

尹安娇进了卫生间，拧开水龙头，热水倾泻而下冲刷着肌肤时，尹安娇才觉得内心平静了一些，她忽然想到什么，抬头看向卫生间的小窗户，那窗户外一片漆黑，只留了一道缝隙，但尹安娇还是觉得那里有一双眼睛在盯着自己，尹安娇越想越害怕，赶忙把那窗户关紧，她觉得自己是不是太疑神疑鬼了，觉得自己的行为甚至有些可笑，她更加埋怨起罗达，就是那个心理不健康的人害得自己这样担惊受怕，要是当初对他没有那份同情，没有那份怜悯，要是当初根本不接受他的照顾，现在也不至于成了惊弓之鸟，安娇叹口气，但只能祈愿罗达能如约不再打扰她的生活，如果罗达不再对自己有非分之想，还可以施舍那一点点的友谊，如若罗达再纠缠不休，逼得紧了，尹安娇也会不顾情面，一刀斩断他们的交情。

温暖的热水和茉莉花味道的沐浴乳让尹安娇脑中紧绷的弦终于松弛了下来，她想到了下周校园歌手大赛的决赛，她已经期待着自己如天使般展开双翼，用最空灵清美的歌声，甜蜜温柔的笑容，征服在场的每一个人。

世上没有不期待绽放的花朵，只是在等待最佳的时机罢了。

二十八、荣耀

尹安娇在一夜之间，从被同学们淡忘的“国关之花”一跃成为同学们爱慕的“国关之光”，无论走到哪里，都会被目光所追逐，聊天室和个人网页的关注度更是疯涨，几乎在那几天成为东城大学第一红人。

■1

不出所料，缪莉莎和尹安娇在全校上百名参赛者中脱颖而出，成为二十名参加决赛的选手其中两位，也是国际关系学院仅有的两名进入决赛的同学，因为是一年一度受关注度最高的校园活动，院学生会号召全院同学都来支持缪莉莎和尹安娇，甚至做了灯光名牌，要在决赛之夜为这两位同学助威。决赛在即，整整一周大家都在议论此事，缪莉莎当然是国关的红人，上一次参加校园歌手大赛就获得了前五的好成绩，这次更是信心满满、志在必得，而尹安娇则更像是国关学院杀出的一匹黑马，大家都只知尹安娇清纯可爱、品学兼优，并不知道她还如此会唱歌，更是期待她在决赛之夜的表现。

校园内更是各处可见决赛的海报，分派到各院的入场券更是一抢而空，还出现了一票难求的盛况，学校的大屏幕更滚动播放决赛参赛者录制的赛前宣言视频，校园广播更是每日要请两名选手做客电台做采访，这火热的气氛，俨然可以比肩大型的歌唱比赛了。

这一周来，小雪都陪着尹安娇练歌，挑选服装，简直成了尹安娇的私人助理，因为小雪又在宣传部，更是为尹安娇量身定制海报在院内宣传栏张贴。比赛在周四晚上，周三那天，尹安娇正在寝室练歌之时，娜娜回来了。

娜娜和尹安娇对视之时，两人都有些尴尬，娜娜显得很憔悴，看来是真的病了一场，而不是仅仅为了躲避龙敏。

“娇娇在练歌呢。”

娜娜对着尹安娇微笑，一直以来娜娜都十分想参加校园歌手大赛，当时也是娜娜拉上尹安娇去报名的，可事与愿违，真正想参加比赛的娜娜与比赛擦肩而过，而只是抱着做陪客的心情参赛的尹安娇却顺利杀入决赛，两人此时相见，真是五味杂陈。

“你和莉莎姐都进决赛了，真好……”

娜娜说到此处，却哽咽住了，她面无血色，也没化妆，这不见则罢，不说还好，话一出口，眼圈也跟着红了，一时间泪水也难以止住，站在尹安娇面前，捂着嘴呜咽起来，尹安娇慌了手脚，看得一时心里一酸，赶忙将娜娜抱住，拍着她的肩膀以示宽慰，此时什么劝慰的话，说出口只怕也显得虚情假意，安娇干脆也不说话，只是静静抱住娜娜，让她抒发满腔委屈。

“你不知道，我真的很想参加这个比赛……我成绩不好，我总想证明自己不是一个花瓶，但偏偏……”

娜娜越说越伤心，与其说是妒忌尹安娇，其实心中埋怨老天戏弄更甚。

“娜娜，明年还有比赛，我们都才大一，不急，再说我也是运气好，听别人说，我是二十强里面的最后一名，那日你没来，我也很担心，听莉莎姐说你病了，你好些了吗？”

“好些了，发烧，烧坏了喉咙，根本发不出声音。”

“那你怎么不在家多休息，看你还很虚弱，怎么就跑来学校了？”

“我来收拾东西。”

“收拾东西？”

“我办了休学。”

“休学！为什么？”

尹安娇吃惊地看着娜娜，不敢相信自己的耳朵。

“对，休学，和龙敏发生了那样的事情，这寝室是待不下去了，这学期天天在外面玩儿，也没好好上课，估计很多科都会挂掉，所以干脆办个休学。”

“现在离期末还有大半个月，放弃了岂不是可惜。”

“而且加上生病，更没有心情学习了，我妈妈也答应了，到时候再考虑重修还是出国。”

“已经决定了吗?”

尹安娇看娜娜那样子,鼻子一酸,也撇了嘴。

“决定了,挺舍不得你的,你好好照顾你自己,那钱不管是不是龙敏偷的,过了一想,同学一场,何必闹成那个样子,完了替我说声抱歉。”

“有什么误会都可以解释,说通了就好了,何必休学呢?”

“哎,都已经交了休学申请了,我也太累了,想休息一段时间。”

“既然娜娜你都做了决定,我祝福你,无论何时我都是你的好姐妹,等你回来。”

“嗯。”

两人深深拥抱,娜娜收拾好东西便离开了,她专门挑了龙敏在上课的时间回寝室,本来是怕尴尬,虽然没遇到龙敏,但还是遇上了安娇。寝室楼背后的小岛上停了一辆别克轿车,尹安娇帮着娜娜把东西移到车上,两人再一次拥抱,娜娜也不知该再说什么好,苦笑一下,说了声“再见”便上了车,尹安娇挥挥手,目送车子远去,不知何时刮起一阵风,撩起尹安娇的长发,眼波流转之间,心下恍然。

■ 2

星期四晚上终于来临,大幕也终于拉开,站在后台的尹安娇,手里握着 MP3,反复听着自己将要演唱的歌曲,按照顺序,尹安娇在第十五号上台,已在后段,本以为自己有很多时间准备,调整心态,却没想到很快就轮到自己,缪莉莎排在倒数第二位登场,当主持人在介绍安娇的名字、学院及歌唱曲目的时候,缪莉莎走到安娇身边,抱了抱她,并说了一声“加油”,尹安娇甚至来不及回应,灯光已经暗下,前奏已经响起,来不及多想,拿上话筒,登台,有那么几秒,尹安娇觉得身边的人的动作好慢,只听得到自己的心跳,脑中一片空白,再隔一秒,自己已经置身舞台中央,一袭白裙,长发盈盈,眼前荧光棒五彩斑斓,耳边欢呼声如海啸,刚好,前奏结束,踩上节拍,歌声响起:

“我要带你到处去飞翔，走遍世界各地去观赏，没有烦恼没有那悲伤，自由自在身心多开朗，忘掉痛苦忘掉那地方，我们一起启程去流浪，虽然没有华厦美衣裳，但是心里充满着希望，我们要飞到那遥远地方看一看，这世界并非那么凄凉，我们要飞到那遥远地方望一望，这世界还是一片的光亮……”

时间似乎静止，眼前如有纯白画面，光晕散去，耳边还有余音回旋，一首安静的《张三的歌》，令人陶醉，尹安娇鞠躬，说完“谢谢”，还断了三秒，才响起雷鸣般的掌声和尖叫，尹安娇在那一刻，眼前却突然出现了娜娜哭红双眼的表情，被镁光灯一闪，险些没有站稳，台下随之一片唏嘘，幸好被上台的主持人扶住。

“我们的选手今天一天都在紧张地彩排，很多连晚饭都没吃，中午也只是随便应付了一点，我们的十五号选手尹安娇瘦瘦弱弱，可能有些头晕，这份辛苦令人感动，请大家一定要多支持她！”

主持人打完圆场，便开始介绍下一位选手，安娇走到后台，许多选手都上来慰问，将她扶到椅子上坐好，并递水与她喝，休息片刻，尹安娇好些，此时缪莉莎已经登台，远远听到台下尖叫连连，掌声如雷，尹安娇长出一口气，她终于完成了表演，唱完了最想唱的歌，名次倒是无所谓了。

最后两位歌手唱完，比赛结果也随之出炉，尹安娇力压缪莉莎获得了季军，冠军和亚军被其他学院的选手获得，缪莉莎则屈居第四，虽获得了最佳台风奖，在缪莉莎脸上却找不到一点胜利的喜悦，赛后更是只冷冷对尹安娇说了声“恭喜”，便转身离开，连庆功餐也没去吃，而相反尹安娇却是真正一战成名，更夸张到有同学拿着笔记本等在会场外向尹安娇索要签名合照，虽只是季军，受欢迎的程度却压过了冠军和亚军。

国关学院的同学们更是高兴坏了，小雪、龙敏、余子冲更是兴奋不已，但尹安娇要去参加比赛选手们的庆功宴，所以无法和小雪他们去吃宵夜，小雪他们也一直陪着尹安娇，晚饭也没吃，尹安娇心里很是过意不去。

“该请你们吃饭的，但那边要是不去，人家一定会说闲话。”

尹安娇一脸歉疚。

“你这顿饭大家伙儿当然是吃定了，不过不一定非要今晚，你先去忙你的，早点回来啊，别喝醉了，注意安全！”

尹安娇和小雪他们告别之后，便和选手、校学生会的同学们一起去校外吃庆功宴了。

■3

尹安娇在一夜之间，从被同学们淡忘的“国关之花”一跃成为同学们爱慕的“国关之光”，无论走到哪里，都会被目光所追逐，聊天室和个人网页的关注度更是疯涨，几乎在那几天成为东城大学第一红人。

尹安娇心里很明白，这样的荣耀来得快去得也快，虚荣几天便会过去，无论头上戴着什么样的光环都会被打回原形，虽然尹安娇内心对这一份被人们关注和称赞的荣耀十分享受，但伴随着赞誉而来的便是流言蜚语，所以她告诫自己要更加的低调，她的脸上保持着那份谦和温柔如天使般的笑容，却甚少发言，也不在人前议论任何关于这次比赛的事情，能够不参加的聚会都一概推掉，打扮也保持简单得体，绝不花枝招展，每天也仍和小雪一起上下课，去图书馆，从前的学习生活节奏毫无变化，就像没有经历过这场比赛一样。

很快便又进入紧张的期末考试阶段，大家也逐渐不再议论之前的歌手大赛，而是把更多的精力投入到了复习准备中，每学期结束之前，学生会都会按例召开总结会议，然后再分部召开学期总结会。

在总结会上，尹安娇不仅当选了本学年的优秀学生会会员，还获得了院学生会颁发的三百元“为院争光”的特别奖励以资嘉奖，并经过学生会外联部提名，秘书处审核，最后由学生会干部投票决定，安娇被破格提升为院学生会外联部副部长。

总结会结束后，杨昊单独找到了尹安娇。

“安娇同学，恭喜你了，之后请多加油，子冲也说了，接任外联部部长你是完全没问题，甚至你也是学生会主席一职的重点培养对象，就怕院学生会留不住你，校学生会似乎已经找你去谈话了。”

“嗯，有这个事情，他们希望我去校文艺部。”

“你答应了？”

“我说在考虑，我怕参加活动太多，影响了正常的学业。”

“哈哈，安娇同学不是待价而沽吧？”

“杨部长不要取笑我了。”

尹安娇莞尔一笑，如柔水三千，杨昊一时看呆了。

“哦，没有没有，不敢，我怎么会取笑你呢，还有别叫什么部长，就叫杨昊就行了。”

“那你也别同学、同学的，就安娇就行了。”

“安娇，今晚一起吃个饭吧？”

“今晚不行，我约了小雪去上晚自习。”

杨昊一听尹安娇拒绝了，失望之情溢于言表。

“哦，这样啊，你这次得了第三名，我这个当部长的都没来得及庆祝庆祝，真是过意不去，那你看你什么时候有时间，一定得请你吃个饭，表示谢意才行。”

“你太客气了，那等期末考完吧。”

“也行吧，反正没两天了。”

杨昊听尹安娇总算是答应了，推迟几日也无妨，片刻间又喜形于色，其实杨昊这人长得也颇为帅气，人也不坏，性情耿直，处事也算得体，就是富家公子气息太浓，了解他的人全无所谓，贪图虚荣的人便曲意奉承，恃才傲物的人则敬而远之。

尹安娇不算了解杨昊，谈不上多喜欢，也谈不上多讨厌，心想着若只是和自己学生会的上司吃一顿便饭，倒也没什么，可转念之间，想起了缪莉莎。

“对了，杨昊，冒昧问个问题可以吗？”

“安娇你尽管问。”

“莉莎姐跟我也算有些交情，这次比赛压她一头，心里很是过意不去，她没有生我气吧？”

“嗨，安娇，你想太多了，比赛又不是你操控的，这么多评委，结果公平公正公开，她没什么好不服气的，你就是太善良了，你犯不着管她生气不生气，你又没做错什么。”

“不过，我还是很担心她。”

“没什么，缪莉莎那倔脾气，自以为是得很，受点挫折也好。”

“那你们还好吧？”

“我们？我和缪莉莎？”

“你们不是情侣吗？”

“哦，真是，人言可畏，跨个年级都知道我们的事啊……想起来了，她和那个叫姜娜娜的女生关系可以，姜娜娜也是你同学吧？”

“对，她是我室友。”

杨昊点点头，沉吟一会儿，想该怎么对尹安娇解释这个事情。

“其实吧，我和缪莉莎是谈过恋爱，不过早分手了，可能你也听了些八卦，我追她的时候是费了些力气，但没八卦里那么轰轰烈烈啊，总之就是，我自己是对她完全不喜欢了，但外面的朋友不知道情况，都觉得可惜。”

“我倒没听说你追她的事情。”

“是吗，哈哈……”

杨昊一脸尴尬，心想自己是做贼心虚不打自招了呀，只好傻笑。

“总之，安娇，我现在和缪莉莎是分得干干净净的，绝无半点瓜葛，你得相信我。”

“你跟我说这个干吗，又与我无关，我只是怕她恼怒比赛的事情罢了，时间差不多了，那我先走一步，杨昊，再见。”

尹安娇说完，便礼貌地笑笑，下楼离去，杨昊羞红了脸站在那里进也不是，退也不是，虽被泼了冷水，但心里却觉得安娇更是可爱了。

二十九、癫狂

罗达一个人在尹安娇楼下的电话亭站至半夜，回到家中，又一人枯坐到天亮，澡也没洗，东西也没吃，满面胡楂，邋遢不堪，简直犹如一具行尸走肉。

■1

很长时间，罗达都在忍耐着，他一直深信尹安娇说的每一句话，深信尹安娇只是怕公开二人的关系会影响到学习和学生会的工作，但当他在暗角的阴影里看见余子冲牵住尹安娇的手的那一刻，他对尹安娇所建立起的信任顷刻之间便崩坏了。

呲呲作响的白炽灯，黑暗中向前延伸的铁轨，眼睁睁看着尹安娇的手被另一个男生握着。

罗达的眼睛里快要喷出火来，他咬紧了牙关，揣紧了拳头，他恨不得冲上去杀死那个男生，他近乎要哭喊出来，他多么希望是自己看走了眼，他身体又开始难以自控地抽搐，他移动不开步子，他的脸和身体都贴向冰冷而斑驳的水泥墙面，这样他才能支撑住自己的身子，他还是无法相信尹安娇会这样做，眼睛是会骗人的，罗达心想，只有尹安娇亲口告诉他的，他才会相信。

罗达近乎疯狂地联系尹安娇，尹安娇却一再回避，终于在电话中，罗达再也忍耐不住，与尹安娇大吵了一架，尹安娇挂断电话之后，罗达一个人在尹安娇楼下的电话亭站至半夜，回到家中，又一人枯坐到天亮，澡也没洗，东西也没吃，满面胡碴，邋遢不堪，简直犹如一具行尸走肉。

罗达知道，再这样下去自己一定会疯掉，他无法再躲在阴暗的角落里等待天使眷顾自己，他必须站到光亮之下，站到尹安娇的面前，和她说个清楚。

罗达鼓足勇气截住了尹安娇,在尹安娇和她身边的朋友诧异的目光下,罗达也没有畏惧的余地,他本只想让尹安娇把话说明白,但却因为看到尹安娇便激动莫名,想到那晚在铁轨的情景更是愤怒难当,话一出口便语无伦次,身体也不受控制了,整个人近乎疯狂地歇斯底里起来,这当然激怒了尹安娇,尹安娇眼里的恐惧消失不见,取而代之的则是愤怒的指责,而罗达也完全懵了,脑中一片空白,他只是害怕失去尹安娇,但他似乎发现,自己已经失去尹安娇了。

■2

在校园歌手大赛决赛的舞台上,尹安娇犹如天籁般的嗓音震撼了全场,而站在角落里的罗达,却无声地流下了泪水,那些男生吹着口哨,欢呼着尹安娇的名字,纷纷议论着天使般杀入决赛的黑马选手,议论着她的身材,她的美貌,她甜蜜亲和的笑容。

罗达恶狠狠地盯着那些议论纷纷的同学,他们的每一句话,在罗达听来并不是赞美,而是赤裸裸的亵渎,自己心中那么圣洁完美的尹安娇,在他们的口中无疑是个肤浅的漂亮女生罢了,那些男生无非只是贪恋她的美貌,却根本没去欣赏她的声音,那足以安抚人灵魂的嗓音却被尖锐肤浅的口哨声压过,那些男生垂涎的只是尹安娇的面容,那躯壳内如珍珠般纯洁的灵魂却得不到半点礼赞。

罗达几乎已经看到,那些肮脏的溢美之词与下流眼神将以溃堤之势倾倒在尹安娇的身上,那一双双下贱不堪的手都在渴望触碰尹安娇的身体和面颊,本只属于自己的尹安娇,现在像一个展览品一样置身于污秽的眼眸之下,他再也无法独占什么,他行将失去恐怕是此生最后的爱与希望。

罗达颓然坐在角落里,眼前的世界在渐渐失去色彩和光亮,耳边满是嘈杂与喧嚣。

罗达灰心丧气,他一下子失去了力气,他要躲进黑暗中,他告诉尹安娇,他会等她,然后便滚回名叫“孤独”的阴冷潮湿的洞穴中。

在认识尹安娇之前，孤独是罗达的归宿，是罗达赖以生存的家园，他与孤独相伴，才能与纷繁的世界对立，就像人赤着脚站在冰冷的地板上，盯着天花板忘却时间，那就是孤独，诠释着另一种美好。

而如今，罗达认识了尹安娇，并爱上了她，这便是他的劫数，也是孤独的劫数，孤独成为了刑具，成为了要人命的利刃，相形着那些和尹安娇相处的快乐回忆。

罗达感觉到，自己置身于一间四面秃壁的空室之中，身体被绑在一架铁床之上，有人打开了投影仪之类的装置，天花板上出现了许多画面，那些画面，罗达再熟悉不过，都是他和尹安娇一起经历的事情，画面的最后，黑漆漆的泥地上卧着一道铁轨，铁轨被一堵高墙拦腰截断，高墙上卧着一只黑猫，画面向黑猫推近，黑猫似乎在看着自己，越来越近，越来越近，罗达的眼里也只有那一双冰冷的绿幽幽的猫眼。

■3

期末结束后，罗达就病了，像被绑住了手脚再捆绑在大石头上沉入海底一般，身体那么沉重，意识却显得轻浮，头越来越胀，呼吸越来越困难，在某一个以为会爆炸的节点却又静止下来，前所未有的浓烈的黑暗，在冰冷的海底却是最有安全感的温暖，闭上眼睛，世界便只属于罗达一人，看不见，也不需要去看，只要用耳朵去听就好了，因为水压而发出的玻璃破裂的声音里隐藏着莫大的安慰，就这样死掉，未尝不是一件幸福的事情……渐渐，眼前有了光亮，耳边传来再熟悉不过的呢喃，似乎在呼唤自己的名字，眼前只有光，身体似乎在急速向上浮，光越来越亮，耳边的呼唤声也越来越清晰，罗达眷念着那片幽暗的海，却不由得跟着声音的方向上浮至未知的光亮之中，刹那，声音消失，眼前再次回到一片漆黑。

高烧之后，罗达调理了一个多月，整个人变得异常安静，康霞有些担心，正好学校也放假，于是带着儿子去了一趟成都旅游，回到东城，已经是八月了。

罗达回到家，打开电脑，坐在电脑前发了半个小时呆，然后进入了学校的网络聊天室,打开了“南方玩偶”和“安安 Yin”的聊天记录,罗达翻来覆去看了无数遍,第二天,他掏出电话,打给了尹安娇,但尹安娇并没有在东城,罗达对着尹安娇说了很多话,几乎是把一个多月来没说的话全在电话里说了,但电话那头的尹安娇似乎心不在焉,没聊多久,电话便断了。

“要一个结果吗?”

好朋友佝偻着腰坐在罗达的床上。

“无论是什么样的果子,想必都得吃下去吧。”

罗达冷冷笑了。

“但其实之前也看到了吧,在电话亭里。”

“但安安还没有亲口对我说呢。”

“她说了,你在海底的时候。”

“没有,她只是叫了我的名字,她救了我。”

“她杀了你,你该待在黑暗里的。”

……

第二天,罗达抱着在成都买的熊猫玩偶,站在尹安娇家通道的拐角处,那里的窗户,可以清楚地看到尹安娇家楼下的街道,拖着红色尾灯停在路旁的保时捷轿车,橘色路灯下安娇与帅气公子哥的拥抱,罗达无法自持地陷入癫狂,他已经到了崩溃的边缘,他唯有把满腔的怒火和悲伤发泄在手中的玩偶上。

三十、约会

两人一路吵吵闹闹，终于到了安娇家，夏日的晚风一吹，尹安娇清醒不少，在路边和杨昊道了别，出租车转弯消失在巷尾，尹安娇深呼吸一口气，向家的方向走去，她全然没有注意到，对街的电话亭里，有一双眼睛正直直逼视着她的背脊。

■ 1

期末这么长一段时间，罗达也都没有再骚扰尹安娇，只是偶尔在QQ和聊天室里给尹安娇留言，有些是对尹安娇在校园歌手大赛中的优异表现表示祝贺，有些则是抒发对尹安娇的思念之情，而大部分则是一再强调，他有多听尹安娇的话，没有找她，没有闹她，所以希望尹安娇能回心转意，希望尹安娇也能遵守诺言，在假期来临之后，回到自己的身边。

尹安娇对罗达的态度，也是厌恶和可怜交织在一起，看着罗达婆婆妈妈的留言觉得心烦，觉得他无能又懦弱，一点男子气概都没有，但有时也想罗达没有什么朋友，自己不再理他，不知他有多么孤寂，想来又可怜。

所以尹安娇也回复罗达，说全力结束期末考试之后，会在暑假和罗达出来玩。

复习加考试的半个月期末时光过得很快，盛夏来临之际，同学们也迎来了期待已久的暑假，刚刚结束完最后一科的考试，杨昊的电话就到了，约尹安娇晚上一起吃饭，尹安娇本来准备陪小雪，但小雪宣传部有聚餐，所以心想也没什么其他事情，便答应了。

在宿舍等杨昊之时，罗达也打来电话，尹安娇皱皱眉头，还是接了。

“喂，安安，考完了吗？”

“考完了，你呢，你们学院也结束考试了？”

“我们明天上午还有一科。”

“那自己好好考试,加油。”

“安安,晚上能见一面吗,到我这里来,我给你做饭吃。”

“你明天还要考试呢,不是说好暑假再见面吗?”

“我太想你了,看书看不进去。”

“别说傻话好不好,自己好好复习,如果你考不好,就不见面了。”

“晚上见一面吧,见了我就好好复习,你监督我,你辅导我不懂的题目嘛。”

“我是学国际关系的,你们商学院的题目,我怎么会做。”

“安安,我求你了……”

电话那头,罗达几乎带着哭腔哀求。

“罗达,你别像个小孩子一样行不行,你能不能有点男人的样子……再说,我今晚有事了。”

“有事了,什么事?”

罗达语气一下紧张起来。

“你管得着吗?”

尹安娇有些恼怒,话一出口,又觉得自己口气太冲了,果然电话那头的罗达沉默不语。

“罗达,我晚上有宣传部的聚餐,我们暑假再见好不好?”

尹安娇把语气软下来,电话却被挂断了,尹安娇觉得和罗达说话太累了,虽然想到可能伤到了罗达,但也懒得打回去,要是能让罗达死了心,也好。

等了片刻,杨昊的电话铃响了,安娇收拾好了东西出门,杨昊正站在寝室楼下,他穿一件蓝色中袖衬衫,九分长黑色修身西裤,蓝白二色搭配的小牛皮复古皮鞋,头发怕也是精心打理过,倒是帅气得体的打扮,看见尹安娇出来,便迎上来绅士地帮尹安娇提东西,尹安娇怕被过往的同学看见,却也不知如何拒绝杨昊已经伸过来的手,客气了一句,还是将东西拿给了杨昊,并快步走在前面。

■2

因为是期末了，来接学生的车也不少，但杨昊的白色保时捷跑车在其中也分外打眼，尹安娇心里叹口气，心想这就是所谓的富二代了吧，但此时不上车，也是尴尬，杨昊已经站在车边为尹安娇开了车门。

“子冲呢？”

车驶出学校，尹安娇扭头问杨昊，这是尹安娇第一次坐跑车，不知道为什么还有一点点小小的兴奋，当然紧接着便觉得尴尬，想要聊天来化解。

“子冲，今天没约子冲啊。”

“就我们两人？”

“对啊，不好吗？”

“倒没什么不好，就是……尴尬得很。”

“尴尬，有什么好尴尬的，就是为你庆祝一下嘛，都等了这么久了。”

杨昊笑笑，两人有一搭没一搭地聊着，很快便进了市区，片刻，杨昊将车开到了东城凯宾斯基大酒店的门口，这是东城最好的五星级酒店，酒店去年才开始营业，直至今日，尹安娇才是第一次来。

杨昊将车停在门口，门童为尹安娇开了车门，杨昊也下了车来，给门童报了个号码，便领着尹安娇走进酒店。

进了这富丽堂皇的酒店，尹安娇更不自在了，杨昊却比先前轻松了许多，感觉是到了自己地盘上一般，轻车熟路。

上了电梯，杨昊按了四十二楼，这是这间酒店的最高层，名叫“云上”的一家西餐厅，服务生看见杨昊，便亲切地迎了上来。

“杨先生您好，位置帮您留着呢，请跟我来。”

尹安娇随着杨昊来到窗边的一个二人座坐下，环顾四周，餐厅内光线柔暗，气氛温馨，从装修到器具摆设也都低调而不失雍容，当然这间“云上”餐厅的特色正如其名，高设于四十二层之上，四面都是落地玻璃，东城夜色尽收眼底，此等壮美，自然令第一次来到这里的尹安娇感叹不已。

“这里好美。”

“想好久才订的这里，请天使吃饭当然要慎重。”

这时，服务生走了过来。

“杨先生，为您留了两只澳洲龙虾，你看怎么做？”

杨昊用询问的眼神看向尹安娇，尹安娇心想这小子礼数倒是周到。

“我不懂，随便吧。”

“那我做决定了，龙虾就焗烤吧。”

杨昊转头对服务生说。

“好的，那牛排的话，四 A 的小牛可以吗？”

“可以。”

“六成可以吗？”

“可以。”

“前菜呢？”

“厨师长沙拉吧，然后再一份什锦蘑菇炖鲑鱼和百合炒龙豆，菜应该差不多了。”

“好的，杨先生，看要喝点什么酒？”

“龙虾的话……帮我选一瓶白葡萄酒吧，餐前要两杯粉红起泡酒加冰，餐后甜品是？”

“哦，今天的话，有马克老师特制的 mojito 口感的冰淇淋可以吗？”

“可以。”

“好的，白葡萄酒的话，这边最好的是都柏莱夏布利贝斯特选白葡萄酒，年份 1803 年产的，可以吗？”

“就是上次说的勃艮第产区那个？”

“对的，杨先生。”

“行吧。”

“那杨先生，为你下单了。”

杨先生对服务生做一个 OK 的手势，转回来对着尹安娇不好意思地笑了。

“你经常来这里吃饭？”尹安娇无话找话，随口问道。

“怎么可能，也不是经常，来过几次，喜欢这里的格调，而且的确风景很好，菜的话，主厨是个意大利人，就那味道，吃久了就腻味了。”

“我本来以为是大家一起聚餐呢，结果……就我们两个人。”

“单独约你吃个饭也不容易，尹安娇总是让人觉得亲切，所以，很开心认识你。”

不一会儿，服务生送来了餐前面包和起泡酒。

“来，安娇，真是有太多事情要祝贺你，那，首先还是祝贺你升任副部长一职吧！”

杨昊举起杯，尹安娇也赶忙将酒杯举起。

“那，我是不是该说谢谢部长大人提拔呢！”

尹安娇俏皮地一笑，唇齿微启，显得十分可爱，之前安娇一直不自在，她是爱面子的女孩儿，进这样高档的饭店吃饭也没好生打扮不说，倒是收拾了东西妆也没化就来了，弄得十分狼狈，现在也只好故作轻松了。

“部长大人，你请小女子到五星级饭店吃饭，也不提前说一声，让我就这么灰头土脸地来，你不也是没有面子？”

尹安娇有些埋怨杨昊，话到嘴边，忍也忍不回去，这倒逗乐了杨昊，看刚才尹安娇愁眉不展不知为何，尹安娇这么一说，杨昊倒是心里释然了。

“我是怕跟你说了你不愿来，大家不都蔑视富二代嘛，其实我也不是你们完全想的那个样子，并不是脑子空空、一无是处的人。”

“没人说我们的部长大人一无是处啊，只是你让我这么丑出现在公共场合，要我怎么见人？”

“安娇，你是不知道还是装不知道呢？”

“什么？”

“你有多漂亮。”

杨昊话音一落，尹安娇顿时羞红了脸，不知该接什么话，这时服务生来上菜，才化解了尴尬，鲜美的龙虾摆在面前，安娇顿时觉得饿了，招呼一声，便拿起刀叉，席间两人一边吃东西，一边聊些学生会的八卦，尹安娇也放松了许多，也觉得杨昊这人挺诚恳的，便卸下了一直以来的防备之心，甜点上来之时，两人已聊得十分熟络，相谈甚欢了。

“对了，安娇，你有男朋友吗？”

杨昊话锋一转，尹安娇心下忽然想到罗达，顿时心烦，不愿去想这个名字。

“当然没有。”

“哦，安娇这么漂亮，一定很多男生追吧？”

“没有，我平时都和小雪一起，我毕业之前都不想谈恋爱，我觉得谈恋爱挺影响学习的。”

“这样啊。”

“是呀，我可折腾不起，谈恋爱多累啊。”

杨昊笑笑，两人又喝了些酒，尹安娇平时很少喝酒，今天的龙虾、牛排太好吃了，佐以上好的白葡萄酒更是让人大快朵颐，于是酒也多喝了些，此时已是微醺，脸颊泛红，眼波盈盈。

“对了，安娇，这是我送给你的礼物。”

杨昊不知从哪儿变出了一个方形小盒递给尹安娇。

“为什么要送我礼物？”

“这个……就算是对你这一年的优秀表现的嘉奖吧。”

“私人嘉奖？”

“对，私人的嘉奖，你打开看看，喜不喜欢？”

尹安娇打开包装，是一条蒂凡尼的银制手链，上面有可爱的心形吊坠，没有哪个女孩子不喜欢蒂凡尼，尹安娇当然是又惊又喜，但这么贵重的礼物，她怎么敢收。

“这个我不能收，谢谢你的好意。”

“为什么，不喜欢，样式不好看？”

“不，不是，很好看，这样的嘉奖太厚重了，我受之不起。”

“安娇，这手链只是我随意选到的，觉得特别适合你的气质，当我看到这条手链的时候，就想起你在台上唱歌的样子，只是觉得它合适你，于是就不假思索地买了，而且并不是你想的那么贵重，价格也就还好。”

“蒂凡尼的饰品如何都得上千吧，这太贵重了，我们顶多也就算普通朋友，怎么能送这么贵重的礼物，你要我拿什么回赠你呢，所以心意谢谢了，东西我断然不能收。”

“这真的不算什么。”

“可能对于你来讲不算什么。”

尹安娇说完，杨昊的脸一下沉了下来，他看起来既失望又难过，尹安娇也觉得话说得太过了。

“对不起,我不是那个意思,我只是觉得,这礼物真的太贵重了。”

“那……这样好吗,就算这是我送给你的生日礼物也好,或者是嘉奖也好,你先收下,下学期干劲儿十足地帮助我把学生会的工作做好,然后,下次再能接受我的邀约一起吃饭,这样就好,好吗?”

杨昊的眼神十分诚恳,现在又是在餐厅里面,安娇再不给杨昊台阶下也太不近人情了,于是尹安娇点了点头。

“那戴上好吗?”

杨昊见尹安娇终于答应收下礼物,喜出望外,尹安娇既然答应了杨昊收下礼物,戴在手上也无可厚非,再说其实在内心里安娇十分喜欢这条手链,尹安娇把手链戴好。

“安娇,你的手好漂亮,这手链在你手上,也不过是一件俗物罢了。”

“你就是凭这三寸不烂之舌骗了不少女孩子吧。”

“安娇别挖苦我了,我是不是骗了很多女孩子子冲最清楚,我是不是花花公子,你去问他。”

“好,我一定问他。”

两人相视一笑,喝了剩下的一点葡萄酒,杨昊结了账,两人下了电梯,服务生已经为他们招好了出租车。

“你的跑车不要了?”

尹安娇忽然想起杨昊开了车的。

“喝了这么多酒,怎么还敢开车,我坐出租车回去,上车吧,我先送你。”

“不用了,我自己回去就可以。”

“听话。”

杨昊像个大哥哥一样拍拍尹安娇的头,尹安娇还真的听话了,便上了车,杨昊也跟着进去,说了地址,司机开了车。

“糟了,我学校带回家的东西还在你车上呢!”

尹安娇拍拍有些发热的脑袋。

“没事儿,我明天下午给你送过来。”

“你又能找到我家啦?”

“这不正去吗？”

杨昊看着醉眼蒙眬的尹安娇，忍不住笑了。

“哼，居心叵测啊，把人家灌醉。”

“酒可是你自己喝的，我可没灌。”

“无赖，那我问你一个问题，刚才不敢问，现在有酒壮胆，我就放肆地问了。”

杨昊一下紧张起来，害怕尹安娇又问及缪莉莎的事情。

“老实说……刚才那顿饭吃了多少钱啊？”

杨昊一听，知道尹安娇真醉了，悬着的心也放了下来，更忍不住笑出声来。

“你笑人家干吗？”

“好了好了，有个条件，就跟你讲。”

“什么条件？”

“当我女朋友。”

“休想！”

尹安娇一下跳起来，头撞到了车顶上，前座的司机看不下去了，直咳嗽。

“我开玩笑的，条件是下次再带你去吃好吃的，不能拒绝，答应否？”

“这什么条件，答应了！”

“好吧，我们吃了……等等，我看看账单。”

杨昊是真记不清了，从裤袋里掏了半天掏出一张账单。

“还可以，吃了三千多，接近四千，可以接受。”

“可以接受！我的天啊！”

两人一路吵吵闹闹，终于到了安娇家，夏日的晚风一吹，尹安娇清醒不少，在路边和杨昊道了别，出租车转弯消失在巷尾，尹安娇深呼吸一口气，向家的方向走去，她全然没有注意到，对街的电话亭里，有一双眼睛正直直逼视着她的背脊。

■3

在暑期旅行是尹安娇最期待的事情，其实一早小雪就在邀请尹安娇去青岛玩儿，尹安娇便答应下来，在这个暑假去青岛找小雪玩儿，放假后不久，尹安娇便收拾了行李，去往青岛找小雪，在那边待了接近半个月，晒得皮肤黝黑地回到东城。

时至八月，尹安娇也没和罗达见面，在去青岛的前一段时间，罗达还短信、电话不断，但中间有那么一段时间，罗达就像消失了一般，不再给尹安娇发短信，也没有电话，QQ 和所有的网上通讯方式都不知在什么当口突然停止了，没有歇斯底里的诉说衷肠，没有撕心裂肺的号啕大哭，这让尹安娇觉得奇怪，但心里也觉得轻松不少，在青岛的日子尹安娇每天都过得充实又开心，和小雪的感情也更加深厚。

对于小雪，尹安娇心里有时候会出现奇怪的感觉，她时常在小雪身上看到小惠的影子，在中学时代，小惠作为安娇的闺蜜，几乎什么事情都为尹安娇着想，无论开心还是忧愁，都陪在她身旁。

去青岛时，尹安娇戴着杨昊送的那条蒂凡尼手链，小雪看到，也大赞漂亮。

"这条手链太漂亮了，老实说，是谁送给你的？"

尹安娇本不想说，但小雪是自己最好的姐妹，口风也紧，于是便将杨昊请她吃饭和送她手链的事情一五一十地告诉了小雪。

"安娇，杨昊一定喜欢你！"

"这怎么可能？"

尹安娇其实心里明白，却装出一脸惊讶、不置可否的样子。

"真的，安娇不知道吗，我听学生会都有人议论了，说杨昊和缪莉莎分手，就是因为喜欢上了你，而且还说杨昊表面上和余子冲是好兄弟，其实两人都喜欢你，暗地里是情敌呢！"

"真是人言可畏，所以小雪你说，我怎么还敢和男生做朋友？"尹安娇一脸委屈。

"哎，谁叫安娇那么美丽动人呢，这是实话，你说就连我们这些女孩都觉得你这么可爱，那些男生一个个对你垂涎三尺，也是情理之中了嘛。”

“小雪，你也跟着学生会那些人到处八卦啦？”

“没有，我最讨厌八卦了，你看我买过一本八卦杂志吗？”

尹安娇咬着手指故作冥思状，小雪手指点点尹安娇的脑袋，两个女孩嬉闹作一团。

“安娇，那我就八卦一下，要是杨昊和余子冲都追你，你选哪一个？”

“我谁都不选。”

“假话，一个是多金帅气的富二代公子哥儿，一个是高大阳光品学兼优的学生会主席，怕这学校里最棒的两个选择就在这里了，你能不选？”

“我偏要选好好学习，天天向上！”

“胡扯，难不成……安娇喜欢女生？”

小雪突然偷袭尹安娇的胸部，尹安娇顿时羞得脸红，小雪看偷袭得手乐坏了。

“好啊，我就是喜欢女生啊，你完蛋了！”

尹安娇也去弄小雪，两人疯打在一起，电脑里随即播放着轻松的流行音乐，窗外是咸咸的海风，一连数日忘记时间的午后，足以让尹安娇怀念整个夏天。

唯一不好的，恐怕就是晒得黑不溜秋的，尹安娇回家后被妈妈嘲笑了足足有三天，“小黑妹”、“小黑妹”地叫个不停，所以接下来的日子，安娇都宅在家里，敷面膜，玩电脑，看韩剧，懒得出去见人，快到八月中旬，正是盛夏最热之际，这日安娇妈妈刚好到外地进货，要几日后才回，安娇一人在家正百无聊赖，正好杨昊打来电话。

“安娇同学你好。”

“部长大人你好。”

“记得上次答应我的事情吗？”

“记得，下个学期干劲儿十足，我知道，但是还没开学呢。”

“不是，是能约你一起吃饭。”

“部长大人好雅兴啊，这么高的温度，你还有吃饭的兴致，再说好长时间没你消息，你去哪儿玩儿了？”

尹安娇猫着腰，蹲在椅子上，这几日在家也闷坏了，所以有通电话来，话也多了许多。

“我弟弟在美国，我去看他了，顺便在那边玩了几天，前天刚回来。”

“美国，好玩吗？”

“好玩，下次一起去玩呀，我给你当导游。”

“等我以后找了大钱，就找你当导游。”

“暑假可能来不及了，下一个假期吧，我们去美国玩，我弟弟在LA，到时候他可以带着我们到处去玩儿，带我们去吃地道的美食呢！”

“部长大人真是说风就是雨。”

“也不是这样，那今天有空吗，出来吃饭吧？”

“有空。”

“太好了，那你想吃什么？”

“我想吃……我想想。”

尹安娇正在玩儿钓鱼的小游戏，然后随口便说了句：“鱼。”

“是想吃鱼吗？”

“可以呀，但是要新鲜才行。”

“新鲜……好，我有主意了，安娇，能把身份证号发给我一下吗？”

“身份证号，吃鱼需要身份证吗？”

“哈哈，这次恐怕真的需要。”

“你这人真奇怪，有钱人都这么奇怪吗？”

“也不是，可能就是我特别奇怪吧，而且我不是有钱人，这样叫我觉得挺难过的。”

“那对不起了，虽然还是觉得你很奇怪，为表歉意，那就把身份证号发给你吧。”

“好，那一小时后，我在楼下接你。”

尹安娇彻底被这杨昊搞懵了，但从青岛回来就一直在家闷着，无聊透顶，杨昊的奇怪倒是让尹安娇觉得好奇，于是她也没再多问，将身份证号码发给了杨昊，接着去浴室梳洗，然后化了妆，换好了衣服，零零碎碎弄了刚好一小时，下了楼，杨昊的保时捷跑车已经停在路边了。

尹安娇看并没有熟悉的邻居路过，便快走两步钻进车里。

“部长大人，你的车太高调了。”

尹安娇笑说。

“唉,明星都喜欢刻意低调啊。”

“说不过你。”

尹安娇本来就不善于开玩笑,如何是杨昊对手。

“哈哈,安娇,你晒黑了。”

“这个我知道!”

尹安娇被戳到要害,更是气得嘟起嘴来,这也不是为了装可爱,只是自然为之,在杨昊看来,便没有比天使生气更可爱的样子了。

“我还没说完呢,这样看起来更美了,这是健康肤色,更阳光了,夏天就是这样。”

“唉,部长大人,你说什么都已经无法弥补了。”

“好,我闭嘴。”

杨昊果然不说话了,认真开车,车不一会儿便出了市区,上了高架进入高速公路。

“我们这是去哪儿啊,不是吃鱼吗?”

尹安娇看这状况,更搞不懂状况了。

“就是去吃鱼啊。”

“要走这么远?”

“你说的嘛,要新鲜的,所以要去湖边啊。”

尹安娇想了半天也没想到东城旁边有哪个湖泊,可既来之则安之,也懒得多问,静观其变了。

二十分钟,杨昊把车停在了东城国际机场的停车场,这下尹安娇彻底糊涂了。

“部长大人,千万别说我们要坐飞机去吃鱼?”

“安娇你真聪明。”

杨昊笑笑,两人乘电梯到了候机楼,尹安娇真着急了。

“杨昊,你真的不是在开玩笑?”

“我真的没有。”

“那你说我们要去哪儿?”

“去一个湖边吃鱼啊。”

“你不说在哪儿，我就不去。”

“在昆明。”

“昆明！”

“那里鱼做得真的不错，我已经打过电话预订了，现在两点十分，我买的三点的飞机，到了五点，半个小时就能到那儿。”

“那儿，湖边，你不会是说……滇池？”

“安娇真聪明。”

“我彻底服了你了，你真是说风就是雨。”

“那一起疯一疯，暑假嘛，好吗？”

杨昊将双手搭在尹安娇肩上，尹安娇虽然一脸迟疑加对上当受骗的愤慨，但渴望新奇、刺激、冒险的内心早已给出了答案。

“那吃饭完了，是坐晚班机回来？”

“你想回来我就订晚班机，如果你觉得累，又没什么事，我们就在温泉酒店住一晚，明天再回也行。”

“我什么都没带呀。”

“昆明什么都有卖的呀。”

“唉，上了贼船，就听你安排吧。”

■ 4

杨昊看尹安娇答应了，高兴得不得了，立马到窗口取票，半个多小时后，两人已坐在飞往昆明的班机上，尹安娇实在觉得太神奇了，简直跟拍电影没什么两样，两个小时后，飞机平稳地降落在昆明巫家坝国际机场，会所的商务面包车已经等在机场外，安娇和杨昊上了车，直奔滇池湖滨的私人会所。

尹安娇看着窗外景色，恍如梦境，没想到几个小时自己已经身在异地了，她打开车窗，眺望橘红色的落日，呼吸昆明郊外清新的空气，杨昊刚从美国回来，旅途劳顿还未消退又飞来昆明，路上有些疲倦，不知不觉睡着了，车上无话，山色渐暗之时，便已到了离滇池不远的会所。

这时杨昊也醒了,服务生领着杨昊和尹安娇到了会所的餐厅,餐厅是木制建筑,设于青山环抱之间,开窗眺望,便可见滇池湖水,服务生先为两人烹制上普洱,一时间,装置典雅的隔间茶香四溢。

杨昊和尹安娇一边饮茶,一边眺望夕阳最后一抹余晖下的湖光山色,小歇片刻,经理敲门进来。

“杨先生,野生鱼烹制得差不多了,可以上菜了吗?”

杨昊点点头。

“酒水你看?”

“要德国冰白吧。”

“好,这是二位的房卡,餐后有服务生领你们去。”

经理说完,也向尹安娇微笑颔首,然后关上滑门离去。

“好啊,部长大人,你早就想好了要住一晚吧。”

“你看现在都接近七点了,吃晚饭也快九点,回东城这么晚没有航班了。”

杨昊吐吐舌头。

“我什么东西都没带,你说怎么办?”

“山下不远就有便利店,什么都有卖的。”

“你真是……”

“安娇说想吃鱼嘛,我也只想到这里。”

“唉,你最有道理了,我看我被你卖了还帮你数钱呢。”

尹安娇叹口气,想今天真是太疯狂了,也太草率了,心情有些烦乱,说完望向漆黑的窗外,倒不说话了。

“对不起,安娇,是我太冒失了。”

杨昊看尹安娇不开心了,担心起来。

“不怪你,怪我自己。”

“就当出来放松放松,换个地方,换个心情嘛,别生气。”

“我从来没单独和男生到过异地,我当然担心……”

“我绝不会做坏事,这也是有两间房,是分开的,安娇,你别误会,我真不是坏人。”

杨昊立马解释。

“好啦,我也没说你是坏人,要是你真是坏人,我也不会上飞机,甚至不会答应你出来吃饭了……要是鱼不好吃,回去之后我就把副部长的职务辞了。”

“这两件事情也能有关系?”

“对啊,你做事没个谱,就不许你的下属做事也没谱?”

“好吧好吧。”

杨昊一脸无奈地摇头,倒逗得尹安娇笑了,这时服务生上了菜,这野生鱼的确鲜美无比,加之厨师精湛却不夺食材原味的料理技术让累了一下午的尹安娇大呼“好吃”。

黄昏令人疲倦,所以起先尹安娇的确有些不太开心,甚至觉得自己的决定既草率又荒谬,晚餐之后,酒足饭饱,心情好了起来,也没有刚才那样臭脸了。

两人一边喝酒一边聊天,杨昊说些他小时候的糗事,也讲些自己在国外知道的夸张见闻,尹安娇倒听得十分开心,喝了些酒,话也多了,心思也放开了些,不知何时起,少有地聊到了自己的事情。

“其实,从内心来讲,我很自卑,我爸爸去世后,我一直是跟我妈妈两个人,我妈妈为了我能过好的生活,每天都在外面拼命工作,经营小店,拉扯我很辛苦,她每天都很累,回来之后精疲力竭,和我说话都很少,那个时候我好孤独,在学校也不敢和别人说话,因为我是没有爸爸的女孩,我怕别人知道了,会欺负我,看不起我,所以我做什么事情都谨小慎微,什么都争取做到最好,但是我还是很孤独,我不敢相信任何人,我真的很害怕……所以,今天这样的事情真是太疯狂了,真的。”

尹安娇说得有些动情,而杨昊眼里几乎有了泪水,手也因为激动有些颤抖。

“我真的很高兴安娇能跟我说这些,其实我也并不是你们想的那样,什么富二代,什么花花公子,其实生活在这样的家庭中,压力非常大,我妈妈在美国陪弟弟,我爸爸也是国内国外到处跑,一年见不到他们几面,我妈妈也叫我去美国读书,但我还是喜欢东城,我喜欢家乡土地的味道,说来有些好笑,但我就是在东城过得惯,以后也想在东城发展,到了美国我就水土不服呢,哈哈。”

“的确，你跟我想的不一样，有钱人都说国外怎么怎么好，你是第一个有钱人说家乡最好，要留在家乡的。”

“可能也是没有安全感的人吧，东城的气息让我觉得安心。”

“嗯，我们倒都是没有安全感的人。”

两人喝完第二瓶酒，起身离开餐厅，在服务生的引领下，顺着青石板小路前往湖滨的小屋，走得近了，尹安娇才看见树影中一栋亮着灯的两层小别墅，小别墅是木制结构，楼上是主卧，楼下是客厅和客卧，客厅落地窗外是一个小型游泳池，从此可眺望滇池，月光之下，湖面波光粼粼，此景之美，如天上人间。

尹安娇看得有些陶醉了，全然没有注意到身后的杨昊，杨昊也不说话，从尹安娇身后轻轻抱住了她，两手握着尹安娇的双手，交叉在尹安娇的小腹间，他将脸贴着尹安娇的脸颊，闭着眼睛，两人喝得都有些多了，微醺之时，这样慵懒地靠着，倒不愿去想什么，或做什么，两人就这样靠着彼此，沉默着，享受着夜的静谧，不知哪刻，杨昊叫尹安娇转过来，两手则揽住尹安娇的腰，他看着尹安娇，微醺的面庞，迷蒙的双眼，微启的双唇，杨昊吻了上去，这迷蒙之间，尹安娇的余光似乎扫到了屋内有一个人影，尹安娇如梦方醒，一把将杨昊推开，定睛看去，却只是一盏造型特别的烛台。

“安娇，怎么了？”

“杨昊，你别这样，你醉了。”

安娇将杨昊推开些，并拿开他的手。

“安娇，虽然这的确很冒失，但我是真心喜欢你的，我不会做逼你的事情，一切都让你去决定，但我只想告诉你我的心意，我不会做过分的事情的，今晚我睡下面的客卧，你睡楼上主卧，你要买的东西，我叫服务生买过来。”

杨昊一脸歉疚，自己羞红了脸。

“没事，我们一起去买吧。”

杨昊看尹安娇并没有讨厌自己，放下心来，两人一起散步到酒店外面的便利店买了些东西，一路无话，再回到别墅，尹安娇已经累了，两人互道了晚安，尹安娇便上楼回了房间。

尹安娇洗了澡，坐在床边，看着窗外宁静的夜色，这的确是尹安娇没有经历过的生活，说来她和杨昊只是吃过两次饭，一次去了东城最好的酒店，一次干脆直接飞到了昆明，每一次都是这样充满惊喜，让她看到有钱人随心所欲的享受方式，但她也切切地想到了缪莉莎，杨昊喜欢缪莉莎的时候，是不是也是倾其所能地讨缪莉莎欢心呢？而自己，又是不是他众多追求的女孩子中的其中一个而已呢？杨昊到底有多真心，或者这颗真心能为自己保存多久呢？会不会在厌倦的那一天，就像遗弃失去了光泽的玉石一般，甚至就像扔掉一件过时的衣服一样抛弃自己呢？她忘不了缪莉莎在买醉后悲伤失望的神情，那不再仅仅是对失去一份爱情的绝望和悲伤了，那里面裹挟了太多物质的东西，那是对穷奢极欲的生活将不再有的恐惧，不再能毫无顾忌地买名牌衣服，不再能吃遍世间山珍海味，不再能想去哪里旅行就去哪里，不再能用斜下四十五度角看向他人和无法接受到他人斜上四十五度角的艳羡目光的恐惧，这是一个再肤浅不过的道理，情人可以再找，但习惯却难以改变。

那前车之鉴就在那里，接受杨昊就等于去享受一场悬崖边的饕餮。

尹安娇叹口气，久久不能成眠，此时电话却突然响了，尹安娇一惊，低头一看，来电的竟是罗达，这个已经从尹安娇的脑海中遗忘了好久的名字，尹安娇犹豫片刻，还是接了。

“安安，你怎么不在家呀？”

罗达的第一个问题就让尹安娇又害怕又厌恶，但想到这么久没有联系，又不好直接发脾气。

“我在外地呢。”

“在哪里啊？”

“在昆明。”

“哦，和朋友一起玩吗，还是和家人去的？”

“和朋友，你怎么这么多问题？”

“那是和男生还是女生？”

罗达却像没听到尹安娇的话一般，继续发问。

“女生。”

尹安娇叹口气，她知道要是说是和杨昊，那不知道罗达又会发什么疯。

“那你什么时候回来?”

“还没定,兴许明天,或者后天。”

尹安娇只想搪塞罗达,她一点和罗达说话的兴致都没有。

“安安,你回来了我们出来吃饭吧,我很想你,我之前也去外地旅行了,我去了成都,还给你带了礼物,我真的很想你,想立刻见到你,我知道,逼你是我不对,但是有些话我很想当面对你说,其实……”

罗达没完没了地在电话那头说着,尹安娇早不耐烦,罗达的话她也几乎一个字都没听进去,之前还应两声,后来干脆打开电视,手里握着手机,眼睛盯着电视,全然不知罗达在叽里呱啦讲什么。

“安安,喂,安安,在吗?”

“哦,在,刚才信号不是很好。”

“那你回来了打给我,我们见面好不好?”

“回来再说吧。”

“你之前答应了要见面的。”

“我知道,我只是说回来再说时间。”

“哦,好吧……”

罗达那边的语气失落到了极点。

“安安,我真的非常非常想你,想到快发疯了。”

“罗达,你别这样,我困了,先睡了,你也早点休息吧,晚安。”

尹安娇说完,便挂断了电话,高床软枕好不舒适,让安娇更觉疲倦,睡意袭来,尹安娇关了灯,翻身睡了。

■ 5

这夜尹安娇又梦到了此前那般情景,这次是她一人走在铁轨之上,仍然是头顶乌云蔽日,远处确实血色光晕,四下看去,荒草萋萋,树影婆娑,铁轨锈迹斑斑,尹安娇心里害怕,想要离开,但发现自己身处铁轨之上,两边土层从望不到尽头的边界处开始崩坏,大地震颤起来,尹安娇只能攀在铁轨上,心惊胆战之间,身后的铁轨逐渐向下脱落,尹安娇惊恐万分,哭喊着向前爬去，当身体即将下坠之时，面前又出现了那巨大无比的高墙，而墙后却传来阵阵刺耳怪叫，顷刻之间，墙面即将崩坏，而尹安娇来不及看到墙后有什么，自己已经坠入深渊，梦也在瞬间醒来。

尹安娇睁开眼睛，觉得口干舌燥，脑子还没完全清醒，竟弄不清自己身在何处，看向床头的电子钟，显示的是清晨七点过，尹安娇揉揉脑子，记忆渐渐恢复，才想起自己身在昆明，昨晚必定是喝多了酒，现在才这么渴，尹安娇坐起身，头还昏昏沉沉的，她走到小吧台，拿了一瓶矿泉水拧开盖子喝了，心里好了一些，她再走到窗边，拉开窗帘，此时天已放亮，晨曦洒在湖面，波光粼粼，静美无比，昨晚天色太暗，看得也不真切，原来这小屋在山腰之处，置于青山环抱之间，放眼望去，则是一片深沉的绿中点缀着一抹清澈的蓝。

尹安娇发现自己的房间外面有一方露台，她打开门，清晨泥土和树木散发的清香跟随湖那边吹来的凉风扑面而来，让人心旷神怡，尹安娇觉得还有些凉意，去浴室取了条毛巾披在肩上，坐在露台的躺椅上，闭目呼吸着新鲜的空气，让在梦里也紧绷的神经得以放松。

九点过的时候，服务生送来早餐，杨昊也起来了，到二楼来招呼尹安娇。

“昨晚睡得好吗?”杨昊微笑着问。

“还好，谢谢你。”

“谢什么?”杨昊听尹安娇忽然说谢谢，倒有些诧异了。

“谢谢你的体贴。”尹安娇俏皮地吐吐舌头，昨晚杨昊道完晚安后便没有再来打扰，这让尹安娇觉得杨昊十分礼貌，对杨昊也更有好感了，但说出来又有些害羞，两人下楼来，服务生已经摆好餐点。

“你尝尝这个。”

杨昊为尹安娇倒了热牛奶，然后将一片面包上刷了很特别的酱料，递给尹安娇。

“这是黑松露搭配的鱼子酱，味道非常好，我特别喜欢吃这个，你尝尝。”

尹安娇尝了一口，的确非常好吃。

“这家会所的大厨是昆明一家五星酒店的餐饮总监，法国人，跟我爸爸是好朋友，所以在会所这边他负责餐食，他有这里的一些干股，这家会所只接受会员预订，所以品质很高，房间也少，来的人其实也少。”

“你爸爸是会员？”尹安娇喝一口牛奶，好奇地问。

“不，是老板。”

“那怎么才能成为会员？”

“简单，做我女朋友呗。”

“那可想这里有多少会员了。”

“我开玩笑的。”

杨昊弄巧成拙，倒是把自己弄得尴尬，尹安娇看他那样子，忍不住笑出了声。

“我知道你是开玩笑的，谁叫你不好好说话。”

“好，我错了，这里的会员都是由老会员介绍，第一批会员人数很少，七八位吧，会员人数也有限定，现在也就三十多位会员吧，这里没有什么金卡银卡的，每年向会员账户存入二十万，任何时间来都没问题。”

“那别人天天来怎么办？”

“你以为愿意一年打二十万要这个会员资格的人会有空天天来吗？傻丫头。”

“你们有钱人的世界，我们穷人怎么懂。”

“看吧，又开始揶揄我了……对了，我订了今天下午四点的机票，之前可以在这边休息，也可以去昆明市区转转，回去吃个晚饭，我就送你回家。”

“嗯，幸好你只扣留我四十八小时，不然今天晚上我妈妈回家找不到人，我就完蛋了。”

两人吃过早饭，又在湖边逛了一圈儿，便去了昆明市区，尹安娇第一次来，杨昊便带着尹安娇去金马碧鸡坊逛了一圈，吃了正宗的云南米线，再去了圆通山动物园遛了一圈，便赶往机场，回到东城，已接近晚上七点半了，杨昊去停车场取了车，载着尹安娇去吃了东城很有名气的一间日本料理，当送尹安娇到家楼下时，已是九点过了。

“这是特别的旅行，谢谢你。”

下车前，尹安娇对杨昊说，这的确是尹安娇未曾经历过的新鲜刺激的旅行，虽然旅途劳顿有些疲惫，但心情却是轻松愉悦的。

“安娇你太客气了……对了！”

杨昊想起什么，转身从后座拿过来一个纸袋。

“这是我去美国给你带的礼物，也不知道该买什么好，我弟弟在那里瞎参考，但是还是希望你喜欢。”

“我真的不能再收你礼物了，我已经找不到任何理由再收下你的礼物了。”

尹安娇礼貌地将纸袋推开，这时杨昊却握住了尹安娇的手，没有紧到将尹安娇握疼，尹安娇也无法轻易挣脱。

“安娇，收下礼物真的需要那么多理由吗，而喜欢一个人也需要那么多理由吗？我知道，安娇是自重矜持的女孩子，我这么做有些操之过急了，但我想你能明白我的心意，我是真心喜欢你的，安娇。”

杨昊凝望着尹安娇，眼神诚恳。

“杨昊，我知道你的心意，但我们是不同世界的人，如果我贪图你的钱，和你在一起玩玩儿也就算了，但正如你所说，我尹安娇不是那样的人。所以，请你原谅，我不能，至少在现在我不能答应你，我并不讨厌你杨昊，我知道你是一个好人，但做你女朋友的请求，对不起。”

尹安娇说完便拉开车门，杨昊也跟着下车。

“安娇，我明白你的顾虑，我会证明给你看，我不是花花公子，我不是把感情当游戏的脑残富二代！”

杨昊言之凿凿，因为激动，呼吸也跟着急促了。

“没有人说你是脑残富二代，你很好，只是我觉得……我们彼此都需要时间。”

尹安娇轻声细语，她的声音就像一汪清泉，弹指间便平复了杨昊波澜起伏的心。

“我听你的，可以抱一下你吗？”

尹安娇看也晚了，周围也没有路人，便点了点头，杨昊上前，轻轻抱了一下尹安娇，随即松开手。

“安娇，谢谢你，这也是我从来没有过的最特别最舒心的旅行，所以就当谢谢你，希望你能收下我为你挑选的礼物，这里面也有我弟弟的心意。”

尹安娇不知道如何拒绝杨昊的又一份礼物，她从未遇见过像杨昊这样举止得体又能说会道的男生，安娇一直以为杨昊只是一个有几个臭钱就得瑟，到处骗女孩子的浪荡公子哥儿，可和杨昊几次接触下来，印象却全然改观了，甚至有一刻，她觉得杨昊是那么单纯的一个孩子，而自己倒还自惭形秽起来。

“那我收下，下次一定回赠你礼物，你不要拒绝。”

尹安娇微笑着看向杨昊，杨昊也心满意足。

“好，那安娇早些休息，晚安了。”

“你也路上小心。”

两人道了别，尹安娇随即乘电梯上楼，下了电梯正寻思着此时母亲是否回家时，乍一抬头，惊得手中纸袋也掉在地上。

罗达站在尹安娇家门前，满面是泪地睁着血红的双眼盯着她，脚下是被他踩得脏掉的熊猫绒布玩偶，看来这是为她准备的礼物。

尹安娇吓得脸色煞白，也不敢说话，两人隔着五六米的距离，面面相觑，罗达站在那儿咬紧了牙关止住哭泣声，他紧握着拳头，指甲深深嵌进肉里，两人就这样站着，仿佛气温降至零度，空气也不再流动，时间也随之停摆，唯有罗达时而发出的抽泣，一次次揉捏着尹安娇怦怦作响的心脏。

“为什么……”

尹安娇切切地听到这三个字，夹杂着呜咽和喉头奇怪的声响，但那声音又似乎不是来自罗达声带的震动，似乎来自更深的地方，胸腔，腹部，甚至是，像是来自地狱里一般低沉痛苦的声音，尹安娇吓坏了，她的身子僵在那里动弹不得。

此时从罗达身后一门之隔的尹安娇家里传出了电话铃声，一声，两声，尹安娇多么希望妈妈能够在这个时候打开门，她甚至想到了喊“救命”，在罗达什么动作都还没有的时候便想到了夺路而逃，但她的身体却不听使唤，电话再响了四五声便停了，片刻，尹安娇的手机响起，尹安娇知道这一定是妈妈打来的，这是妈妈在救自己，她鼓起勇气，使出全身的力气，盯着罗达，接起了电话，只要能接起电话，罗达便不敢做什么。

“喂。”

尹安娇一张口，声音因为恐惧而颤抖失声。

“喂,安娇,你怎么还没回家呀,昨晚就跑出去玩了,今晚这么晚了还没回家吗,我马上就到家楼下了,你到了吗?”

“我到家了。”

尹安娇刚一说完,眼泪便滴落下来,罗达还是那样盯着她,眼神却有了迟疑。

“好,待会儿给我开门,买了好多东西。”

“好。”

挂了电话,尹安娇稳住自己的情绪,脸上恢复往常的镇定,她心想自己一定不能怕,一定要让罗达明白自己没做错什么事情,自己无愧于心。

“罗达,我妈妈马上到家了,有什么我们改天再谈,你先回家,好不好?”

尹安娇用尽全身力气让自己镇定,尝试着用温和却不失威严的语气和罗达交流。

“安安,你就是太漂亮了,我知道这不怪你。”

罗达诡异地笑了,尹安娇心里虽然害怕,脸上却写满镇定。

“罗达,我们改天好好谈谈,你现在先回去,答应我,好不好?”

“安安,他们不懂,他们什么都不懂,他们只想占有你,而我才是爱你,你却不明白,他们根本不懂欣赏你真正的美,而只有我才明白,你最有魅力的地方。”

“罗达。”

“再给我一次机会,好不好,安安?”

“我妈妈马上到了。”

“我可以立刻走,你再给我一次机会好不好?”

“我给,我给,我过两天约你,好不好?”

“好,安安,我相信你,我等你。”

罗达从地上捡起被踩得稀烂的玩偶,走到安娇面前。

“这是送给你的。”

尹安娇不想接,这个时候却不得不接,她心里害怕极了,她的每一根汗毛都竖立了起来,她颤抖着双手接过那肮脏不堪的玩偶。

“那我先走了,改天等你电话。”

罗达满脸泪痕，此时却面无表情，说完便真的离开了，他没坐电梯，而是走的楼梯，罗达走出不远，尹安娇急忙掏出钥匙，流着眼泪迅速开了房门，鞋也不脱冲了进去马上关门将其反锁，再打开手边的灯，颓然坐到地上，终于松了口气，五分钟，手机响了，是罗达的短信，“安安，等你电话”。尹安娇看了，再也忍不住泪水，不多一会儿，门后便传来钥匙转动锁芯的声音，尹安娇下意识躲到沙发后面，门打开了，是妈妈站在面前，尹安娇立即冲上去，抱住妈妈。

“你这个丫头，这是干吗，猜到我给你买衣服了？”

尹安娇也不说话，只是紧紧抱住妈妈。

“说说，说说，你这是怎么了？”

尹安娇心想，这事儿一定不能让妈妈知道，便偷抹了眼泪。

“没有，去朋友家看了恐怖片，回来就吓到了。”

“哈哈，真是个胆小鬼……这是什么，脏兮兮的放在门边。”

尹安娇这才想起刚才罗达送她的娃娃，但一时紧张又想不出该如何搪塞。

“垃圾不要乱扔，以后少买点这些没用的东西，我待会儿帮你扔了啊。”

幸好尹安娇的妈妈自个儿帮尹安娇解了围。尹安娇回到房间，惊魂未定，她想，无论如何，必须和罗达坦诚地说清楚，再这样模棱两可下去，恐怕会误人误己。

三十一、决裂

“这不是因为他是我的情敌，但我就是能感觉到，你越是不知所措，越是不和他说明白，他这样的人会按着自己的思路越走越偏，到时候会很难收场，如果你不喜欢他，一定要尽早告诉他，让他断了念头，这才是为他好，才是帮助他。”

■ 1

尹安娇的妈妈郝娟的生意刚做完一个旺季，身心俱疲，所以决定在家休整几日，正好陪陪因工作繁忙而疏于关心的女儿，尹安娇这几日也是心烦意乱，正好什么也不想，只陪着妈妈逛街喝茶。

这日尹安娇在家收拾房间，忽然看到梳妆台下的袋子，才想起这是前几日杨昊送的礼物，虽然这两天也有和杨昊互发信息，但都没提到礼物的事情，自己也忘了，这时拆开袋子来看，竟然是自己心仪已久的一款名牌手包，款式是经典款自不必说，连颜色都是自己的最爱，因为这款包一般多出黑色，但尹安娇独爱白色，市面稀少，国内更是没有，她欣喜之际，真猜不透是杨昊误打误撞还是留心于自己而有意为之。

尹安娇翻看之间，发现里面有一封卡片，拆开来看，是杨昊留的几句话。

“安娇，希望你能喜欢我给你带的礼物，我知道这是你最喜欢的一款包，像你这样如天使般的女孩肯定有很多男生追求，我甚至知道我的兄弟余子冲也对你十分倾慕，但在感情上，我只想做自己，我想对你说的是，我喜欢你，而且我比你想象中了解你，和我在一起，你不会失望的。”

尹安娇拿着卡片，看了数次，其实对于杨昊，这几次的接触下来，之前的形象几乎颠覆，他的体贴细心、绅士风度完全替代了之前不羁的花花公子形象，尹安娇也想过，这可能是杨昊做给自己看的，等真把自己追到手，时日一长觉得厌烦了,也会像踢开缪莉莎一样踢开自己,虽然自己已然心动,但还是对此事保持克制,再者,还有一个罗达,让自己揪心不已,如果不和罗达说清楚,自己无论如何都无法和杨昊有发展。

对于罗达,尹安娇早已从怜悯变成了厌恶,甚至觉得罗达阴沉得有些可怕。

尹安娇收好包,拿出手机给杨昊发了条信息表示感谢,过了一个多小时,杨昊打了过来。

"安娇,你才拆开礼物看吗?"

"对,前两天都忙着陪妈妈,没来得及拆开,谢谢你,我很喜欢。"

"喜欢就好……那里面的卡片……之前不知道怎么开口,所以放在里面……"

"我看到了,你说的我懂。"

"嗯,我刚才锻炼身体去了,那晚上一起吃饭吧?"

"……好。"

"想吃什么?"

"都可以,听你安排吧。"

"好,那待会儿我来接你。"

"不,我们约个地方见吧。"

尹安娇忽然想到那晚突然出现在家门口的罗达,还是有些后怕。

"怎么了?"

"也没什么,晚上说吧,那待会儿我先去市区百货买点东西,我们在那边碰头好吗?"

"好,待会儿见。"

尹安娇挂了电话,坐在那儿发了一会儿呆,不知怎么的,最近总是心神不宁,看时间差不多了,化了妆换好衣服,便出了门。

■ 2

从出门到上出租车,尹安娇也是疑神疑鬼,东张西望,罗达这两天都没有给尹安娇发信息，越是不联系，尹安娇心里越害怕，可一路上并没遇到什么异样的情况，尹安娇心想自己也是疑心太重了，搞得自己疲惫，说出去，恐怕也会被人笑话，心里自嘲一阵，倒舒服了些。

一进万代百货大楼，尹安娇便想起应该回赠杨昊一件礼物才好，但自己从未给男生买过东西，也没什么经验，便干脆挑选一瓶香水好了，于是到香水柜台，为杨昊挑选了一瓶价格不菲的名牌香水，付费时，发现钱包里有一张万代百货的提货卡，方才想起这是冬天时杨昊给自己拉赞助时的回扣，一直没用，尹安娇心想那就用这卡好了，一千元刷掉六百，还剩四百，尹安娇再闲逛没多久，杨昊便到了。

“这是临时抱佛脚给你买的礼物，不要嫌弃。”

尹安娇把香水递给杨昊，杨昊一脸惊喜，这毕竟是尹安娇送给自己的第一件礼物，当然开心得很。

“谢谢，真是太高兴了，那你还要买别的什么东西吗，我陪你逛。”

“不用了，我们去吃饭吧。”

尹安娇本来也没有什么急需要买的东西，而且百货大楼里人多眼杂，尹安娇也不想久留，免得又留下什么是非。

“那走吧，我车就停在下面。”

“不在这边吃？”

尹安娇本以为是在商圈吃饭。

“总是在外面吃既不卫生也不营养，走吧，这一家的话，我可是吃了十几年了。”

杨昊笑笑，带着一脸好奇的尹安娇上了车，二十多分钟车程，拐入小道之后，进入了东城东面的小鸡冠岭的东岭山庄，这是东城最好的高档别墅区。

正是黄昏，杨昊将车停在一栋别墅前。

“这里是？”

尹安娇猜了个七八分，没想到杨昊会将自己带回家吃饭，不觉十分紧张。

“这里是杨氏私房菜馆啊，放心了，我爸爸妈妈都不在，只有保姆蔡婶儿在，她做的菜，哇，棒极了！”

杨昊揉揉肚子,引着尹安娇进了家门,尹安娇虽然紧张,但都到了家门口了,总不能不进。

两人进了玄关,杨昊叫了声"蔡婶儿",只听得里面答应了一声,等两人换了拖鞋时,只见一位五十多岁的大婶穿着围裙走了出来,笑得满脸慈祥,对着尹安娇一阵打量。

"阿姨你好。"

尹安娇微笑着向蔡婶儿问好。

"你好你好,真是好漂亮的姑娘,你说这个阿昊,不早点跟我说,下午才去买菜,好多新鲜的菜都没有了,这个小子最爱犯迷糊……我锅里还炒着菜,阿昊你好生接待人家,我去做饭。"

蔡婶儿说完又忙不迭地跑回厨房了。

"别拘束,这里只有我和蔡婶儿两个人住,我爸爸一年可能在这边住不到一个月。"

两人换好拖鞋,尹安娇走过玄关,玄关和客厅之间是一个小花园,穿过花园便可进到客厅,客厅是错层,下层是会客厅,上层这是一个开放式厨房和饭厅,装修布置是美式田园风格,客厅外是一个大花园阳台,楼上一层有三间卧房,下层则是一间娱乐室和酒窖,下层外面则是一个游泳池,这栋别墅不大,却是紧凑温馨。

杨昊带着尹安娇上了二楼,三间房一间是蔡婶儿住的保姆卧室,一间是杨昊爸爸的主卧,还有一间则是杨昊的房间,杨昊的房间套着一间非常大的浴室,中间的短廊则是杨昊的衣帽间。

"这和我想的有钱人的家不一样。"尹安娇坐在杨昊的大床上,看着白色折叠窗帘外橘红色的天空说。

"那该是什么样?"杨昊笑着问。

"嗯……那种像城堡一样的、金碧辉煌的,《流星花园》里的那种。"

"哈哈,我可不是什么贵公子,我爸爸也不过是个商人,又不是什么大财阀。"

"这里更像家,给人温馨的感觉,还有你房间的味道,是我喜欢的味道。"

"什么味道?"

“干净松软的棉被味，上好木料的香味，还有淡淡的樱花香薰味道。”

“人们往往依赖视觉、听觉和味觉带来的幻象以此臆断，但用心感受，这里没有家的感觉，因为没有家人在，没有更多的温暖的气息。”

“我懂你的感觉，但幸好你有蔡婶儿。”

“对，幸好有蔡婶儿，幸好还有这么可爱的天使坐在我的床边。”

杨昊说完，尹安娇也害羞地笑了。

不多一会儿，楼下传来铃铛声，杨昊告诉尹安娇这是蔡婶儿叫他们下楼吃饭。

“我爸爸是喜欢安静的人，但蔡婶儿唯一不好的地方就是嗓门儿大，所以爸爸让她叫吃饭的时候摇铃铛，不要大呼小叫的。”

一边下楼，杨昊一边在尹安娇耳边说着，两人看见蔡婶儿，相视一笑。

“你这混小子，给姑娘说我的笑事儿吧。”

“不敢，不敢。”

杨昊打着哈哈，三人在餐桌前坐下，菜肴十分丰盛，客厅里溢满饭菜香气，杨昊打开电视，再添些热闹劲儿，三人一边聊天，一边吃着蔡婶儿做的地道美味的家常菜，饭后，两个孩子帮着蔡婶儿一起洗了碗，喝了些奶茶之后，杨昊提议到外面走走，于是尹安娇跟着杨昊走出玄关，沿着山庄内的小道，散着步。

“安娇，谢谢你，谢谢你。”

“干吗说两次谢谢？”

“因为一次是我道谢，一次是替蔡婶儿道谢，你没看我们今晚有多开心吗，要是只有我和蔡婶儿在家吃饭，那是一点声音没有。”

“蔡婶儿不是挺能聊吗？”

“对啊，可是从小爸爸就说，在家里吃饭不要讲话，他已经讲了一天的话，够累了，所以回到家就需要安静，以前一家人吃饭，真是压抑。”

“唉，那可把蔡婶儿憋坏了。”

“可不是，后来我长大了，也跟她不知说什么，看得出，她挺难过的。”

“你能注意到，说明你是个孝顺懂事的孩子。”

“哈哈，谢谢夸奖。”

“杨昊，包的事情，你是怎么知道的？”

“只要有心就会知道了。”

“这就是你追女孩子的方式?”

“不,这是追尹安娇的方式。”

“什么意思?”

“有的女孩子,用嘴就可以追到;有的女孩子,用钱就可以追到;有的女孩子,用心就可以追到,而追你,三样加起来,恐怕都不够吧?”

“说得我很贪得无厌似的。”

“当然不是,我觉得安娇的魅力在于,怎么说呢,简单来讲,就是男生一般会知道哪些女生可以追,哪些女生不敢追,但你却介于两者之间,让人捉摸不透,你的言谈举止更是滴水不漏,与人亲近又不失分寸,总之是让人着迷吧。”

“哈哈,我明白了,你的意思是,我就是鸡肋嘛,食之无味,弃之可惜。”

“你是凤凰,哪里有人吃得到凤凰,更别说得到了还丢弃了。”

“杨昊,不开玩笑了。”

尹安娇看前面的小山坡上有一张长椅,两人在那儿坐下,远远望去,东城夜景半壁可收眼底,灯火阑珊,令人陶醉。

“杨昊,你很好,但我真的没办法和你在一起,我们之间有太多的问题挡在中间,坦言讲,你和缪莉莎的旧情是一个问题,还有,我也曾发誓不在大学谈恋爱,我有我的苦衷,之前也有其他男生追我,我也没有答应,就是因为我有自己的苦衷在。”

“我和缪莉莎已经是过去式了,而且我和她也算是和平方式,两个人在一起都不开心,又何必在一起呢,我知道安娇你有顾虑,所以我也明白要和你在一起不是容易的事情,需要时间,需要循序渐进,但是安娇,我对你和对别的女生的感觉完全不一样,我想和你在一起,并不是只想谈个恋爱,而是想和你走得更加长远,所以我等得起,如果你有苦衷,在大学四年不想谈恋爱,我可以等到四年之后,我们再正式确定关系。”

“我不知道你这样说,是不是一时心血来潮。”

“当然不是,我在第一次看到你的时候就已经怦然心动了,但那时和缪莉莎还不清不楚,没有彻底分手,所以不敢向你示好,而我也明白对你要慎重，所以整整一年多，我都在耐心地等待，调试自己，让自己的思想更成熟一些，所以一年我都等了，再等两年，我并不介意。”

“谢谢你，杨昊。”

“追你的那个男生是余子冲吗？”

“不，不是，子冲从来没有向我表白过，我对他的感觉也更像是兄长，他对我的照顾也更多是学长对学妹的。”

“那还有别人？”

“嗯，其他学院的。”

“唉，我也猜到安娇肯定有很多男孩子追求，那……那个男生怎么样，你喜欢他吗？”

“不，完全不喜欢，更多的，可能是怜悯吧，或者是同病相怜，因为他的一些困扰，我曾经也有过，可能大多数孩子都有，就是那种孤独感，被漠视的感觉，我知道这不能埋怨谁，只是爱和接受爱的方式不一样罢了。但他的悲观情绪和孤独感比我严重得多，他性格孤僻，甚至有强迫症，他没有什么朋友，他对我很依赖，所以……不知该怎么去拒绝他。”

“你必须拒绝他。”

杨昊语气很坚决，尹安娇没有说话，而是用眼神向杨昊询问。

“这不是因为他是我的情敌，但我就是能感觉到，你越是不知所措，越是不和他说明白，他这样的人会按着自己的思路越走越偏，到时候会很难收场，如果你不喜欢他，一定要尽早告诉他，让他断了念头，这才是为他好，才是帮助他。”

“就是无法开口，他对我其实挺好的，我害怕伤害他。”

“不，这是错误的，安娇，并不是所有的关系都具有可控性，当一段关系失去控制，唯一的结果便是跌入深渊，你必须和他说清楚……我知道，站在我的立场讲这些话有些奇怪，但我只是想保护你，我害怕你受到伤害，或是因此烦恼。”

杨昊言辞恳切。

“而且我看得出你最近精神状态并不好，想必也是在为他的事情烦恼，我这里没有问题，希望你能稳妥地解决他的问题，我们有的是互相了解的时间，了解两年也没问题。”

杨昊笑笑,拍拍尹安娇的肩膀,尹安娇长出一口气。

"杨昊,你真的令我刮目相看,你说得对,我该和他说清楚。"

"嗯,支持你,有什么问题,随时告诉我,勇敢点,拿出你在舞台上的气场。"

"好!"

尹安娇一下子豁然开朗了,之前的压抑和茫然,她需要勇敢去面对和解决。

杨昊开车将安娇送到家,尹安娇便快步上楼,此时尹安娇的妈妈已经回家了,看见女儿大步流星地回来,倒是深感意外。

"老实说,你是不是约会去了?"尹安娇的妈妈故作严肃。

"胡说八道什么呢,没有。"尹安娇急着上网,便想糊弄过去。

"别,前两天跟丢了魂儿似的,今天怎么就重生了,一定是谈恋爱了,说,是不是,爱情的力量?"

"妈,你烦不烦,你自己看你的电视剧吧。"

"嘿,有进展了必须向妈报告,听见没有!"

"听见啦!"

■ 3

尹安娇一边应着一边关上卧室门,开了电脑,登录了网络,上了 QQ,发现"南方玩偶"的头像正亮着。

安安 Yin:南方玩偶,在吗?

南方玩偶:安安,你决定了吗?

安安 Yin:决定什么?

南方玩偶:我们在一起吧,公开在一起,我再也受不了了,不然总有一天你会被抢走的。

安安 Yin:罗达,我想和你说清楚这件事情,希望你能平心静气地听我说。

南方玩偶:你说,我听着。

安安 Yin：罗达，你是个很不错的男生，很善良，对我也很好，所以我愿意和你做朋友，但是，我真的不喜欢你，对你没有男女之爱的感觉，所以很抱歉，我不能做你的女朋友。今天我鼓起勇气和你说这样的话，也是经过了深思熟虑，我们的确不合适，我不想以后伤害到你，所以希望你能理解，像你这样的好男孩儿，一定会遇到一个适合你的好女孩儿，我和你只能做朋友。

■ 4

隔了许久，罗达那边也没有发来信息，半个多小时后，罗达打来了电话。

“喂，安安。”罗达声音嘶哑，显然是刚哭过。

“罗达。”

“我们可以不分开吗，我真的离不开你，离开你我会死！”

“罗达，你能理智一点吗？”

“那我们明天见面，你不能这么狠心，你不能……”

“罗达，你这样我没办法和你见面。”

“好，好，我理智，我真的很理智，我暑假学做了好多菜，我买了新的餐具，有小猫图案的，很可爱的，我买了新的菜刀和菜板，安安，我还想给你做饭吃呢，我想和你住在一起，想和你结婚。”

“罗达，你这样我真的……”

“好，好，我们当面说，当面说，我现在不去想那些，当面说可以吗，见一面？”

“你让我想想。”

“就见一面，我们当面说清楚，我再也不纠缠你了，我不会跟踪你的，但是我们当面说好吗，再给我一次机会。”

“罗达，我知道你可能一时会很生气，但感情的事情是不能勉强的。”

“你就是爱他的钱！”

罗达忽然在电话那头咆哮起来，声嘶力竭地哭喊，尹安娇握着电话，无言以对，十分钟后，尹安娇挂断了电话，又过了半小时，罗达打了过来。

“尹安娇，我们明天见面吧。”

“明天不行。”

“那你说什么时候，就依你说的，我们出来，把话说清楚。”

“等你冷静的时候吧。”

“我很冷静。”

“唉，这样吧，罗达，下周开学了会很忙，开学后的星期六，我们见面，可以吗？”

“安安，再给我一次机会，我不会逼你做什么的。”

“开学后的那个星期六，可以吗？”

“嗯。”

挂断电话，尹安娇如释重负。

三十二、崩塌

尹安娇望去，面前出现一面有四五层楼高的墙壁，那巨大的轰鸣之声就在墙后，仅一墙之隔，尹安娇抬头去望，却见墙壁正剧烈震动，似乎马上将要崩坏，尹安娇惊恐之间想要转身逃跑，却发现全身无力，根本动弹不得，那墙壁轰然垮塌了下来……

■ 1

如期开学，尹安娇忙碌了一个星期，报到、选课、组织外联部的会议，开心的是又见到了小雪和龙敏，而娜娜还是没有回来。

余子冲学长升入大四，便让出了学生会主席职务，由副主席接任，学生会经历大的人事变动，工作交接，大家都忙得不可开交，安娇顺利通过了四级考试，升任外联部副部长，开学第三天又被校学生会秘书处的学长约谈，让她考虑加入校艺术团，总之尹安娇顺风顺水，似乎大二一开学，便真是一个丰收的秋天，虽然伴着绵绵细雨也不觉得有多少凉意。

星期五的时候，杨昊约了尹安娇一起吃晚饭，下午杨昊和余子冲他们去室内体育馆打球，尹安娇则和小雪去了图书馆借书，各自忙完后，五点过，两人才会合，经过一个暑假，两人见面那心照不宣的微笑，让人心意暖暖。

■ 2

杨昊在学校很低调，并不经常开自己的保时捷跑车在学校转，而是把车停在校外的一个停车场，每周放学了再去取，于是尹安娇和杨昊两人便提着包，走去停车场。

“对了，杨昊，明天我约了那个男生见面。”

“就是喜欢你的那个男生？”

“对，上次听了你的话，和他坦言了，但是他要见一面，我觉得可能这样也比较有礼貌吧。”

“嗯，需要我陪你去吗？”

“我一个人去就好了。”

“好，但是一定得注意安全。”

“不会的，那男生虽然孤僻，但应该不会做出什么极端的事情来，而且我们约在万代百货，人这么多，他不会对我怎么样的。”

“好吧，总之一切小心，天气预报说明天就天晴了，星期天我们去东来寺拜拜吧，我给我弟弟求个学业，那小子，挺不让人省心的。”

“好啊好啊，我一直听说东来寺很灵，我也给我妈妈求个平安，再求个发财，哈哈。”

尹安娇笑得很开心，在来来往往的行人眼中，他们看来真是令人羡慕的一对。

■ 3

夜色降临，尹安娇早早地上了床。

尹安娇胡思乱想着，蒙蒙眬眬看见杨昊向自己走来。

“你怎么来了？”尹安娇惊讶不已。

“我们约好的呀。”

“我们不是明天才去东来寺吗？”

尹安娇一脸诧异，全然搞不清楚状况了。

“就是今天啊，不是星期天嘛，明天可要上课了。”

杨昊说得一脸理所当然的样子，倒是似乎在嘲笑尹安娇糊涂。

“今天明明是星期六啊！”

“星期天，你看。”

杨昊把手机掏出来，递给尹安娇看，手机上显示的时间是九月二十二日，星期天。

“怎么样，没错吧，走吧，我们去东来寺。”

杨昊牵着尹安娇，下了电梯，尹安娇是摸不着头脑了，不知这是怎么回事，不过也只好跟着杨昊，两人上了车，开了没多久便到了东来寺。

东来寺是东城香火最旺的佛寺，不知怎的星期天上午却一个人都没有，尹安娇和杨昊进了寺，买了香火。

“安娇，有什么想对佛祖说的，都告诉佛祖吧，做错了什么，佛祖都会原谅你的。”

杨昊说完，便在蒲团上跪下了，尹安娇不知所以然，抬头望向面前的大佛，心中却莫名升起一阵悲凉，眼睛也不知是因为香火的青烟熏了还是怎的，跟着便流下眼泪，她也跪在杨昊旁边的蒲团上，手里握着三炷高香，一闭眼，许多画面便在眼前闪现。

■ 4

首先浮现在尹安娇眼前的，是娜娜骄傲的笑容。大学开学第一天，尹安娇见到姜娜娜的第一眼，心里便暗生妒意，娜娜身材比她更好，也比她更会打扮，无论尹安娇怎么穿着打扮，似乎都是在跟着娜娜学，尹安娇也同样嫉妒缪莉莎，缪莉莎的男朋友是自己的顶头上司，是帅气的富家公子哥儿，为缪莉莎可以挥金如土，这两人令人艳羡，更让人嫉妒。而姜娜娜和缪莉莎的关系又十分要好，尹安娇却很难融入她们的社交圈子，她们谈论服饰、谈论男人，谈论名车豪宅，自己却一无所知，安娇心里充满了恨意，尹安娇暗暗发誓，姜娜娜和缪莉莎拥有的，她一定要拥有。而姜娜娜邀尹安娇参加校园歌手大赛更激起了尹安娇心中的愤怒，尹安娇一直认为娜娜只是把自己当成一个陪客，一个垫背的，一个陪在她这朵红花边上的绿叶，那时尹安娇就决定一定要彻底打败娜娜。

龙敏和姜娜娜素来不和尹安娇心知肚明，于是她一直想办法从中挑拨，但又要不露声色，有一日，尹安娇把放在家中的衣服误以为放在了寝室，找了半天没有找到，便以为失窃了，当时她心里便认定是娜娜偷的，因为那件衣服是娜娜劝说她买而自己却没买的，回到家后才发现是自己放失了手，但由此她心生一计，于是之后尹安娇偷了姜娜娜钱包里的六百元钱并谎称自己丢了衣服，姜娜娜和龙敏这两个本来就针尖对麦芒的人以此为导火索闹到无法收场，尹安娇终于逼走了姜娜娜，也毁灭了姜娜娜在校园歌手大赛中大显身手的梦想，而崭露头角的，则变成了自己这个陪客，还捎带抢走了缪莉莎的风头，让自己成为万众瞩目的校园新星。

而在感情上，尹安娇从未把罗达放在眼里，他只是用来救济的一根稻草，而对于余子冲，尹安娇也并未看在眼里，这个憨厚的穷小孩，不过是尹安娇用来上位的一块垫脚石，尹安娇也许并未这么去想，但在潜意识和自己的行动中，这一“人不为己天诛地灭”的原则被坚决贯彻。

杨昊，这个帅气的富家公子，尹安娇从进入大学之后眼里就只有杨昊，她要得到他，有一百个理由让她想方设法地得到杨昊，让这个男生死心塌地地屈服于她，赞美她，给她钱花，把真心也交给她，她要高傲地抬起头并蔑视地看向因自己的介入而遭到抛弃的缪莉莎，尹安娇一定要得到这个男人的一百个理由中，却恰恰没有对杨昊的最纯真的喜欢。

而对于小惠，她曾经最好的闺蜜，尹安娇当然背负着惭愧，在北海涠洲岛的那晚，自己并未喝醉，在意识还算清楚的状况下，她压抑不住心中对古皓的情欲，不顾身边的小惠，古皓的女朋友、自己最好的朋友，而和古皓缠绵在一起……

尹安娇已经泪流满面，伤害娜娜、小惠并不是她的初衷，她想要的，无非是身边男生的爱慕，无非是所有的男生都将目光放在她的身上，她高雅、纯洁，如莲花般傲然自应引来全部的欣赏，为什么实现这一小小心愿，却显得如此残忍……

■ 5

她睁开眼，发现自己跪在那斑驳的铁轨之上，铁轨向前延伸，不见尽头，旁边却荒草丛生，足与人齐高，头顶黑云涌动，天色青灰，而远处天空却如火烧一般通红，杨昊跪在了自己身边，却看不清楚面目，天边传来“轰隆隆”的巨响，不知是何物发出，尹安娇心里恐惧极了，她转头问杨昊：“我们这是去哪儿啊？”杨昊也不看尹安娇，那面目的确是看不真切，杨昊回答：“去坟墓之岛。”那轰鸣声越来越近，顷刻之间，肌肤犹如火烤，汗如雨下，只听身边杨昊说了一声：“到了。”

尹安娇望去，面前出现一面有四五层楼高的墙壁，那巨大的轰鸣之声就在墙后，仅一墙之隔，尹安娇抬头去望，却见墙壁正剧烈震动，似乎马上将要崩坏，尹安娇惊恐之间想要转身逃跑，却发现全身无力，根本动弹不得，那墙壁轰然垮塌了下来……

蔓延的红，期待毁灭后的重生，重生的只有无尽的黑暗和席卷一地青白的苍尘。

生铁拖曳的声响是牢门打开的声音，在这一天，一切都走到了终点，无论怀着多么炙热的爱，多么入骨的恨，人都会面临终结的一日，死，何尝不是一种解脱。

罗达闭上眼睛，让世界再安静一些，他想听到子弹穿入头颅带来的平静。

“罗达……”

罗达忽然睁开眼睛。

第一稿于 2011/9/23 凌晨
第二稿于 2012/3/12 傍晚

一曲对生命的反思

《积木》是青年作家刘辰希推出的一部新作，作品描写了两个当代大学生由爱生恨，走向毁灭的悲剧。

才貌出众的尹安娇，与患有忧郁症的罗达保持着若即若离的关系。罗达疯狂的爱燃烧了自己也毁灭了恋人。这个看似大学校园的平常故事，却道出了当今的社会万象，和年轻人心中的秘密。

在叔本华的眼里，人生并无所谓的幸福，芸芸众生努力的方向应当是避免痛苦，而不是营造幸福，因为，只要不痛苦其实就已经是万幸。虽然当下追求韩日风的青少年未必知道这样一个举世闻名的悲观哲学家，而在作者笔下的男主人公，以及社会上，有相当多的孩子拥有叔本华描述的这种抑郁人格。他们往往难以体会自身幸福的快慰，而沉醉于网络游戏中虚幻的人物场景，这些孩子长久以来感到压抑而孤独，性格自卑而又倔强，胆怯而又冲动，一面低能一面早慧，生活在矛盾中，也在矛盾中生活着。

喧嚣的尘世，信息的多元，我们一方面享受着科技的发展带来的日新月异，另一方面却又让孩子们生活得越发沉重，生长了身体，却没有生长出与之适应的心智，就像罗达，读者可能看到的只是他的凶残，可谁又问津他有过的成长经历，他曾有过的悲悲喜喜？辰希的小说解决了这个问题。

梁实秋说："快乐来自心里，不假外求，求即不得，往往转为烦恼。"现实生活中快乐与悲伤是鲜活的，也可以说是混沌的。辰希作品从情理入手，并不是把事情的界定用生与死，灵与肉一般的泾渭分明，好人与坏人，简单与纯粹，善良与凶残，热忱与阴冷处理得如此分明。熙熙攘攘的世界里，我们每个人都伤害着别人，而同时又被别人伤害着，就像书中的主人公罗达和尹安娇一样，其实大家都是这出悲剧的受害人，子弹固然可以尘封往事，但却无法去抚平两个家庭撕心裂肺的创伤，这个故事背后的因果轮回，爱恨情仇，是非曲直都不可能随着两个年轻生命的逝去而湮灭无闻。因而，作品留给我们的，是良久的对生命、对社会的反思。

是什么叫那些我们称之为孩子的人做出那样的事？他们漠然待物也漠然待己，最后漠然地对待生命，他们生活得并不自私，但却生活得足够自我，沉浸在自己的世界里，用自己的喜怒哀乐标签着外面这个纷繁芜杂的世界，这到底是一个人的个案，还是这个时代的悲哀？

辰希是一个才华横溢的青年，这是他对身边发生的一件真实的事件进行的文学创作，作品除去了血腥和暴力的场面，而注重了人物性格和内心的描写，对人物塑造和环境细节的处理、推演都恰到好处，妙到毫巅，精彩之处不禁叫人击节赞叹。他太熟悉大学校园了，他也太熟悉那些学生了，在他的字里行间，我们不难看出，他想表述的不是简单的一起事件，而是这一事件背后值得我们去深思的一个沉重的社会问题。

作家干预生活是其有良知的职业使命感使然。

唯愿，不管鲜花烂漫，还是静穆若禅，我们都需要建立起对生活的信仰、对生命的尊重，因为没有什么力量可以纠正那些潜藏在每个人灵魂深处躁动的思想。

敲击键盘到这里，不由得想到了两百多年前，生活在哥尼斯堡，那个叫做康德的老人所说的话——这个世界上唯有两样东西最能震撼我们的心灵，一是头顶上无垠的星空，二是我们内心崇高的道德法则。

陈晔

2012年4月